76세 기리코의 범죄일기

HITOTSUBASHI KIRIKO (76) NO HANZAINIKKI
by HIKA HARADA

Original Japanese edition published by TOKUMA SHOTEN PUBLISHING Co., Ltd., Tokyo

Korean translation rights arranged with TOKUMA SHOTEN PUBLISHING Co., Ltd., Tokyo through Danny Hong Agency, Korea.

76세 기리코의 범죄일기

하라다 히카 장편소설
김영주 옮김

一橋桐子(76)の
犯罪日記

문학동네

일러두기

1. 주석은 모두 옮긴이주다.

2. 장편 문학작품은 『 』, TV 방송명 등은 〈 〉로 구분했다.

차례

1장

절도

오늘, 도모가 죽었다.

'도모'에는 이중의 의미가 있다. 글자 그대로 '도모다치'*의 도모이자 '도모코'라는 이름의 도모이기도 하니까.

그리고 오늘이라는 건 거짓말이며 그렇다고 어제도 아니다. 도모가 죽은 건 한 달 전이다.

하지만 마음속으로는 그렇게 생각할 정도로 히토쓰바시 기리코는 문학소녀였다.

도모와는 고교 시절부터 친구인데, 그녀는 상당히 고된 인생

* 일본어로 '친구'.

을 살았다. 도모의 남편은 폭력을 휘두르지는 않았지만 입이 험한 남자라 도모가 고생을 했다.

한번은 신주쿠의 한 백화점에서 그녀가 큰 짐을 들고 남편의 뒤를 따라 걷는 모습을 본 적이 있다. 도모의 걸음이 뒤처지자 남편은 "야! 뭐해!"라며 남들의 시선도 아랑곳 않고 고함을 쳤다. 기리코는 그녀에게 인사하지 않고 조용히 그 자리를 떠났다.

또 한번은 도모 부부가 사십대에 새집을 지었을 때 그곳에 집들이차 학창 시절 친구들과 함께 놀러간 적이 있다. 그러다 어느새 자리가 조금 길어졌는데, 도모의 남편이 평소보다 일찍 귀가했다. "안녕하세요" 하고 인사했더니 그는 대꾸도 하지 않고 불퉁거리며 이층으로 올라가버렸다.

"미안해, 남편이 좀 피곤한가봐."

도모가 사과하는 것이 속상했다. 그녀가 부랴부랴 남편 뒤를 따라 이층으로 올라가자 "뭐하는 거야! 왜 여편네가 이 시간까지 놀고 있어!" 하고 호통치는 목소리가 들렸다.

"깜빡하고 너무 오래 있었네. 우리가 미안해."

서둘러 갈 채비를 했다.

요즘으로 치면 언어 폭력이나 정서적 학대 같은 것이리라.

그런데도 도모는 남편 생전에 한 번도 불평다운 불평을 하지 않았다. 그리고 남편은 오랜 병고 끝에 마침내 죽었다.

도모와 기리코는 일흔세 살이 되어 있었다.

"장례식에 와줘서 고마워."

죽은 남편의 사십구재가 끝났을 때, 도모가 전화로 연락을 해 왔다.

"부의 답례품을 주고 싶은데 만날 수 있어?"

"물론이지."

둘이서 신주쿠의 고층빌딩에 있는 카페에서 만날 약속을 했다.

"정말 예쁘다."

도모는 아래의 경치를 바라보며 차분히 말했다.

왠지 후련해 보이는 얼굴 같았다는 걸 지금도 기억한다. 새파란 하늘, 흰 구름, 신주쿠의 고층빌딩 거리, 웃음을 짓고 있는 도모.

"이제 좀 괜찮아?" 기리코가 물었다.

"응. 괜찮아."

"정말? 가족이 세상을 떠나면 여러모로 정신도 없고 허전해지잖아."

부모를 간병했던 기리코가 말했다.

"내가 할 수 있는 일이 있으면……"

"있잖아."

웬일인지 도모가 기리코의 말을 도중에 끊었다.

"응?"

"부탁이 있어."
"뭔데?"
그러고서 도모는 기리코를 보고 빙그레 웃으며 말했다.
"우리 같이 살래?"
"어?"
"둘이서 같이 살자고."
"왜?"
"같이 살고 싶으니까!"
그 순간 만약 기리코가 토끼였다면 귀를 쫑긋 세우고 붉은 눈을 동그랗게 떴을 것이다. 그림책 속 한 장면처럼.
놀라긴 했지만 바로 대답했다. 거의 아무 생각도 하지 않았다.
"좋은 생각이네!"
"좋지?"
"그런데 너희 애들이 괜찮다고 할까?"
도모에게는 아들이 둘 있는데, 장남은 고위 공무원이고 차남은 대기업 철도회사에 다닌다. 도모가 정성을 다해 키워낸 훌륭한 사회인이다.
"괜찮아. 앞으로는 내가 원하는 대로 살 거야."
그날 도모는 반짝반짝 빛났다.

이케부쿠로에서 도쵸선으로 사십 분 거리에 있는 사이타마의 단독주택. 지은 지 오십 년에 가까운 오래된 집이지만, 역에서 도보로 십 분 거리에다 집세는 4만 5천 엔이다. 둘이서 나눠 내면 연금만으로도 생활할 수 있다.

그럼에도 "할 수 있는 동안은 일하고 싶다"라고 서로 의견이 일치해, 기리코는 이케부쿠로의 상가 건물에서 청소 일을 하고 도모는 역 앞 마트에서 일했다. 도모에게는 그곳이 생애 처음 갖는 직장이었는데, 영리하고 솔직하며 센스 있는 사람이라 금세 적응해 최연장자이면서도 모두의 인기인이 되었다.

식사 준비는 예전부터 요리를 좋아하는 기리코가(평생 가족의 식사 준비에 쫓겨 살았던 도모는 더이상 요리를 하고 싶지 않다고 했다) 하고, 깔끔한 걸 좋아하고 손끝이 야무진 도모는 청소와 세탁과 바느질을 맡았다.

도모가 마트에서 팔고 남은 반찬거리를 받아올 때도 많았기에 그것과 맥주만으로 한끼를 때울 때도 있었다. 둘 다 미각이 민감한 사람은 아니라 마트 반찬에 저렴한 발포주로도 충분히 행복했다.

단, 한 달에 한 번 호사를 누리는 날을 제외하고는.

기리코는 그렇지 않았지만 도모가 달콤한 음식을 무척 좋아해 매달 도쿄 시내 호텔의 디저트 뷔페나 런치 뷔페에 가는 것이 취미였다.

기리코도 단 음식이 싫은 건 아니었고 요즘 디저트 뷔페에는 파스타나 피자도 있어서, 예쁘고 유행하는 음식을 먹을 수 있는 일이 아주 즐거웠다.

뷔페 정보는 도모가 입수해 온다. 일하다가 쉬는 시간이면 휴게실에서 TV 정보 프로그램을 보거나 젊은 아르바이트생에게 묻기도 하고 서점에서 잡지를 훑어보기도 하는 모양이다.

그러고는 "다음달에는 시나가와의 호텔에 갈래?" "다치가와에 괜찮은 뷔페가 있나봐" 하며 권했다. 일터에서도 도모가 뷔페 정보를 많이 알고 있는 것으로 유명해, 데이트 장소나 친구랑 갈 곳을 찾는 젊은 사람들에게도 종종 알려주곤 했다.

호텔 뷔페에 갈 때면 둘은 조금 멋을 냈다.

도모는 차남의 스몰 웨딩 때 맞춘 실크 정장을, 기리코는 돌아가신 어머니의 기모노를 수선해서 만든 원피스를 입었다. 거기다 도모는 진주 목걸이, 기리코는 은은한 파스텔색 비즈를 꿰어 만든 목걸이를 한다. 손에는 가죽 핸드백을 든다. 곱게 화장을 하고는 "색깔 예쁘다, 잘 어울리네" 하고 서로 칭찬하며 집을 나선다.

그리고 고급 생크림과 진한 초콜릿을 배부르게 맛보았다.

집에 갈 때는 반드시 호텔 화장실이나 로비에 들렀다. 공짜로 이용할 수 있을 때는 프런트 앞 소파에 앉아 잠시 담소를 나눴다. 푹신한 소파와 호화로운 샹들리에가 일상의 피로를 싹 씻어준다.

고급 호텔의 세련된 공간과 뷔페를 충분히 만끽한 뒤 "맛있게 잘 먹었다" "다음달에도 오고 싶다" "화장실 내장재가 대리석이더라" 같은 소소한 감상을 나누며 집으로 가는 지하철에 오른다.

"오늘 먹은 것 중에서 뭐가 제일 맛있었어?"

도모는 항상 그렇게 물었다.

"나는 있지, 스위스 초콜릿 케이크. 초콜릿 크림 맛이 진해서 맛있더라. 이탈리아 밤이 들어간 몽블랑도 좋았지만."

"나는 그거, 훈제연어 샌드위치. 크림치즈를 제대로 써서 특별히 더 맛있더라고."

"기리코는 역시 애주가 입맛이라니까. 그럼 단 것 중에서 제일 좋았던 건?"

"딸기 쇼트케이크인가. 생크림이 많이 달지 않아서 좋았어."

"그건 나도 좋았어. 역시 훈제연어 샌드위치도 괜찮았지. 나도 달지 않은 것 중에는 그게 제일 맛있었어."

"그렇지?"

"입속이 너무 달다 싶으면 샌드위치를 먹는 거지. 그럼 다시 입안 가득 단 걸 넣을 수 있거든. 얼마든지 먹을 수 있다고."

둘은 한동안 그날의 얘기를 계속했다.

고된 인생이라는 면에서는 기리코도 결코 지지 않았다.

기리코는 줄곧 독신이었다. 나이 차 나는 언니가 먼저 결혼해서 집을 떠나고 기리코 혼자서 부모님을 돌보았다.

좋아하는 사람이 없었던 건 아니지만 부모님이 계신 집에 애인을 오라고 할 순 없었고, 기리코의 미적지근한 태도에 그들은 멀어져갔다.

그래도 도모에 비하면 훨씬 편한 인생이었다고 생각한다.

부모를 간병하는 건 힘들었지만 친부모이니 당연히 해야 할 일이다. 게다가 두 분 다 온순한 성격이었다. 도모처럼 시부모와 까다로운 남편의 시중을 든 것이 아니다.

다만 기리코가 간병을 시작하면서 그때까지 근무했던 직장을 그만둘 수밖에 없었는데, 두 분이 돌아가신 뒤에도 재취업을 하지 못한 건 괴로웠다. 그후 줄곧 시간제 노동자로 청소 일을 하고 있다.

기나긴 부모 돌봄에 대한 피로, 정규 직장을 구하지 못하는 초조함, 그런 것들이 합쳐져 상속재산을 분할하는 자리에서 언니와 사이가 틀어져버렸다. 절반씩 나누는 게 당연하다는 듯 행동하는 언니를 참을 수 없었다. 언니가 죽은 뒤로는 조카들과도 소식이 끊겨 어디에 사는지도 모른다.

재물을 원했던 건 아니다. 한 마디, 자신의 노고를 인정해주는 그 한 마디 말을 원했을 뿐이다.

기리코가 그렇게 말하자 언니는 안색을 싹 바꾸며 "넌 부모님 밑에서 연금 쓰면서 편하게 산 것뿐이잖아"라는 말을 내뱉었다. 언니에게도 나름의 사정이 있었을지 모른다. 하지만 기리코도 지금보다는 젊었기에 참지 못하고 심하게 대꾸하고 말았다.

결국 본가를 처분한 돈을 언니와 둘이서 나누고 자신은 자그마한 다세대주택으로 이사했다. 우라와역에서도 멀고 지은 지 오십 년 넘은 본가는 별로 돈이 되지 않았다. 기리코는 빌딩 화장실을 닦으면서 이대로 고독하게 죽어가겠구나 체념한 채였다. 도모와 살기 전까지는.

"같이 살자"라는 말을 들은 그날부터 인생이 반짝반짝 빛나기 시작했다.

그랬는데 이렇게 허무하게 삼 년 만에 도모가 떠나버리다니.

도모의 장례식이 끝난 뒤, 우선 부동산사무소와 의논해야 했다.

"얼마나 상심이 크십니까."

미리 전화를 해두었기에 담당자 아이다 씨가 안에서 바로 나왔다. 사십대 중반의 얼굴이 둥근 남자다.

"장례식에 와줘서…… 정말 고마워요."

그렇게 답례인사를 했지만 도모의 장례식을 치른 건 기리코가 아니다. 도모의 아들들이 집 근처 장례식장에서 열었고 기리코 또한 조문객 중 한 명이었을 뿐이다.

조촐한 장례식이었지만 아이다를 비롯해 도모의 직장 동료였던 아르바이트 학생들도 와주었다. 모인 사람이 많아 오히려 가족측에서 놀라워했다.

"그리고 그 집 말인데요, 아무래도 나가야 할 것 같아서."

아아, 하고 아이다가 고개를 끄덕였지만 내심 예상은 했던 얼굴이었다.

"……아쉽네요."

인사치레 같지 않은 말투였다.

"두 분이 집을 깨끗하게 사용해주시고 월세도 늦는 법이 없어서 집주인 가도노 씨도 무척 좋아하셨어요."

처음 살 곳을 구할 때, 노인 여성 둘에게 집을 빌려주겠다는 집주인이 좀처럼 없었다. 그러다 도모의 장남이 보증인이 되어줘 주인과 면접까지 하고서 겨우 집을 구했다.

가도노는 프리랜서 작가인 사십대 독신 여성이었다. 비슷한 임대용 주택을 몇 채 가지고 있다고 아이다가 알려주었다.

처음에는 안경 너머로 이쪽을 뚫어지게 쳐다보던 그녀였는데,

도모와 함께 “앞으로는 둘이서 살고 싶다”라는 마음을 솔직하게 말하자 선뜻 “좋죠” 하고 수긍했다.

“저도 독신이라 남의 일 같지 않네요. 두 분처럼 저도 함께 살 사람이 있으면 좋겠어요.”

그러고서 그녀는 차만 한 잔 마시고 바로 나갔다. 한 번도 웃지 않았다.

“저렇게 독특한 집주인이라 다행이에요.”

그녀가 돌아가자 아이다가 말하며 웃었다.

“저 젊은 분이 혼자 부동산을 여러 채 소유하고 있는 거군요.”

둘이서 감탄하고 있자니 “저리 보여도 꽤 수완이 좋은 분이에요” 하고 아이다가 알려주었다. 그녀 또한 장례식에 와준 사람 중 한 명이었다.

“안 그래도 기리코 씨가 퇴거하실 수도 있겠다고 집주인 분과도 얘기했었어요.”

“걱정을 끼쳐서 미안해요.”

둘의 연금을 합쳐 어찌어찌 생활했던 터라 누구라도 그렇게 예상할 수 있을 것이다.

“아닙니다. 너무 아쉬워서 그렇죠. 그럼 다음은 어떤 곳을 원하세요?”

아이다는 재빠르게 기리코에게 조건을 묻기 시작했다.

시간제로 청소 일을 하는 이케부쿠로에서 지하철로 사십 분 이내일 것, 역에서 걸어갈 수 있는 거리일 것, 가능하면 월세 3만 엔 이내……

아이다가 같은 역 부근의 집을 몇 군데 보여주었는데, 물론 전부 지은 지 사십 년 넘은 목조 다세대주택이다. 그중에는 욕조가 없는 집도 더러 있었다. 그리고 관리비를 포함하면 집세가 3만 엔을 훌쩍 넘어버린다.

아이다와 얘기하다보니 도모와 처음 이곳에 왔을 때의 일이 새록새록 떠올랐다.

그때는 희망으로 부풀어 있었다. 둘이서 돈을 나눠 내면 좀더 나은 곳에 살 수 있겠다며 좋아했다. 아이다가 보여준 집 중에는 시세보다 조금 저렴한 사고 매물도 있었다.

"이런 것도 개의치 않으신다면."

"나는 별로 상관 없지만."

도모가 느긋하게 말했다.

"그러게."

아무렇지 않게 고개를 끄덕이면서도 기리코는 내심 귀신이 무서웠다. 사고 매물은 싫었지만 말로 잘 설명할 수 없었다.

"그런데 이런 할머니가 둘이나 들어가면 오히려 유령이 놀라는 거 아냐?"

기리코의 반응을 눈치챘는지 도모가 그렇게 거절의 말을 해주었다.

아하하하, 하고 동시에 웃었다. 모든 것이 즐거웠고, 도모도 기리코도 웃기만 하는 날들이었다.

지금은 웃을 일도 거의 없다.

쉽게 침울해지는 기리코의 상태를 눈치챈 걸까. 대강 임대매물 정보를 내놓기만 할 뿐 아이다는 적극적으로 권유하지 않았다.

"빨리 정해야겠다는 생각은 드는데, 이제 뭘 기준으로 삼아야 할지 모르겠네요."

"그리고 이건 말씀드리기 좀 죄송하지만."

아이다가 안타까운 듯한 얼굴을 한다.

"새로 집을 찾으시려면 보증인도 새로 구하셔야 해요."

"보증인……"

전에는 도모의 장남이 보증인이 되어주었다.

"부탁하실 만한 분, 있나요?"

"보증인 말이죠……"

언니네 아들딸에게는 차마 부탁할 수 없다.

"이번에도 그 아드님께 부탁하면 안 될까요?"

"도모네 아들요? 그건 힘들죠."

도모가 죽은 후까지 폐를 끼칠 순 없다.

"그럼 보증회사도 찾으셔야겠네요."

"네."

"혹시 가능하다면 지금 집에 계속 사시는 건 어떨까요? 집주인도 좋아하실 것 같은데."

"그건……"

그러기에는 금전적으로 부담스럽다.

하나부터 열까지 괴롭기만 하던 중에 그가 차로 집까지 바래다준 것이 유일한 위안이었다. "어느 집이든 한 군데라도 둘러보시면 그후에는 제가 댁까지 모셔다드릴게요"라고 그가 말했다. 기리코는 못 이기는 척 호의를 받아들이기로 했다.

"이제는 아무래도 상관없을 것 같아."

집 한 군데를 본 다음 차 안에서 기리코가 무심코 중얼거리자, 무슨 말씀인지 알 것 같아요, 하고 그가 수긍했다.

"아직 매물은 많이 있으니까요. 월말까지 천천히 결정하시죠. 새로운 집이 나오면 메시지로 알려드릴게요."

"고마워요."

집으로 돌아가는 경차 안에서 기리코는 몇 번이고 고개를 숙였다.

드르륵, 미닫이문을 열고 혼자만의 집으로 돌아왔다.

"다녀왔어."

아무도 없지만 저도 모르게 그 말이 입에 붙었다.

자그마한 붙박이 신발장이 있는 현관으로 들어가면 곧장 이층으로 올라가는 계단이 있고 그 아래가 화장실이다. 안쪽에는 주방과 욕실이 있다.

현관 옆에 방이 하나 있어서 그곳을 둘의 거실로 썼다. 이층에 있는 방 두 개는 각자 하나씩 사용했다.

신발장을 열면 이제 도모의 신발은 없다.

한 사람의 신발로만 정리된 신발장은 딱 절반만 채워져 있다. 앞마당에 나갈 때 둘이서 신곤 했던 슬리퍼만이 그녀를 떠올리게 하는 물건이다.

장례가 끝난 후 아들들이 찾아와 도모의 짐을 몽땅 가져가버렸다.

물론 뭔가를 받으려 했던 건 아니지만…… 추억으로 삼을 만한 것 하나쯤은 두고 가면 좋을 텐데, 하고 속으로 바라긴 했다. 그들은 기리코가 내민 짐…… 옷과 가방, 구두, 작은 서랍장, 장갑이며 액세서리까지 하나도 남기지 않고 후다닥 차에 실었다.

기리코가 대접하려고 케이크와 차를 준비해놓았는데 그들은 앉을 기색도 없었다.

주방용품까지 '반은 돌려달라'고 하지는 않았지만 유심히 집안을 바라보긴 했다.

"다른 건 없습니까?"

마치 기리코가 아직 뭔가를 숨기고 있기라도 한 것처럼 그들은 물었다. 그 바람에 "뭐라도 좋으니 유품을……"이라고 부탁할 타이밍을 놓치고 말았다.

욕심 있는 사람으로 보이기 싫었다. 그들에게 어머니와 마지막에 함께 지낸 여자가 그런 인간이라고 여겨지고 싶지 않았다.

도모를 위해서도, 자신을 위해서도.

저 짐들은 어떻게 하려나. 액세서리 같은 건 며느리나 손주들이 사용할지도 모른다. 그렇다면 다행이다. 하지만 늙은이의 옷 따위를 가져가서 어쩌려는 걸까. 혹시 전부 버리는 건 아닐지.

버려졌을지 모를 도모의 물건들이 지금도 종종 눈앞에 떠올라 슬퍼진다. 자식들 눈에는 그저 낡은 옷일지 몰라도 한 벌 한 벌 모두 추억이 담긴 것이다. 그리고 그렇게 생각하는 자신이 딱해서 더더욱 서글프다.

기리코는 거실에 있는 고타쓰*에 들어가 TV를 켜고 멍하니 생각한다.

오늘 저녁은 뭘 먹지?

TV에서는 요즘 유행하는 스리랑카 카레를 파는 도쿄의 한 음

---

* 탁자에 이불을 씌우고 전기 열선이 든 상판을 올린 일본의 난방기구.

식점을 소개하고 있다. 젊은 여성 리포터가 유창하게 얘기하면서 재료가 듬뿍 들어간 카레를 입안 가득 넣고 있다.

솥에 밥이 있고 아침에 끓인 된장국이 있으니 그걸로 대충 때워야겠다. 배는 전혀 고프지 않다.

혼자가 되니 집안뿐 아니라 식탁도 쓸쓸해졌다.

하지만 그보다 마음이 쓸쓸하다.

TV 속 그녀가 카레를 한입 가득 넣은 순간, 고타쓰 위에 둔 스마트폰이 울려 기리코는 깜짝 놀랐다.

이 집으로 이사왔을 때 둘이서 똑같이 스마트폰으로 바꿨다. 도모의 일터 동료인 젊은 친구들이 알려줘 저렴한 스마트폰을 계약하고 사용법도 배웠다.

그 스마트폰을 집어 허둥지둥 귀에 댔다.

"기리코 씨? 오랜만이에요."

발신자 이름이 화면에 뜨니 전화의 주인공이 누군지는 받기 전에도 알았지만 막상 상대의 목소리를 들으니 더더욱 심장이 뛰었다.

그는 기리코와 도모의 공통 친구, 미카사 다카시였다.

다카시와는 시에서 운영하는 '하이쿠* 모임'에서 알았다. 가끔

---

* 5·7·5 형식의 일본 고유 단시.

차를 마시기도 하고 완성한 하이쿠를 서로 보내주기도 하는 사이였다. 하이쿠 수업은 도모가 알아왔는데, "같이 가자, 두뇌 운동에 좋을 거야"라는 그녀의 말을 듣고 다니게 되었다.

둘이 늘 붙어다니면서 다카시나 강사가 말을 걸어도 일단 서로 얼굴을 마주본 다음에 대답했기에 "꼭 여학생들 같다니까" 하고 그가 매번 놀리곤 했다.

그리고 다카시는…… 기리코와 도모가 흠모하는 대상이기도 했다. 주로 들떠서 얘기한 건 기리코였고, 도모는 "남자라면 이제 됐어"라고 했지만.

"기리코한테 양보할게."

"어머, 꼭 자기 것처럼 말하네!" 하며 둘이서 종종 우스갯소리를 했다.

"잘 지내십니까? 도모 씨가 돌아가신 뒤로 어떻게 지내시나 걱정했어요."

다카시의 목소리는 깊고 다정했다. 그런 목소리 또한 멋있다며 둘이 호들갑을 떨곤 했다.

"고맙습니다."

"아마 바쁘시겠지 싶어 좀 기다렸습니다."

나이를 먹으면 배려심이 사라져 뭐든 자기중심적으로 행동하는 고령자가 많은데 다카시는 그런 면이 없다.

그래서 좋아하게 됐지. 기리코는 오랜만에 마음이 훈훈해지는 걸 느꼈다.

"같이 살던 사람을 먼저 보내는 일은 너무 고통스럽고, 필요한 절차니 뭐니 하는 것들로 바빠서 슬픔에 빠져 있을 시간도 없잖아요…… 저도 아내를 떠나보냈을 때는 한동안 다시 일어날 수가 없더라고요."

"고마워요. 그런 일들은 도모의 아들들이 해줬어요."

"참 든든하네요."

그렇다. 도모의 아들들이 기리코한테서 모든 걸 빼앗아버린 것 같았지만, 생각해보면 그 덕분에 차분히 슬픔에 잠길 시간이 있기도 한 것이다.

역시 사람은 타인과 대화를 해야 하는구나, 기리코는 생각했다. 혼자 있다보면 자꾸 생각이 나쁜 쪽으로 흘러가는데, 그걸 타인들이 올바른 방향으로 이끌어준다.

다카시가 강인함과 쾌활함을 지닌 듬직한 사람임을 기리코는 새삼 다시 느꼈다.

"제가 도울 수 있는 일이 있으면 뭐라도 얘기해주세요."

그의 목소리는 끝까지 부드럽다.

누구더라, 배우 아무개를 닮았다며 도모가 말했었는데. 그게 누구였지?

"그리고……"

"네."

"기리코 씨한테 하고 싶은 얘기가 있어서요."

그의 목소리가 웬일인지 또렷하지 않았다.

"네, 뭔데요?"

다카시가 전화로는 말하기 어렵다고 해서 둘은 만날 약속을 정했다.

역 앞 프랜차이즈 카페에서 만나기로 했다.

기리코는 약속보다 이십 분이나 일찍 도착했다.

평일 오후라 가게는 한산하다. 기리코와 비슷한 연령대의 노인이나 노트북을 펼치고 일하는 젊은이들뿐이다.

오랜만에 커피를 천천히 음미하며 마신다.

평소에는 카페에 갈 일도 없었지만, 도모와 디저트 뷔페에 갈 때만은 커피와 홍차를 만끽했지. 기리코는 커피를 좋아했고, 홍차 애호가인 도모는 다즐링을 선호했다.

아아, 이런 상황에서도 자꾸 둘이서 지내던 때의 일을 생각하고 만다. 다카시가 만나자고 한 얘기를 하면 도모는 뭐라고 할까. 분명 "드디어 해냈구나!"라며 기뻐해줄 것이다. 아아, 도모와 다시 얘기할 수 있다면 좋으련만.

"오래 기다리셨죠."

어느샌가 다카시가 기리코 앞에 서서 미소 짓고 있었다.

"아니에요. 오늘 와주셔서 감사합니다."

기리코를 불러낸 건 그인데도 얼떨결에 고맙다는 말이 나와버렸다.

"별말씀을요. 나와주셔서 저야말로 고맙습니다."

언제나 근사한 다카시지만 오늘은 한층 더 멋지다.

희끗한 머리칼을 깔끔하게 매만졌고 트위드 재킷을 입었다. 목에 감은 머플러는 분명 캐시미어일 것이다. 머플러를 풀자 단정하게 맨 넥타이가 보였다.

"건강해 보여 다행이에요."

"아, 일하러 갈 때 말고는 외출이 오랜만이에요."

그 목소리가 자신의 귀에도 은근히 들뜬 것처럼 들려 기리코는 순간 빨이 붉어졌다.

"그래요? 그래도 안색이 좋네요."

"고맙습니다."

기리코는 문득 그의 분위기가 평소와 다르다는 걸 알아차렸다. 가슴팍에 선명한 주황색 포켓 행커치프가 꽂혀 있다. 원래 세련되고 말끔한 사람이긴 하지만 보통 행커치프까지는 하지 않았다.

색이 예쁘네, 기리코는 생각했다. 그의 은발에 잘 어울려 돋보인다.

아, 그렇지. 도모가 다카시를 닮았다고 말한 배우는 우에하라 겐이다. 아들인 가야마 유조보다 훨씬 좋아했다.

한동안 이런저런 잡담을 했다. 도모가 세상을 떠나고 잠시 하이쿠 모임에 나가지 못한 사이 다들 신상에 변화가 생긴 모양이다. 여든 살이 넘은 마루야마 씨가 폐렴으로 입원했고 미나미 씨는 계단에서 굴렀다는 둥, 다카시 본인은 다니던 접골원을 옮겼더니 요통이 꽤 줄었다는 둥 역시나 단골 화제인 건강에 관한 얘기가 주를 이뤘다. 그건 그것대로 재미있다. 기리코도 체중이 좀 줄었다고 말하자 다카시가 "식사는 제대로 하고 있어요?" 하고 걱정해주었고, 그 접골원을 소개해주기로 약속했다.

젊은 시절에는 몸 아픈 얘기를 하고 그런 걸 그럭저럭 재미있어하는 노인이 될 거라고는 생각하지 못했다. 하지만 그것이 현실이다.

도모의 장례식에서 나눠준 만주의 맛이 좋아서 "그건 대체 어디서 주문한 건지, 내 장례 때도 그걸 대접하고 싶으니 꼭 가게를 알려주면 좋겠어" 하고 다들 칭찬했다는 것도 다카시가 알려주었다.

"저도 맛있더라고요. 역시 도모코 씨는 달라요."

"어머나, 감사합니다. 분명 도모도 기뻐할 거예요."

자신이 준비한 것은 아니지만 그런 일로라도 칭찬받는 건 순수하게 기쁘다. 노인은 할 수 있는 행사가 장례식 정도뿐이니까.

그리고 하이쿠 모임에서 사람들과 거의 어울리지 않아 '고고한 기미'라고 불리는 일흔다섯 살 시라카와 기미코의 작품이 신문의 하이쿠 투고란에 실렸다는 얘기도 나왔다.

"그런 곳에 투고했다는 것도 우리는 몰랐다니까요."

"역시 고고한 기미 씨답네요. 저는 도전할 용기도 못 낼 텐데."

저도 모르게 기리코는 감탄했다.

"그분은 다른 사람들과 마음가짐이 다르잖아요."

"우리처럼 반은 놀러오는 사람들과는 다르겠죠? 왜 우리 모임에 들어왔을까요?"

"도쿄에 가면 더 좋은 모임이 많을 텐데."

결코 욕이나 험담은 아니지만 은근히 '비꼬는 느낌'이 담긴 감상을 서로 털어놓는다. 다카시는 장례식에 참석하지 못한 사람들의 부의금을 걷어서 가지고 와주었다.

"기리코 씨도 마음이 좀 정리되면 다시 하이쿠 모임에 나오세요. 두 분이 없으니 너무 허전하네요."

마지막으로 다카시는 인사치레가 아닌 진지한 투로 말했다.

"고마워요."

기리코는 감사를 표하다가 문득 다카시가 '두 분'이라고 말한 것을 깨달았다. 그래, 우리는 지금도 '둘'이다. 다카시의 마음속에는 도모도 함께 살아 있는 거다. 눈물이 나올 것 같았다.

"그리고, 저, 기리코 씨한테 하고 싶은 말이 있는데……"

다카시가 몸을 앞으로 쑥 내민다. 기리코도 얼떨결에 같은 자세를 취해 둘은 테이블을 사이에 두고 얼굴이 가까워졌다.

"제가 기리코 씨한테……"

"네."

그 순간 쿵 하고 테이블에 묵직한 것이 놓였고 기리코는 화들짝 놀랐다.

"오래 기다렸지."

마트 비닐봉지였다. 배추와 토마토가 들어 있는 것이 그대로 비쳐 보였고 대파가 튀어나와 있다.

얼떨결에 고개를 들자 그곳에는 분홍색 니트를 입은 여자가 서 있었다.

"오래 기다렸지, 닷군."

그녀는 다카시 옆에 앉더니 고개를 까딱 기울였고, 그 순간 그의 어깨에 머리가 닿았다. 갈색으로 염색한 그녀의 머리칼이 그의 뺨을 스친다.

기리코는 진심으로 깜짝 놀랐다.

자기 연배에 저토록 노골적으로 알콩달콩하는 남녀를 본 적이 없기 때문이다. 그런데 다카시의 얼굴을 보니 곤란한 듯한 표정을 지으면서도 감출 수 없는 희열이 입가에 흐르고 있다.

"토마토가 아주 싸길래 샀어."

"나, 토마토 안 좋아하는데. 부모님이 메이지시대에 태어난 분들이라 어릴 적 식탁에 별로 안 올라왔거든."

"그래도 영양가가 있잖아."

"가오루코는 젊으니까 토마토를 잘 먹는 거야."

젊다…… 기리코는 속으로 그녀를 뭐라고 표현해야 좋을지 난감해하고 있었다.

젊다고 하면 젊다. 기리코보다는 연하일 테니까. 그래도 그녀 역시 분명 육십대 이상일 것이다.

볼이 통통하니 피부가 깨끗하고 머리도 예쁘게 염색한데다 옷차림도 화려해서 젊어 보이지만 그럼에도 결코 '젊다'라고 할 만한 나이는 아니다.

그런 생각이 전해지기라도 했는지 다카시가 기리코에게 말했다.

"가오루코는 아직 쉰아홉이에요."

그 기뻐하는 얼굴, 흘러넘칠 듯한 미소.

쉰아홉이면 거의 예순이잖아, 하고 그 얼굴에 내뱉고 싶다.

"……저기 ……그런데 이분은 누구신지……?"

기리코는 그제서야 그녀의 정체를 물었다.

"아, 그게."

다카시가 왠지 무척 쑥스러워한다. 가오루코라고 불린 여자도 "후훗" 하고 웃으며 그의 얼굴을 보고 있다.

"실은 말이죠."

마침내 다카시가 기리코 쪽으로 돌아 앉았다.

"이쪽은 사이토 가오루코 씨. 제 피앙세입니다. 꼭 소개하고 싶었어요."

"아, 네."

기리코는 크게 놀라지 않은 듯한 표정을 지으려고 조심했다. 하지만 별 의미는 없는 듯했다. 눈앞의 '커플'은 서로에게만 관심이 있었으니까.

둘은 다카시가 새로 다니기 시작한 접골원에서 만났다고 한다. 그녀가 접수대 아르바이트를 하는 동안 친해졌다면서.

아르바이트가 아니라 시간제 근무겠지, 기리코는 속으로 생각했다. 왠지 아르바이트라고 하면 학생처럼 보이는데도 태연히 그렇게 표현하는 여자가 뻔뻔하게 느껴졌다.

기리코는 자랑스레 떠들어대는 둘의 연애사를 들어야 했고, 그걸 줄곧 웃으며 들어줬더니 아예 지칠 대로 지쳐버렸다.

역에서 집까지 가는 발걸음이 무겁다. 이런 때 정말 괴로워진다. 터벅터벅이라는 말이 딱 어울리는 걸음걸이로 집까지 갔다.

그날 저녁에는 또 TV를 보면서 식욕도 없는데 멍하니 밥을 먹었다. 이렇게 앞으로 쭉 혼자 식사를 한다면 점점 살이 빠지겠지 싶었다.

도모가 있을 때는 디저트 뷔페에 다녀오고 나서 "다이어트를 해야겠어"라며 식사량을 일부러 줄이는 일도 있었는데.

"고령자의 재범률이 높아지고 있네요."

문득 화면 너머에서 '고령자'라는 단어가 들려오기에 귀를 기울였다.

"그렇습니다. 한 차례 교도소에서 나와도 금세 다시 범죄를 일으켜 되돌아가는, 그런 고령자들이 증가하고 있는 거죠."

어머나, 하고 기리코는 혼잣말을 했다.

젊은 남자 아나운서가 뉴스 캐스터를 향해 설명하고 있다.

"교도소는 살 곳을 제공해주고 식사도 주잖아요. 목욕도 할 수 있고 의사도 상주합니다. 새해에는 오세치 요리*도 나오고요."

오세치 요리가 빼곡히 담긴 플라스틱 접시가 화면에 보였다.

"의외로 호화로운데."

* 일본의 정월에 먹는 명절 음식.

또 혼잣말이 나왔다.

"자리보전하게 되면 간병도 해주고요."

간병……

순간 가슴이 철렁했다.

그건 줄곧 자신이 품어온 불안이었다. 이처럼 혼자 살면서 몸이 건강할 때는 괜찮다. 그런데 만약 쓰러지기라도 하면? 솔직히 그대로 죽는다면 그나마 낫지만 죽지도 못하고 간병이 필요한 몸이 되면 어찌해야 좋을까.

언니의 자식들에게는 절대 신세질 수 없다. 당연히 그쪽에서도 그럴 마음은 추호도 없을 것이다.

하지만……

교도소에는 모든 것이 갖춰져 있다.

다행히 조카들과는 성씨가 다르니 범죄자가 된다고 한들 크게 폐를 끼치지는 않을 것이다.

화면에는 누워지내는 신세가 된 수감자를 침대에서 일으키는 젊은 수감자의 모습이 나오고 있었다. 모자이크 처리되어 얼굴이나 표정은 보이지 않는다.

"수감자 중에는 교도소 안에서 요양보호사 자격증을 따고 고령 수감자를 돌보는 사람도 있습니다."

왠지 기리코는 그 화면이 빛나 보이는 듯했다.

청소 일을 마치고 돌아오는 길, 집으로 이어지는 골목 모퉁이를 돌아 이제 다 왔구나 하고 안도하며 걸음을 옮기는데 집 앞에 웬 노인이 서 있는 것이 보였다. 그는 주위를 두리번두리번 둘러보고 위를 올려다보기도 했다.

다카시와 마찬가지로 트위드 재킷을 입고 있지만 몹시 낡았고 얇다. 한 손에는 역시나 얄팍한 가방을 들었고, 오래 신어 다 해진 신발을 신고 있다. 키는 중간 정도인데 몸집이 조금 있는 편이다.

하이쿠 모임 사람이었나…… 아니면 도모의 일터 사람인가……

그는 기리코와 눈이 마주치자 미소도 없이 고개를 끄덕였다.

그냥 동네 사람인가? 본 적은 없는 것 같지만……

"안녕하세요!"

"예."

그럼에도 당당하게 인사를 해와서 기리코도 애매하게 고개를 끄덕였다.

"여기가 미야자키 도모코 씨 댁인가요?"

"네, 여기 살았었는데요……"

역시 이 집에 용건이 있는 모양이다.

"아, 실례합니다." 남자가 가볍게 고개를 숙인다.

"저는 사토라고 합니다. 도모코 씨에게는 생전에 신세를 많이 졌는데…… 죄송하게도 돌아가신 걸 몰라서 장례식에 찾아뵙지 못했습니다. 뒤늦게나마 분향이라도 하고 싶어 이렇게 찾아왔습니다."

"어머나, 그러셨군요. 감사합니다."

기리코는 저도 모르게 눈물이 새어나왔다. 도모를 위해 이렇게 일부러 와주는 사람이 아직 있다니.

"추운데 밖에서 기다리시게 해 죄송합니다."

"아닙니다. 마침 귀가하셔서 다행이에요."

"그런데 이곳에는 위패가 없어요. 도모의…… 도모코 씨의 집…… 장남의 집에 있거든요."

"그렇습니까."

"여기에는 제 부모님의 불단에 그저 모양새만 갖춰 도모의 사진을 올려놨을 뿐이라서요."

또 눈물이 맺힌다. 아무리 가장 친한 친구이자 마지막까지 함께 살았던 사람일지라도 자신이 그녀의 가족이나 친척이 아닌 이상 위패를 둘 순 없다.

"그랬군요."

사토는 고개를 끄덕이며 슬쩍 제자리에서 발을 굴렀다.

"그것 참 유감이네요…… 저기, 죄송하지만 화장실 좀 써도 될까요? 여기 계속 서 있었더니 몸이 차가워져서."

"어머나 저런, 제가 미처 생각을 못했네요. 죄송합니다."

기리코는 허둥지둥 문을 열고 사토를 안으로 들인다. 화장실 위치를 알려주고 주전자를 불에 올렸다.

"자, 이쪽에 앉으세요. 고타쓰에 들어가 다리를 펴세요."

화장실에서 나온 사토를 거실로 안내했다.

"감사합니다. 그래도 우선은 인사를 드리겠습니다."

사토는 불단을 향해 손을 합장했다. 기리코도 그 뒤에서 똑같이 했다.

주전자 물이 끓은 것 같아 사토에게 양해를 구하고 주방으로 간다.

"도모와는 어떻게 아시는 사이인가요?"

기리코는 거실에 있는 사토에게 말을 걸었고, 그가 뭐라고 대꾸하는 것 같지만 잘 알아들을 수 없었다. 끓인 차를 가져와 다시 한번 묻는다.

"도모와는 어떻게 아시는 사이예요?"

"……남편분과 업무상 교류가 있었어요. 부인께도 신세를 많이 졌습니다."

"그랬군요. 그런데 여길 잘 찾으셨네요."

사토가 차를 꿀꺽 마신다. 큼직한 울대뼈가 움직였다.

덩치에 비해 울대뼈가 큰 사람이네, 기리코는 생각했다.

"……연하장을 주고받았거든요."

"그랬군요."

그런데 도모의 지인 중에 이런 분이 있었나? 남편 쪽 지인과는 그다지 교제가 없었을 텐데.

"그러다 전에 동네에서 우연히 만났는데 그때 여기 산다고 하시면서 주소를 교환했습니다."

"아아, 그랬군요."

그걸로 모든 게 이해되었다. 그렇게 된 일이라면 주소를 알고 있어도 이상할 게 없다.

사토는 "약소합니다만……" 하고 말하며 부의금을 꺼냈다.

"어머나, 이런 것까지."

기리코가 깊이 고개를 숙였다.

"이건 도모코의 아드님에게 반드시 전하겠습니다."

"잘 부탁드립니다."

기리코가 차를 두 차례 새로 내고 집에 있던 기성품 과자까지 대접한 뒤, 약 한 시간이 지나 사토는 돌아갔다.

이변을 알아차린 건 다음날이었다.

장을 보러 가려고 가방에서 지갑을 꺼내 살펴보는데 현금이 전혀 없었다.

잠깐. 바로 전에 지갑을 쓰려고 열었을 때는 많은 돈은 아니지만 천 엔짜리 몇 장과 동전 몇 개가 들어 있었다. 분명 3천 4백 엔 정도는 있었을 것이다.

착각인가 싶어 거실 불단 옆에 있는 서랍을 열어보았다. 거기에는 은행에서 찾아온 돈을 두는데, 한 달에 한 번 정도 대략 몇만 엔을 찾아 은행 봉투에 넣어서 놔둔다.

과연, 봉투는 있었다.

다행이다, 하고 안을 들여다보았는데 지폐가 한 장도 없다.

심장이 쿵쾅쿵쾅 뛰기 시작했다.

같은 자리에 하이쿠 모임의 회비 봉투도 넣어놨었다. 한 달 회비는 2천 엔. 도모가 죽고 나서는 모임에 가지 않았으니 이전 회비를 넣어둔 이후로 꺼내지 않았을 터였다.

그것도 없어졌다.

심장의 두근거림이 멈추지 않는다. 심장 뛰는 소리가 말 그대로 방망이질하듯 귓가에 울려퍼졌다.

불단 서랍에는 장례식에 오지 못한 하이쿠 모임 사람들에게 받아둔 부의금 봉투가 있다. 안을 열었더니…… 모든 봉투가 텅 비어 있었다. 물론, 이라고 해야겠지만 사토의 부의금 봉투에는 아무것도 들어 있지 않았다.

허둥지둥 이층으로 올라간다. 뛰어올라가는 건 할 수 없지만 요 몇 년간 기리코가 낸 최고의 속도였다.

기리코의 방 서랍장에는 작은 저금통이 놓여 있다. 예전에 은행에서 정기예금을 가입하면서 받은 것이다. 강아지 캐릭터가 사랑스러운 미소를 짓고 있다.

떨리는 손으로 저금통을 들고 가만히 흔들었다. 아무 소리도 나지 않는다. 바닥의 뚜껑을 열어볼 필요도 없이 안에는 아무것도 들어 있지 않았다. 그간 500엔짜리 동전이 생기면 거기에 종종 넣었고, 최소한 열 개쯤은 모였을 것이다.

기리코는 온 집안을 뒤지고 나서 지폐 한 장, 동전 하나도 없다는 걸 알았다. 다만 통장과 인감도장, 카드는 손을 타지 않았다는 게 불행 중 다행이었다.

다리에 힘이 풀릴 만큼 크게 놀랐다. 실제로 한동안 주저앉아 있었을 정도다.

빈집털이인가? 하지만 어제 일 끝나고 돌아오는 길에 장을 보고서 계산할 때는 지갑에 돈이 들어 있었다. 그리고 사토가 돌아간 다음에는 집에서 나가지도 않았다.

한밤중에 도둑이 들었을 가능성도 있지만 아침에 본 현관문은 평소처럼 닫혀 있었고 열린 창문도 없었다.

그렇다면 그 사토라는 사람이…… 기리코는 몸이 와들와들 떨리기 시작했다.

무섭다……

기리코는 그가 평범한 사람이었다고 생각한다. 지금은 벌써 얼굴도 잘 기억나지 않는다.

선량해 보이는 얼굴이었다. 아니, 잘 기억나지 않지만 나쁜 사람으로는 보이지 않았다. 그래도 역시 그 사람인 건가.

쓸데없이 큰 울대뼈가 위아래로 움직이던 모습밖에 떠오르지 않았다.

줄곧 도둑과 대면하고 있었다는 말인가. 한 시간 가까이 얘기하며 때로는 크게 웃기까지 했는데.

무서움, 한심함, 슬픔, 분함…… 다양한 감정들이 한데 뒤섞여 결국 기리코는 소리 내어 울고 말았다.

다음날, 기리코는 역 앞 파출소까지 걸어가 사건의 정황을 얘기했다.

젊고 상냥한 순경이 기리코의 얘기를 가만히 들어주고 조서도 꼼꼼히 작성했다.

"조문을 가장한 좀도둑이네요."

"네?"

"요즘 그런 일이 많아요. 분명 이 외에도 추가 범행이 있을 겁니다."

순경이 익숙한 듯 메모지를 꺼내 펼쳤다.

"내가 멍청해서……"

한숨 섞인 탄식이 나오고 말았다.

"아니에요. 그건 절대 아닙니다."

"네?"

그 힘있는 목소리에 기리코는 문득 고개를 들었다.

"기리코 씨의 선의를 이용해 돈을 훔쳐간 범인이 나쁜 거죠."

"그런가요."

"그럼요. 기리코 씨는 잘못한 거 없어요."

순경은 강력하게 말하며 기리코에게 고개를 끄덕였다.

"고마워요."

그 말에 기뻐서 눈물이 나올 것 같았다.

"어떤 사람이었어요? 생각나는 대로 말씀해주셔도 됩니다."

순경이 범인의 여러 특징을 물어왔지만 기리코는 제대로 대답하지 못했다.

"울대뼈가 크고,"

"네?"

"목 울대뼈가……"

왠지 스스로가 한심해 입을 다물었다.

"왜 그러세요?"

순경이 얼굴을 가까이 살피듯 다가와 물었다.

"뭐라도 좋으니까 기억나는 거 있으면 말씀해주세요."

"……미안해요. 울대뼈가 큰 사람이었다는 것밖에 기억이 안 나네요."

"그런 게 중요한 거예요. 말씀해주셔서 고맙습니다."

그는 싱긋 웃더니 '목 울대뼈가 큰 남자'라고 적었다. 그리 잘 쓰는 건 아니지만 읽기 편한 글씨였다.

"이런 사람들은 경찰이 안 무서운 걸까요?"

"네?"

이번에는 그가 되물었다. 쌍꺼풀이 진하고 큰 눈을 동그랗게 뜨고 있다.

"경찰한테 잡히거나 감옥에 들어가는 게 무섭지도 않은 건가…… 거듭 일을 저지르다보면 조만간 잡힐 텐데."

기리코는 마지막 말을 거의 중얼거리듯 내뱉었다.

"글쎄요, 어떨까요. 요즘에는 오히려 교도소에 들어가고 싶어하는 고령자도 있다니 크게 상관없어하는지도 모르죠."

"교도소에 들어가고 싶어한다고요……?"

"네. 교도소에서 먹여주고 재워주고 돌봐주니까요."

"아아, 그 얘기 TV에서 본 적 있어요."

"최근에 종종 보도되고 있죠."

"그게 실제로 있는 일이군요."

돈을 도난당한 일도 타격이 크지만, 그런 남자가 집안에 들어왔다는 사실이 무섭고 꺼림칙하다. 간밤에는 잠도 잘 못 잤다.

"……일층뿐 아니라 이층까지…… 대체 언제 올라갔는지 전혀 모르겠어요. 화장실 가느라 한 번, 차를 내느라 두 번 자리를 비웠을 뿐인데."

"원래 그래요. 그 사람들은 그런 일에 전문가인데다 필사적이니까요."

"또 찾아오면 어떡하죠? 집 구조도 다 알 텐데. 정신이 하나도 없네요."

"그런 수법을 쓰는 도둑들은 조심성이 많아 또 오는 일은 없을 테지만, 만약을 대비해 기리코 씨 댁 주변의 순찰을 강화할게요. 그리고 무슨 일 있으면 뭐든 좋으니 바로 연락해주세요. 고민하지 마시고요."

그리고 경찰 몇 명이 집까지 함께 와서 지문을 채취하고, 110번* 이 아닌 파출소 직통번호를 알려주었다.

---

* 일본의 범죄 신고 번호.

그후, 부의금을 건네준 사람들에게 일일이 전화를 걸어 사정을 설명하고 봉투에 넣었던 금액을 물어보았다. 다들 하나같이 안타까워했다. 그중에는 "속상하실 텐데 괜찮아요, 다시 같은 금액을 넣어서 가져갈게요"라든가 "도모코 씨의 가족이 사는 집 주소를 알려주시면 제가 직접 보낼게요"라고 말해준 사람도 있었다.

단 한 사람, '고고한 기미' 시라카와 기미코만은 밉살스럽게 "금액은 알려드릴 수 없습니다. 개인정보라서요. 이제 됐습니다!" 하더니 퉁명스레게 전화를 끊어버렸다.

어안이 벙벙했다. 그럼 도난당한 돈을 어떻게 돌려주지? "이제 됐다"라는 건 무슨 의미일까. 그녀에게 언제 변상해야 할까.

바로 다시 전화를 걸어 물어볼까 했지만 기리코는 잠시 스마트폰을 가만히 쳐다보다가 "에이 모르겠다" 하고 내버려두었다. 그녀가 인사도 없이 전화를 끊어버린 것도 약오르고, 자신을 무시하듯 또박또박 끊어서 말한 것도 부아가 난다. 어차피 조만간 하이쿠 모임에서 만날 테니 그때 먼저 말을 걸어오겠지.

이 집에 그대로 계속 사는 것도 무서웠기에 청소 일이 끝난 뒤 부동산사무소로 찾아가 사정을 얘기했다. 아이다도 깊이 동정하면서 다시 한번 기리코가 구하는 집의 조건을 논의했다. 그는 신경써서 찾아보고 좋은 집이 있으면 바로 연락하겠다며 책임감

있게 일을 맡아주었다.

원래도 저축해둔 건 몇십만 엔뿐이었는데 이번 사건으로 십만 엔 가까운 돈을 잃어버려 타격이 컸다. 하지만 등과 배를 바꿀 순 없다.* 이사만은 꼭 해야 한다. 그런데 이사를 하면 분명 지금 모아둔 돈은 전부 사라지고 말 것이다.

오랜만에 하이쿠 모임에 얼굴을 비췄더니 몇 사람이 "놀라셨겠네요" "무서웠죠?" 하고 말을 건네왔다. 다카시는 말을 걸지 않았다. 기리코 쪽을 보려고 하지도 않았다. 그에게 약혼자가 생겼다는 건 이미 다들 알고 있었다. 기리코가 없을 때 모임에 그녀를 한 번 데려왔던 모양이다. 그러나 하이쿠가 자신과 맞지 않는다고 했다나. 이날 그녀는 오지 않았다.

주제는 '첫눈'이었는데 다카시가 읊은 건 "하얀 첫눈이 그녀의 하얀 살결을 생각나게 하네"라는 '사랑'이랄까 '애욕'의 시구였다. 사람들의 놀림에 머리를 긁적이면서도 뿌듯함을 감추려 하지는 않았다. 미간을 찌푸리는 사람도 몇 명 있었는데 다카시는 눈치채지 못한 듯했다. 특히 '고고한 기미' 시라카와 기미코는 노골적으로 인상을 쓰고 있었다. 부의금 일은 그날 이후로 끝

* '당면한 고통을 피하기 위해 다소의 희생을 감수할 수밖에 없다'라는 뜻의 일본 속담.

이었지만 기리코는 처음으로 그녀와 의견이 일치한 듯한 기분이 들었다.

기리코는 주변 사람들이 눈치채지 못하도록 한숨을 쉬었다. 다카시는 점잖고 글자 수를 정확히 맞춘 하이쿠를 읊는 사람이었는데. 이제는 품위도 없고 무엇보다 글자 수가 엉망이었다. 이제 이곳에도 기리코가 있을 자리는 없는 듯했다.

그렇게 일련의 뒷마무리를 끝내고 어느 날 잠에서 눈을 뜬 기리코는 문득 자신 안에 아무것도 없다는 걸 깨달았다. 그날은 일요일이라 청소 일도 휴무였다.

머릿속이 새하얗고 몸은 텅 비었고 집안의 공기는 차가웠다.

한 시간 남짓 그대로 누워 천장만 쳐다보았다.

대체 나는 어떻게 된 걸까……

왠지 모든 게 사라져버린 것만 같았다.

친구도 없고 애인은커녕 좋아하는 사람도 없다. 직장은 있지만 언제 잘려도 이상하지 않을 시간제 근무다.

지금 보니 정말로 다카시를 좋아했었는지도 의문스럽다.

도모와 둘이서 그에 대해 까불며 떠들던 그 시간이 소중했던 건지도 모르겠다.

지금 갑자기 모든 것이 사라진 게 아니다. 애초에 아무것도 갖고 있지 않았음을 깨닫지 못했던 것뿐이다.

월말에 드디어 아이다로부터 연락이 왔다.

"기리코 씨가 마음에 들어할 만한 집을 찾았습니다."

사무소를 방문하자 그가 곧장 매물 정보를 보여주었다.

"실은 지금 기리코 씨네 집주인 가도노 씨가 어르신용 다세대 주택을 별도로 소유하고 있어요."

"어르신용 주택?"

아이다가 전단지를 보여주며 설명한다.

"고령자용 주택이라고 할까요. 고령자만 입주한 건 아니지만 어쨌든 기리코 씨의 조건에 맞는 주택을 임대하고 있거든요. 가령 배우자를 떠나보내고 혼자 살기에는 집이 큰데 그렇다고 아직 시설에 들어갈 정도는 아닌, 가족이나 친척과도 같이 살지 못하는 사정이 있는 고령자들이 계시죠."

"흐음."

"가도노 씨는 고령자 등 사회적 약자 문제를 연구하고 책도 내고 있어요. 그런 사람들의 주택 문제에 대해 취재하는 사이, 미라 찾으러 간 사람이 미라가 된 격*이죠."

* '사람을 찾으러 간 자가 돌아오지 않아 거꾸로 찾게 만든다' 또는 '타인을 설득하러 간 사람이 도리어 설득당한다'라는 뜻의 일본 속담.

사회적 약자…… 기리코는 그 단어가 마음에 걸렸지만 지금은 그보다 자신이 앞으로 살게 될지도 모를 집에 대한 궁금증이 더 커 방 평면도를 집었다. 평범한 독신자용 주택 같았다.

"여기예요. 지금보다 역에서는 조금 멀어지지만 도보로 십이 분 거리라 그럭저럭 걸을 만해요. 지은 지 오십팔 년 된 이층짜리 목조 주택이고 욕실과 화장실이 딸린 원룸 구조입니다. 집세는 관리비 포함해서 2만 8천 엔."

"그 정도라면 어찌어찌……"

"그렇죠? 저도 전부터 기리코 씨에게는 여기가 좋겠다고 생각했는데, 워낙 인기가 있어서 공실이 안 생겼어요. 그러다 얼마 전에 마침내 퇴거자가 나와서요."

"그분은……"

"네?"

"그 집에 사셨던 분은 어디로 가셨나요?"

그때껏 물 흐르듯 얘기하던 아이다가 순간 침묵한다.

"……돌아가셨어요. 방에 쓰러져 있는 걸 옆집 분이 바로 발견한 거라 그 집에서 돌아가신 건 아니에요. 구급차로 이송해 병원에서 돌아가셨어요! 사고 매물은 아닙니다!"

유난히 힘주어 강조한다.

"그래요."

지금은 아무래도 상관없을 듯했다. 기리코 자신이 유령 같은 존재니까.

"이웃이 다들 고령인 분들이라 서로 신경을 써준다는 게 이 주택의 특징이기도 합니다. 그래서 쓰러진 분도 일찍 발견할 수 있었던 거죠."

"그렇네요."

"총 여덟 채인데 그중 여섯 채에 어르신들이 사세요. 아니, 사셨죠. 그 외에는 학생이랑 회사원이 한 명씩."

"그걸 가도노 씨…… 그, 뭐라고 했었죠? 외국어로 된 직업."

"프리랜서 작가요?"

"응, 그거요."

"전에도 말씀드렸지만, 상당히 수완이 좋은 분이에요. 재미난 일도 여럿 구상하고 있고요. 이 주택도 워낙 오래돼서 사겠다는 사람이 영 안 나타나 빈집이 늘어가던 걸 그분이 매수해서는 콘셉트를 바꿔 임대하기 시작했더니 순식간에 만실이 됐어요. 가도노 씨가 지역민생위원이나 구청과도 교섭해서 행정기관 역시 이 건물의 목적을 잘 알고 있답니다."

"어머나, 그렇군요."

"아무튼 이웃과 사이 좋게 교류해주십사 하는 것이 한 가지 당부랄까, 조건입니다. 보증인 구하기가 어려우면 보증회사를 이용하시죠."

기리코는 방 평면도와 사진을 물끄러미 보았다. 지극히 평범한 건물이다. 전에도 이런 곳에 산 적이 있다. 도모와 살기 시작했을 때 같은 설렘도 고양감도 느껴지지 않았다.

하지만 이제 남은 인생이 그런 것일지도 모르겠다.

"그럼 일단 한번 보러 가실래요?"

아이다가 묻는 말에 조용히 고개를 끄덕였다.

그러고 나서 정신없이 이사 준비를 했다.

도모의 짐을 가족에게 넘겼다 해도 지금껏 단독주택에 살면서 써온 물건을 부엌과 방, 벽장 하나로 이뤄진 한 칸짜리 공간으로 옮기는 것이다.

이사 비용을 저렴하게 해결하기 위해서도 짐을 줄이고 싶었다. 이런저런 물건들을 버리고 가져갈 것들만 골판지 상자에 담았다.

그날 부동산사무소에서 얘기를 나누고 나서 일주일 안에 모든 일을 완수해야 했다. 이삿짐 트럭을 예약하고 짐을 싼 뒤 이사를 마쳤을 때는 완전히 녹초가 되었다.

기리코의 집은 이층 맨 끝인 204호다.

이사한 다음날, 자그마한 선물용 화과자를 들고 집집마다 인사를 하러 갔다.

회사원이 사는 집은 노크를 해도 대답이 없었다. 평일이니 당연하다. 학생은 일층 가운데 집인 102호다. 마스크를 한 채로 나오더니 기리코의 인사에 고개만 까딱 숙일 뿐이었다. 목소리조차 들을 수 없었다.

그 옆집 103호에는 키가 크고 깡마른 노파가 살고 있었다. 문패에 모토키 사치에라고 쓰여 있다.

"저기 204호에 사는 거야? 아이고야."

그녀가 크게 소리를 지르며 얼굴을 찡그렸다.

"나라면 절대 안 살아. 어쩜 저런 데를."

그러고는 기리코의 얼굴을 빤히 쳐다보았다.

"……왜 그러세요?"

"시체가 있던 집에 잘도 사는구나 싶어서."

"네?"

생각지도 못한 말을 들어 순간 숨이 멎는다.

"나라면 소름 끼쳐서 절대 못 살아."

"시체라면 전에 살았던 분 말인가요?"

"그래, 사카타 씨. 그 집에서 죽었잖아."

"……구급차로 옮겼다고 하던데요."

"부동산 중개인이랑 집주인은 그렇게 말하겠지. 그런데 구급차가 왔을 때 이미 죽어 있었다던데."

"그게 사실이에요? 누구한테 들으셨어요?"

노파는 질문에 대답하지 않고 "아아, 몰라, 싫어, 싫어" 하고 내뱉듯 말했다.

그러더니 기리코가 그 시체라도 되는 양 과자 상자를 잡아채고는 문을 닫아버렸다.

부동산 중개인도 집주인도 그런 말은 한마디도 하지 않았는데, 정말일까?

마지막으로 기리코의 옆집인 203호의 쓰루노 지로를 방문했을 때 큰맘 먹고 물어보았다.

"아하하하, 그런 거 아니에요. 괜찮아요, 걱정하지 마요."

쓰루노*라는 이름에 딱 어울리게 피부가 희고 뺨이 붉은 노인이 크게 웃었다.

"사카타 씨가 쓰러져 있긴 했지만 분명 숨은 쉬고 있었어요. 내가 구급차를 불렀으니까 틀림없어요."

기리코는 안도하며 가슴을 쓸어내렸다.

"그런가요? 다행이네요……"

"사치에 씨가 고약한 말을 했네."

---

* '쓰루'는 일본어로 '학'이라는 뜻.

"어째서 그런 말을 했을까요? 뭔가 착각하신 게 아닐까요?"

"아니, 그런 거 아니에요."

그는 자기 얼굴 앞에서 손을 휘휘 저었다.

"단순히 심술쟁이 할망구라 그래요. 사카타 씨의 집이 비고 나서 자기도 이층 맨 끝 집에 살고 싶으니까 바꿔달라고, 집세는 지금과 같으면서 보증금도 없이 해달라고 억지를 부렸는데 거절당했거든요. 약올라서 그렇게 말한 거예요."

일전에 이층 맨 끝 집은 다른 집보다 천 엔 더 비싸다고 들었다.

"어머나."

"본성이 그리 나쁜 사람은 아니니까 너그럽게 용서해주세요."

악의적인 거짓말을 한 사람을 '본성은 나쁘지 않다'라고 말할 수 있을까.

기리코는 이사 전날과 당일에만 일을 쉴 생각이었는데, 그다음날부터 감기에 걸리는 바람에 아예 한동안 쉬게 되었다.

가만히 누워 있는데 이유도 없이 눈물이 뚝뚝 흘렀다.

둘이 있다가 혼자가 되자마자 좁은데다 사고 매물 같은 집에 살아야 하는 처지가 되었고 이웃에게는 괜한 트집을 잡혔다.

차라리 이 집이 사고 매물이라는 건 그나마 낫다. 그보다 자신에게 이유도 없이 적의를 품는 사람이 있고, 앞으로 그녀와 이웃으로 교제해야 한다는 사실이 너무나 불안하고 두려웠다.

나는 아무것도 잘못한 게 없는데.

이렇게 되니 그 동그란 얼굴의 부동산 중개인도 안경 쓴 집주인도 모두 밉다.

"이 집밖에 없다" "기리코 씨에게 딱 맞는 집이다" "기리코 씨가 살았으면 좋겠다"라고 말하면서 얼토당토않은 매물을 들이민 거 아닌가.

그러나 이사하고 싶어도 돈이 없다. 저축한 돈을 거의 다 써버리고 말았다.

이제 여기서 살 수밖에 없는 거다. 죽을 때까지.

그렇다, 그 여자가 심술궂게 괴롭혀도 달리 어디로 갈 수도 없다. 어디로도 도망칠 수 없다.

아니, 이곳에 있을 수나 있다면 그나마 다행이지, 지금처럼 돈이 바닥난 상태로는 언제 쫓겨날지도 알 수 없다. 일주일 가까이 일을 쉬고 말았다. 다음달 월급이 확 줄어들 것이다. 집세를 낼 수 있으려나.

일마저 할 수 없으니 자꾸 부정적인 생각만 든다.

차라리 감옥에 들어가는 게 나을지도 모르겠다고 생각하면서 이불을 뒤집어썼다.

기리코는 옆 동네의 마트에 와 있다. 청소 일을 끝내고 돌아가는 길에 한 정거장 전에 내려서 역 앞 마트에 들렀다. 이곳에 와 본 적은 별로 없지만 물건값이 조금 저렴하다고 들었다. 지하철 정기권으로 갈 수도 있고, 생활비를 절약하는 차원에서라도 가 보자 싶었다.

드디어 감기가 나아서 며칠 전부터 일을 나가고 있다. 그런데 기분 탓인지 몸이 무겁다. 움직일 때마다 뼈가 삐거덕거리는 것 같다.

하지만 더이상 쉬면 집세를 내지 못할지도 몰라 무리하게 일을 나갔다. 이사하자마자 집세를 체납할 순 없다.

기리코는 하나하나 신중하게 물건을 고르고 값을 더해가면서 바구니에 넣었다. 일주일 식비를 2천 엔 이내에 해결해야 한다. 오늘은 천 엔 이상 지출할 수 없다. 숙주, 두부, 낫토, 닭가슴살……을 넣었다가 가슴살은 퍽퍽하니까 다진 돼지고기로 바꿨다. 조금 비싸지만 고기를 먹지 않으면 몸이 나빠지는 것 같다. 생선도 먹고 싶어서 한 마리에 99엔인 전갱이를 들고…… 고민하다가 다시 내려놓았다. 역시 생선은 비싼 편이다. 우동면이 세 덩이에 68엔이라 기뻤다. 다진 고기는 경단처럼 만들어 채소와 함께 전골요리로 해 먹을 수 있다. 마지막에 우동면을 넣으면 포만감이 들 것이다.

계산대에 줄 서기 전에 빵 코너로 갔다. 자체 브랜드 식빵이

한 덩이에 89엔이었다. 이것 또한 간편하게 먹을 수 있고 배를 채울 수 있다. 그걸 집으려는데 옆에 나란히 놓인 화과자가 보였다. 분홍색 딸기 찹쌀떡에 시선을 빼앗겼다.

그러고 보니 단 음식을 줄곧 먹지 않았다.

기리코는 도모만큼 단 걸 좋아하지 않지만 요사이 아예 먹지 않았더니 문득 단 음식이 몹시 당겼다. 이걸 사서 먼저 도모의 사진 앞에 올렸다가 그뒤에 먹고 싶다.

딸기 찹쌀떡은 120엔이었다. 식빵 한 덩이보다 훨씬 비싸다. 여덟 장이 든 식빵은 일주일을 먹을 수 있지만 찹쌀떡은 한순간이다.

도모에게도 먹여주고 싶은데…… 기리코는 고민하고 망설이다 다시 진열대에 내려놓았다.

100엔 남짓한 찹쌀떡 하나도 마음 편히 살 수 없는 처지가 되었구나 싶어 스스로가 한심했다.

하다못해 그 조문 도둑만 아니었어도 조금은 더 여유가 있었을 텐데. 그 일로 없어진 몇만 엔 가운데 단 만 엔이라도 좋다. 그 돈이 돌아온다면 찹쌀떡도 살 수 있을 텐데.

딸기 찹쌀떡을 가방 안에 넣고 그대로 계산대를 통과하면 어떨까? 기리코는 잠시 매장 안을 걷다가 불현듯 생각했다.

나도 도난을 당했다. 찹쌀떡 한 개쯤은 가져가도 되지 않을까.

아냐 아냐, 이건 아니야. 기리코는 고개를 흔들며 그 생각을 떨치려 했다.

가난하면 판단력도 흐려진다더니, 바로 이거구나. 아무리 돈이 없어도 거기까지 추락하지는 않았다. 추락해서는 안 된다. 잡히면 감옥에 갈지도 모르는데.

잠깐, 감옥에 간다고?

교도소에 들어간다. 오히려 바라던 일이 아닌가.

교도소에 들어가면 편해진다. 집이나 밥 걱정을 하지 않아도 되고 아픈 것도 치료받을 수 있고 어쩌면 거기서 간병까지 해줄지도 모른다고 한번은 생각했다.

여기서 붙잡히면 교도소에 들어갈 수 있다. 편해질 수 있다.

기리코는 빵 코너로 돌아가 딸기 찹쌀떡을 집었다. 그리고 툭, 바구니가 아니라 자신의 가방 속에 떨어뜨렸다.

다른 물건은 그대로 계산대를 통과시키고 정확히 값을 치른 뒤 장바구니에 담았다. 그리고 아무렇지 않은 얼굴로 출입구를 향해 나아갔다.

심장이 두근거렸다. 표정은 태연할 텐데 심장은 터질 것처럼 고동쳤다. 이런 짓을 한번 더 했다가는 죽을지도 모르겠다.

그 누구에게도 제지당하지 않았다. 그런데도 다리는 떨리고 있었다.

매장을 나왔다.

이렇게 쉬운 일이었다니.

기리코는 붙잡히기를 바랐으면서도 안도의 한숨을 쉬었다.

그때 누군가 뒤에서 세게 팔을 붙잡았다.

"손님!"

정말로 심장이 멎는 줄 알았다.

"그 물건, 아직 계산 안 하셨죠!"

기리코는 팔을 붙들린 채 무릎부터 무너져내렸다.

2장 지폐 위조

“처음이죠?”

기리코는 마트 물품 창고 안의 작은 방으로 인도되었다.

“네.”

극히 작은 소리로 대답하자 마트 직원이 “처음인 거 다 알아요!” 하며 책상을 쾅 쳐서 기리코는 겨우 고개를 들었다.

카디건에 면바지를 입은 수수한 차림의 여성이 눈앞에 서 있다. 지금은 벗어서 의자에 걸쳐뒀지만 여기 들어오기 전까지 짧은 다운재킷을 입고 있었다.

차림은 평범한 주부 같은데, 점장이라도 되는 걸까.

그녀 뒤로 직원들이 오간다. 복도로 이어지는 문은 열려 있다. 좀더 안쪽에 직원 휴게실 같은 게 있을 테다. 쉴새없이 사람들이 지나다닌다. 다들 하나같이 이쪽을 쳐다보지만 결코 빤히 보는 건 아니다. 그저 일상의 풍경인 양 힐끗 시선을 던질 뿐이다. 그렇지만 전혀 보지 않는 사람은 없고 반드시 고개를 꺾어서라도 쳐다본다.

부끄러워 견딜 수 없다.

"저는 우미노 리쓰코라고 해요."

방금 책상을 내려친 사람 같지 않게 차분한 목소리였다.

"할머니, 이름은요?"

"히토쓰바시…… 히토쓰바시 기리코예요."

"나이는요? 일흔다섯? 일흔여섯?"

"네."

조금 놀랐다.

이런 데까지 와서 뻔뻔한 얘기일지 모르겠지만 기리코는 그 나이대로 보이는 일이 별로 없다. 대부분은 육십대냐고 묻는다. 젊어 보이는 것에는 자신 있었다.

"요즘 노인들은 젊어 보이잖아요. 그런데 저는 그것까지 감안해서 나이를 추측하거든요. 여기서 고령자를 많이 만나니까."

"아, 네."

"그래서? 몇 살이에요?"

"일흔여섯이에요."

"딱 맞췄죠!"

그렇게 말하면서도 리쓰코는 웃지 않는다.

"기혼자 아니죠?"

"아, 네."

"언뜻 보기에는 번듯한 가정의 사모님 같지만 저는 알 수 있어요. 기혼자 냄새가 안 나거든요."

기혼자 냄새라는 건 어떤 냄새일까.

"……그런가요."

"혹시 한 번도 결혼한 적 없어요?"

"네…… 그것도 딱 맞췄네요."

그때 그녀가 간신히 살짝 웃었다.

"평소 같았으면 이 정도 절도는 안 잡았을지도 몰라요."

"그래요?"

"아, 그렇다고 물건을 훔쳐도 된다는 말은 아니고요."

"그야 당연히……"

고개가 다시 아래로 향한다. 스스로가 부끄럽고 한심해서.

"오늘은 마침 제가 와 있어서. 저는 여기 일주일에 한 번 정도 와요. 순회 교육차. 평소에는 다른 조사원이 오지만."

"이 마트의 점장님이 아니에요?"

기리코는 리쓰코의 복장을 다시 보았다. 그러고 보니 분명 유니폼도 입지 않았고 점장 명찰을 달지도 않았다. 침착하게 보았다면 평소에는 알 수 있을 터였다.

기리코도 직업상 다양한 회사와 매장에 파견되므로 당연히 사람의 분위기를 살피는 일은 익숙했는데, 아무래도 놀라서 어찌할 바를 몰랐던 것 같다.

"아니에요. 저는 절도 조사원이고, 이 일만 이십 년 했어요. 그런 전문업체에서 파견된 거예요. 몰라요? 〈좀도둑 잡는 G맨〉 같은 TV 프로그램도 있잖아요."

"알아요. 그런데 제대로 본 적이 없어서."

그런 프로그램은 도모가 싫어해서 보지 않았다. TV를 보다가 실제 범죄사건을 다룬 〈경찰청 24시〉 같은 프로그램이 나오면 무섭다면서 항상 채널을 돌려버렸다.

"평소 여기에 상주하는 건 마트 본사에서 파견 나온 조사원뿐이지만 제가 가끔 와서 교육을 해요."

"아, 네."

"거동이 수상해서 할머니를 줄곧 따라다녔어요. 절도가 처음일 거라는 것도 제 경력 정도면 바로 알죠."

"그런 거였군요."

"반대로 말이죠, '처음이에요, 충동적으로 그랬어요' 하면서 눈물을 보여도 상습범은 금세 알아보거든요."

"대단하네요."

"일흔여섯 살, 독신, 결혼 경험 없음, 절도는 이번이 처음. 아니, 이런 나쁜 일 자체가 처음이죠?"

"네."

"그렇게 먹고 싶었던 것도 아니었죠? 딸기 찹쌀떡."

"네."

"알아요, 저는 다 알 수 있어요."

"그렇군요."

"저 보세요, 제 눈을 똑바로 보세요!"

리쓰코는 다시 한번 책상을 내려치더니 기리코를 힘주어 노려보았다.

"전부 사실대로 말하세요. 번듯한 사모님처럼 보이는 분이 어째서 난생처음 오늘 이 매장에서 절도를 했는지."

기리코는 그 눈빛에 압도되어 쩔쩔맸다.

"거짓말하면 다 알아요!"

"죄송합니다."

정신을 차려보니 기리코는 책상에 손을 짚고서 고개를 깊이 숙이고 있었다.

기리코는 모든 걸 얘기했다.

처음에는 간추려서 설명하려고 했다. 그런데 리쓰코가 워낙 잘 들어주면서 "어머, 그랬어요? 저런, 할머니도 힘들었겠네……" 하며 적절한 타이밍에 맞장구를 쳐주는 바람에, 정신을 차려보니 조문 도둑의 울대뼈가 컸다는 것까지 세세히 다 얘기하고 말았다.

"일부러 붙잡힐 생각이었던 거예요?"

끝까지 다 얘기하자 역시 리쓰코가 놀란다.

"아뇨, 아주 그렇게 마음먹었던 건 아닐지도 몰라요. 나도 내 감정을 완벽히 알지 못해서."

"그럼, 아는 것만 말해볼까요?"

"여러 감정이 뒤죽박죽인 나머지 그랬달까요. 돈을 도둑맞은 억울함, 도모와 작별한 외로움, 차라리 체포되는 게 낫겠다 싶을 만큼 불안한 앞날……"

"요즘 일부러 감옥에 가려는 사람들이 있다는 건 알았지만, 그런 사람이라면 더 나이가 많고 몇 번이고 재범을 일으킬 것 같은 남성이 떠오르니까요. 할머니가 그럴 거라고는 생각 못했어요."

"미안합니다."

"어쨌든 그렇게 된 일이군요."

리쓰코는 이마에 손바닥을 댄 채 고개를 숙인다.

"그런데 이 정도 일로는 경비나 경찰을 못 불러요."

"아아."

기리코는 조금 맥이 풀리고 한숨이 새어나왔다.

"물건 하나 훔친 일로 경찰에 신고해도 아마 그쪽에서 내켜하지 않을걸요. 우리끼리 하는 얘기지만. 경찰들도 바쁘니까요."

"네."

"전에도 무일푼 노숙인이 왔었는데, 이럴 바에 유치장에 들어가는 게 비바람도 피하고 밥도 먹을 수 있겠다 싶어 오히려 온정을 베푸는 마음으로 경찰을 부른 적도 있어요. 그런데 결국은 엄청 혼나기만 하고 끝났어요. 아니면 가족을 부를 수밖에요. 하지만 할머니는 가족도 없는 것 같고."

"네."

"지금 해준 얘기를 들으면서 할머니의 약점을 찾았거든요. 이 일을 가장 알리고 싶지 않은 사람이 누구일까. 할머니가 부르고 싶지 않은 사람은 그…… 언니네 자식들, 부동산 중개인, 다카시 씨, 아니면 도모의 가족."

그렇다. 이미 전부 얘기해버렸다. 이제 와 숨길 수도 없다.

"하지만 여기로 남을 부를 수도 없으니."

절도를 저질러도 신원인수인을 부를 수 없는 처지다, 나라는 사람은.

"죄송합니다."

"다음에 또 그러면 그때는 부를 거예요. 가차없이. 할머니네 조카요."

"……어디 사는지도 모르고, 아마 안 올 거예요."

"이게 안 올 사람이라도 올 수밖에 없는 일이에요."

리쓰코는 딱하다는 듯 기리코의 얼굴을 바라보았다.

"할머니는 다른 사람과 다르다고 생각했어요."

"그래요?"

"사람이 좀도둑질을 왜 하는 것 같아요?"

"왜? 그야 역시 물건이 갖고 싶어서 아닐까요? 돈이 없어서? 연금만으로는 부족하니까."

"그건 그렇지만, 가장 큰 이유는 도박이에요."

"아, 도박으로 돈을 잃어서요?"

"아뇨, 그게 아니라 절도 자체가 도박이라는 거예요."

잘 이해되지 않아 고개를 갸웃거렸다.

"기리코 씨 같은 분은 잘 모르겠지만. 돈이 많은 사람도 물건을 훔쳐요. 붙잡고 봤더니 충분히 그 물건을 살 만한 돈이 버젓이 지갑에 들어 있는 게 보통이에요. 게다가 그런 사람은 물건을 함부로 다루죠."

"함부로 다룬다고요?"

"왜 그럴까요? 자기 돈을 안 썼기 때문이에요. 희한하게도 절도범은 식품을 난폭하게 취급해요. 절도행위를 발각당하면 아무렇지 않게 길에 던져버리기도 하고요."

"너무하네요."

자신도 물건을 훔쳤으면서 무심결에 그런 말이 나왔다. 굳이 길에 먹을 것을 버리다니 믿기 어려웠다.

"절도는 성공률이 높은 도박이거든요. 보통 경마나 경륜 같은 도박은 운영자가 반 이상을 가져가고 당첨 확률도 낮아요. 그런데 절도는 잘하면 거의 잡히지 않고 반드시 이득을 보죠. 강력한 쾌감을 느끼게 되는 거예요."

"역시 그렇군요."

"나도 이런 일을 하기 전까지는 물건 훔치는 사람의 마음이 잘 이해되지 않았어요. 붙잡혀도 왜 자꾸 반복하는지 영문을 알 수 없었죠. 그런데 이걸 도박이라고 생각하니까 전부 설명이 되더라고요."

"그런 걸까요."

"하지만 할머니한테서 나는 분위기에는 그 '쾌감'이 전혀 없었거든요."

"네."

"분명 흔한 상습범은 아닐 거라고 생각했어요. 그래도 절대 이 이상은 안 돼요."

리쓰코가 강한 어조로 말했다.

"더이상 이런 세계에 발을 들이면 안 돼요. 지금은 아무렇지 않더라도 조만간 훔치는 일에서 쾌감을 느끼게 될지도 몰라요."

"네."

"저는 기리코 씨가 그렇게 되기를 결코 원치 않아요. 여기서 멈추기를 바라는 거예요."

"고맙습니다."

"절도사건 처리는 점장에게 재량이 있으니 앞으로 어떻게 할지는 점장이 결정할 일이지만, 할머니가 훔친 물건은 딱 한 개니까 돈만 지불하면 경찰을 부르지는 않을 것 같아요. 나도 옆에서 그렇게 말할 거고요."

"미안합니다."

"그러니까 이제 절대로 하지 마세요."

"네."

"저는 금요일마다 여기 와요. 무슨 일 있으면 얘기하세요."

"고맙습니다."

"혹시 또 물건을 훔치고 싶어지면 여기로 와요. 내가 얘기 들어줄게요."

"정말 다정하시네요."

기리코는 저도 모르게 눈물이 맺힌다.

"왠지 그냥 둘 수 없어서요. 기리코 씨 말고도 몇 명이나 있어요. 여기 얘기하러 오는 사람."

리쓰코가 문득 미소를 지었다.

"정말 고마워요. 그리고 미안합니다."

기리코는 일어나서 깊이 고개를 숙였다.

리쓰코가 얘기한 대로, 점장을 불러 다시 경고의 말을 듣고 그날은 집으로 돌아갔다.

집에 가는 내내 기리코는 눈물이 쏟아졌다.

그리고 그저 멍하니 걸어서였을까. 실수로 예전 집…… 도모와 살았던 집으로 오고 말았다.

지금은 '세놓음'이라고 쓰인 간판이 큼직하게 붙은 그 집 앞에 우두커니 멈춰 선다.

몇 주 만에 본 집이 놀랄 만큼 낯설어 흠칫했다. 집주인이 곧장 청소업체를 불렀던 모양이다. 벽과 지붕을 닦았는지 산뜻한 느낌이 난다. 정원에는 도모와 기리코가 키웠던 정원수가 몇 그루 있었는데 흔적도 없이 제거되었다.

이 집에 살기 시작했을 때 부동산 중개인을 통해 집주인에게 "정원수를 심어도 되는지" 확인했고, "너무 크게 자라지 않을 나무라면 괜찮다"라는 대답이 돌아왔었다. 그랬는데 집을 나가자

마자 뽑아버릴 줄은 생각도 못했다.

"리라, 라일락."

무심코 중얼거리고 말았다.

도모가 좋아해서 라일락을…… 리라로도 불리는 그 꽃나무를 마당 한 귀퉁이에 심었었다. 그리고 기리코가 좋아했던 치자나무도.

『라일락 아래서』라는 소설이 있다. 도모도 기리코도 어릴 때 그 책을 읽었고, 고등학교 때 그 책 얘기를 하면서 처음으로 친해졌다.

고등학교 첫 국어 수업에서 자기소개 대신 좋아하는 소설을 발표할 기회가 있었다. 그때부터 눈이 나쁘고 키가 작았던 기리코는 맨 앞자리에 앉은 탓에 제일 먼저 지목되었고, 문득 떠오른 루이자 메이 올컷의 『라일락 아래서』라고 답했다.

"무슨 책인지 모르겠네요. 나는 읽어본 적이 없어서."

간베라는 국어 교사는 기리코의 대답을 잘라버리듯 말했고 그 말투가 이상해서였는지 교실에는 조소에 가까운 웃음이 퍼졌다.

다른 친구들은 저마다 다자이 오사무나 아쿠타가와 류노스케, 나쓰메 소세키의 소설을 말했고, 기리코는 창피함을 견딜 수 없어 줄곧 고개를 숙이고 있었다.

국어는 가장 자신 있는 과목이라 기대하고 있었는데, 고등학교에 들어가니 친구들이 다들 어른스럽게 보여 왠지 슬퍼졌다.

그날 수업이 끝나고 기리코의 어깨를 토닥여준 사람이 있었는데 그게 도모였다.

"나도 올컷 엄청 좋아해."

"정말?"

도모가 생긋 웃었다.

"『작은 아씨들』 읽었어?"

"그럼."

"나는 그중에서 조가 좋더라."

"나도!"

"『여덟 사촌』은?"

"그건 아직 안 읽었어."

"그럼 내일 빌려줄게."

그후로 쭉 우리는 절친한 사이가 되었다.

조를 좋아하는 도모는 키가 크고 참해 보이면서도 내면에 뜨거운 것이 소용돌이치는 여성이었다. 달리기 경주도 농구도 반에서 제일 잘해서 모두의 인기 스타였다. 도모가 없었다면 기리코의 고교생활은 전혀 다른 차원의 것이었을 게 분명하다.

『라일락 아래서』는 그후 『라일락꽃 피는 집』이라고 제목을 바꿔 나왔다. "바뀐 제목이 더 좋다"라고 도모와 자주 얘기했다.

이 집에 이사왔을 무렵, 역 앞 꽃집에서 팔고 남은 라일락 화분이 특가상품으로 몇백 엔에 팔리고 있었다. 자그마한데다 이미 꽃은 대부분 떨어져 있었다. 정성껏 물을 주고 때로 쌀뜨물을 주기도 했는데 그리 크게 자라지는 않았다. 그래도 두 차례 꽃을 볼 수 있었다. 얼마 안 되는 꽃을 도모는 애지중지 여기며 광고전단지 위에 말리기도 하고 압화로 만들기도 하는 등 어떻게든 남기려고 했다. 원래도 작은 쌀알 같은 보라색 꽃은 말리니 더 줄어들어 거의 깨알만해졌다.

"이걸로는 어찌해볼 수가 없네."

그렇게 말하면서 작은 유리병에 넣었다.

그 깨알 같은 꽃은 어디로 가버렸을까. 기억에 없다. 도모의 아들들이 짐을 가지러 왔을 때 그 안에 섞여 건네졌는지도 모르겠다.

그런 생각을 하면서 집까지 터벅터벅 돌아왔다. 지금 사는 다세대주택과 예전 집은 역을 사이에 두고 맞은편에 있으므로 걸어서 이십오 분 넘게 걸린다.

다리와 허리가 뻐근하게 아팠다.

집으로 들어와 전기난로를 켜고 그 앞에서 손을 마주 비볐다.

'꼭 파리 같네.'

이런 동작을 하는 건 오랜만이었다. 전에 살던 단독주택에서는 가스난로를 썼다. 가스비가 들지만 불을 붙이면 곧장 따뜻해진다. 도모가 남편과 살았던 집에서 쓰던 걸 가져온 것이다. 가스난로와 고타쓰만 있으면 겨울에 춥다고 느낄 일이 거의 없었다. 도모도 기리코도 어릴 적에는 화로에 몸을 녹였던 세대다. 추위에 강하다.

하지만 가스난로는 도모의 아들에게 주었고, 이 집에는 그걸 연결할 수 있는 가스콕도 없다. 어차피 쓸 수 없는 물건이다.

고타쓰에 들어가 몸을 바르르 떤다. 방이 따뜻해지면 난로를 꺼야겠다고 생각하면서도 좀처럼 끌 수 없다.

가방을 열었더니 오늘 산 물건에 이어서 마지막에 계산한 딸기 찹쌀떡이 툭 하고 떨어졌다. 바닥에 떨어진 찹쌀떡을 가만히 보고 있자니 또 눈물이 흘러나왔다.

결론적으로는 자신이 돈을 내고 산 거지만 먹고 싶지 않다. 더러운 물건이라도 되는 양 손이 가지 않는다.

부모님의 위패와 도모의 사진이 놓인 불단에 올릴 수도 없다. 이렇게 불결한 것을 도모에게 주려 했다니, 나는 대체 무슨 생각을 한 걸까.

잠시 울고 난 뒤 이번에도 가방에서 손수건을 꺼내 눈물을 닦았다. 기리코는 혼자다. 슬프더라도 홀로 울음을 그치고 혼자서 눈물을 닦아야 한다.

자리에서 일어나 작은 주방으로 가 물을 끓였다. 차를 한 잔 정성껏 우린다.

차를 고타쓰로 가져온 뒤 바닥에 떨어져 있던 딸기 찹쌀떡을 집었다. 그러고는 비닐을 벗겨 작은 접시에 놓았다.

동그란 연분홍색 떡을 물끄러미 바라본다.

아무래도 도모에게 줄 순 없지만, 이것은 자신이 저지른 죄다. 스스로 책임을 져야 한다. 그리고 음식 자체에는 죄가 없다. 리쓰코가 말하기를 상습 절도범은 물건을 함부로 다룬다고 하지 않았나. 기리코는 그렇게 되고 싶지 않았다.

십 분 정도 바라보다가 찹쌀떡을 집어 천천히 한입 베어물었다.

"맛있다."

떡은 부드럽고 팥소는 달고 딸기는 새콤달콤하다. 그 집합체가 입안으로 들어온다. 아무리 슬퍼도 역시 "맛있다"라고 표현할 수밖에 없는 그 맛이 입안에 퍼진다.

그러고 보니 예전 일이 생각났다.

어느 날 도모가 마트에서 싸게 파는 봉지 찹쌀떡을 잔뜩 가져온 적이 있었다. 유통기한이 임박한 특가상품이 남아 폐기 처분된 것을 받아온 모양이었다. 그리고 딸기 한 팩도 30퍼센트 할인가로 사 왔다.

"이걸 다 어쩌려고? 이렇게나 많이."

후후후, 도모는 장난스레 웃더니 수북이 쌓인 찹쌀떡을 전부 반으로 잘라 접시에 담았다. 그리고 또다른 접시에 꼭지를 떼고 씻은 딸기도 담았다. 두 접시를 탁자에 놓았다.

"이렇게 하는 거야."

도모는 반으로 자른 찹쌀떡을 손에 들고 팥소 안에 딸기를 꾹 밀어넣었다. 그런 다음 떡과 팥소를 늘여서 딸기를 살살 감쌌다.

"아하!"

"바로 이거지."

도모의 손안에는 보통보다 두 배는 큰 딸기가 들어간 찹쌀떡이 완성되어 있었다.

"자, 먹어봐."

"대단하다."

"전부터 생각했던 거야. 한번 해보고 싶었거든. 마침 폐기 처분하는 상품이 나와 잘됐다 싶어 딸기도 사 왔지."

둘이서 딸기 찹쌀떡을 배불리 먹었다. 그날 저녁 메뉴는 딸기 찹쌀떡뿐이었다. 다음날 아침으로도 먹었다.

"어릴 적 꿈 같은 식사네."

"자식들에게는 이런 모습을 보여줄 수 없지만."

"혈당이 올라갈 것 같아."

"뭐 어때, 이 나이에. 좋아하는 거 실컷 먹고 죽자고."

정말로 죽어버렸다.

그런데 도모는 만족했을까?

그랬으면 좋겠는데. 기리코는 그런 생각을 하면서 딸기 찹쌀떡을 먹었다.

그리고 마음을 굳혔다.

남에게 폐를 끼칠 순 없다. 진지하게 범죄를 생각하자. 확실히 교도소에 들어가고 거기서 생을 마감할 수 있을 만한 범죄를. 조카들에게 푸념만은 듣지 않도록. 다행히 그애들과는 성도 다르다. 계획대로 죄를 짓고 체포된다면 만에 하나 보도되더라도 그 애들에게 폐를 끼칠 일은 없을 것이다.

자신의 끝맺음 정도는 스스로 할 것이다.

도모가 입원하고 나서 기리코는 시간이 될 때마다 병원을 찾았다.

죽기 한 달 전쯤, 그녀가 마지막이 다가왔음을 예감하고는 말했다.

"미안해."

이미 몸을 일으킬 기력은 없는 상태였다.

"뭐가?"

기리코는 도모의 머리맡에서 뜨개질을 하고 있었다. 손재주가 좋고 수예를 좋아하는 도모에게 배워서 코바늘로 모티브를 뜨는 중이었다. 그것들을 연결해 겨울이 오면 병상에 있는 도모의 가슴께를 따뜻하게 덮어줄 숄을 만들 생각이었다.

병원에서 대화하는 동안 손을 놀리기에 뜨개질은 맞춤한 일이었다.

"먼저 죽어서 미안. 너 혼자 있게 해서, 미안해."

기리코는 놀라서 손을 멈추었다.

"내가 기리코를 보내주고 싶었는데…… 아, 말이 좀 이상한가? 기리코보다 오래 살고 싶다는 것처럼 들리려나."

물론 도모의 진심이 무엇인지 안다.

"무슨 소리를 하는 거야."

기리코는 너무 힘이 들어가지 않게 살살 도모의 어깨를 쳤다. 앙상한 어깨가 작은 새처럼 가벼워 환자복 속에 아무것도 없는 듯했다.

"나는 앞으로 오래 살 거야. 오래오래 살아서 애인도 만들고 행복해질 거야."

최대한 참았지만 말하는 도중에 목소리가 떨렸고 결국 울음이 터져버렸다.

"미안해."

도모도 울었다.

"기리코는 꼭 오래 살아줘."

"알았어."

"약속이야."

그래. 오래 살겠다고 약속했으니까.

도모에게만은 거짓말도 배신도 할 수 없다.

멀리서 북소리가 울리고 있다.

둥둥둥, 둥둥, 두두두둥.

대체 웬 북이지? 축제라도 하는 건가. 아니면 어느 학교에서 운동회라도 하나? 지금은 겨울인데……

그때 퍼뜩 잠에서 깼다. 그리고 축제의 북소리라고 생각한 게 문을 두드리는 소리라는 걸 알았다.

"네, 네, 나가요."

순간적으로 대답해버렸다. 대답한 이상 나가지 않을 수 없다는 걸 깨닫고 더더욱 조바심이 났다.

그런데 가만 보니 지금 입고 있는 건 분홍색 파자마다. 깃에 레이스가 달리긴 했지만 이 상태로 현관문을 열 순 없다.

"네, 잠시만 기다리세요."

외시경을 들여다보자 모르는 노인이 서 있다. 여든 살쯤 되는 남자다.

주방에 걸어놓았던 소매 달린 앞치마를 재빠르게 뒤집어쓰듯 걸치고 어제 입었던 바지를 집어 다리를 넣는다. 스스로는 기를 쓰고 서두르는 줄 알지만 생각만큼 빠를 순 없다. 문을 두드리는 소리가 점점 커졌다. 문득 아직 주위가 어둑어둑하다는 걸 깨달았다. 벽시계를 보니 오전 여섯시도 안 된 시각이었다. 대체 이 시간에 무슨 일이지.

다시 한번 외시경을 들여다본다. 언뜻 보기에도 기분이 언짢은 듯한 남자가 눈에 들어왔다. 회색 점퍼 차림으로 각진 얼굴에 입은 삐죽 일그러져 있다. 눈이 부리부리하게 크고 입술은 두툼하고 붉다. 뭔가를 닮았다 싶더니 도깨비탈이랑 똑 닮았다. 무서워서 소름이 끼쳤다.

대답하긴 했지만 꼭 문을 열어야 할까. 고령자용 주택이라 으레 여기 사는 사람이라고 생각했는데 어쩌면 수상한 무리일지도 모른다.

"누구세요?"

"이시마루요."

"어떤 이시마루 씨인가요?"

"104호에 사는 이시마루라고!"

호통치는 소리에 고개가 움츠러들었다. 역시 같은 주택에 사는 주민이다.

기리코가 주뼛주뼛 문을 살짝만 열자 바깥쪽에서 벌컥 하고 당겨버렸다. 차가운 공기가 단번에 집안으로 들어왔다.

"뭐하는 거요!"

느닷없는 고함에 또 고개를 움츠리고 말았다.

"미안합니다."

뭐가 뭔지 알 수 없어서 일단은 곧장 사과했다.

"당신, 지금 몇시인 줄 알아?"

"……여섯시……인가요?"

"다섯시야, 다섯시 오십분! 아직 여섯시도 안 됐다고."

"저기……"

대체 무슨 일이 일어난 건지 모르겠다. 하지만 이시마루가 불같이 화를 내 끼어들지도 못하고 그저 가만히 듣고 있을 수밖에 없다.

"저기…… 죄송합니다만. 제가 대체 뭘 했다는 거죠?"

간신히 한마디 끼어든 건 오 분 가까이 호통을 듣고 난 후였다. 그사이 이시마루는, 당신은 몰상식한 사람이다, 믿을 수 없다, 나는 과거에 구청에서 일했고 그후에는 대학 강사도 했다, 전에 살던 곳에는 당신 같은 사람 없었다……라는 말을 고장난 녹음기처럼 반복했다.

"당신이 아침부터 방에서 난리를 부렸잖아. 쿵쾅쿵쾅 시끄러워서 잠을 잘 수가 없어! 어지간히 좀 해!"

"난리 부리지 않았어요. 계속 자고 있었는데 지금 당신이 와서 깨웠거든요."

마침내 이유를 알게 되어 기리코는 대꾸했다.

"거짓말하네! 계속 쿵쾅쿵쾅, 쿵쾅쿵쾅했잖아! 다 알아! 방 한복판에 악단이라도 있는 양 소란 피우고. 당신이 한 게 아니면 집에 누군가를 부른 거겠지."

"아뇨, 정말 그럴 리 없습니다. 집에는 저 혼자 있어요. 아직 아침 여섯시 전이라고요. 저도 이 시간에는 안 일어나요. 당신이 오기 바로 전까지 계속 자고 있었거든요."

다시 한번 반론하자 이시마루가 순간 침묵했다. 그 눈빛에 아주 약간이지만 주저하는 기색이 보였다.

"저는 어제 청소 일을 하고 지쳐서 돌아왔어요. 그런 한밤중에 소란을 피울 리 없지요."

"나는 줄곧 책임 있는 일을 해왔다고."

"그건 참 대단하신데요, 아무튼 저는 소란을 피우지 않았습니다."

"이시마루 씨."

옆집 문이 열리고 203호에 사는 쓰루노가 나왔다. 이시마루와 기리코의 목소리가 들린 모양이다.

"기리코 씨 아니에요. 내가 바로 옆집인데 내내 조용했어요."

이시마루는 말없이 쓰루노를 보고 있다.

"아마 신문 배달원 같은 사람이 복도에서 쿵쾅거린 거겠죠."

"아니, 소리가."

쓰루노는 기리코를 향해 눈짓하더니 이시마루의 어깨를 감쌌다. 왜소한 쓰루노가 이시마루의 어깨에 손을 올리는 건 좀처럼 쉽지 않아 보였다. 힘껏 손을 뻗어 등을 토닥이고 있다.

"이제 신문 배달원은 가고 없으니 그만 돌아가요."

그렇게 말하고 쓰루노는 그를 집으로 데려갔다. 그가 쓰루노에게는 의외로 고분고분했다. 남자여서일지도 모른다. 그렇게 생각하니 더더욱 화가 났다.

"죄송해요."

돌아온 쓰루노에게 기리코는 영문도 모르는 채 고개를 숙였다.

"아니, 저 사람은 여기가 좀."

쓰루노가 자기 머리를 콕콕 손가락으로 두드린다. 같은 노인이라서 할 수 있는 가차없는 동작이었다.

"가끔 나지도 않는 소리가 들린다지 않나, 없는 물건이 보인다지 않나. 적당히 심기를 거스르지 않고 얘기를 들어주면 금세 잠잠해지니까."

하지만 그렇게 느닷없이 호통치면 무섭기도 하고 너그러운 마음이 들기 힘들다.

"뭐, 더 심해지면 집주인이랑 부동산사무소에 얘기해서 의논할 수밖에 없겠죠."

"그런가요."

"일단 알리고 있긴 해요."

"그 사람, 구청에 다녔다고 하던데요."

"과거에 어디 공무원이었던 것 같아요. 아들들은 이시마루 씨와 잘 안 맞았는지 요즘 말로 I턴*이라고 하던가? 도쿄에서 시골로 가서 취직한 모양이에요."

"외롭겠네요."

"요즘 낮에는 주간보호센터에 다니고 있지만요."

잠시 상황을 지켜봅시다, 하고 쓰루노는 자신의 집으로 들어갔다.

기리코는 다시 이불 속으로 들어갔지만 잠이 확 달아나 잘 수 있을 것 같지 않다. 주방으로 가서 주전자를 불에 올린다. 차를 우리고 고타쓰를 켰다.

---

* 도시에서 시골로 이주하는 것을 가리키는 일본 신조어. I는 일본어로 시골을 뜻하는 '이나카'(いなか)의 첫 글자를 알파벳으로 표기한 것이다.

길고 긴 한숨이 나왔다.

아침 댓바람부터 현관문 두드리는 소리에 잠을 깬 것도 짜증나고 큰소리로 욕먹은 건 지금도 화가 치민다. 저렇게는 되고 싶지 않다고 간절히 바라면서, 혹시 저렇게 늙어버리면 어쩌나 하는 생각에 공포심마저 느낀다. 그러나 왠지 모르게 '안쓰러움'이 느껴지는 것도 사실이다.

이시마루의 고독과 나이듦이 기리코 자신의 것이기도 하니까.

흡연실에 들어가자 혼자인 젊은 남자가 피우던 담배를 서둘러 재떨이에 비벼 껐다.

"괜찮아요, 피워도 돼요. 흡연실에서까지 신경쓰면 제대로 쉬지도 못하잖아요."

"아니에요, 괜찮습니다. 이제 거의 다 피워서."

"금방 끝낼게요."

기리코가 일주일 중 절반인 사흘을 청소하러 오는 칠층짜리 상가 건물이다. 삼층부터 육층에 그들이 일하는 사무실이 있다.

상가 건물이라고 부르기에는 아주 깔끔하고 새것 같아서 요즘으로 치면 '오피스 빌딩'이라고 칭하는 게 맞을지도 모르겠다. 하지만 지은 지는 사십 년이 넘어서 밖에서 보면 그럭저럭 낡았다. 몇 년 전에 건물을 매수한 회사가 대규모 공사를 해서 내부를 대단히 세련되게 바꾼 것이다. 기리코는 외관도 깔끔하게 수리했으면 좋았을 거라고 생각하지만 젊은 사람들에게는 그대로 두는 쪽이 더 멋스럽게 느껴지는 모양이다.

담뱃불을 끈 사람은 이십대 중반으로 보이는 남자였다. 키가 멀쑥하게 크고 마른 몸에 머리는 항상 부스스하다. 밋밋한 체크무늬 셔츠에 면바지를 입고 특색 없는 안경을 썼다.

가끔 흡연실이나 사무실에서 말을 주고받는 상대였다. 여자친구는 없다고 전에 말했었다. 그야 그렇겠지, 아침부터 밤까지 일만 하니까. 이런 게 바로 TV에 나오곤 하는 '악덕 기업'이라는 거겠지 싶어 늘 지켜보고 있다. 젊은 청년이 딱해 죽겠다.

그에 대해서는 이름조차 모른다. 목에 카드를 걸고 있지만 바코드가 인쇄되어 있을 뿐이다.

"편하게 피워도 돼요. 천천히 있다 가요."

그는 기리코가 오면 반드시 불을 끈다. 간접흡연인지 뭔지를 신경쓰느라.

"아니에요. 이제 막 가려던 참이라서."

"우리 세대는 예전부터 담배 피우는 남자들 옆에서 일하곤 했거든요. 앞으로 그 양이 조금 줄어든다고 크게 달라질 것도 없어요. 이미 살 만큼 살았고."

그가 힘없이 하하하, 웃었다.

"그럼 염치없지만 한 대 더 피울게요."

그는 그렇게 말하고 불을 붙이더니 담배를 맛있게 피웠다.

몇 해 전 크리스마스날 이른아침이었다. 간밤에 회사에서 자고 난 듯한 모습으로 일하고 있는 그를 발견하고는 기리코가 "크리스마스이브에 아무데도 안 갔어요?" 하고 말을 건 이후로 가끔 인사말 정도 주고받게 되었다.

눈가에 웃음을 머금고 담배 맛을 음미하는 그 모습을 보는데, 어째서 이 청년의 장점을 젊은 여자들은 못 알아보는 걸까 하는 생각이 든다. 이 매력이 보이지 않는 건가. 좋은 사람이 없다는 둥, 다들 말은 그렇게 하지만 주변을 잘 살펴보면 좋을 텐데.

기리코는 젊은 남자한테 분별없이 돈을 쓰는 취미가 없다. 그렇다고 젊은 남자의 좋은 점을 모르는 바는 아니다. 오히려 교제할 가능성이 없으니 더 차분하게 그들의 장점을 알아볼 수 있을 것 같다는 생각마저 든다.

이 청년은 성격도 다정하고 회사에 제일 먼저 와서 제일 늦게까지 일하는 부지런한 일꾼이다. 사람이 착하다보니 일을 떠맡는 거겠지. 결혼한다면 이런 사람이 더없이 좋을 상대일 것이다.

"밥은 잘 챙겨먹어요? 말랐는데."

기리코는 민첩하게 재떨이를 쓰레기통에 비우면서 물었다. 조금이라도 빨리 청소를 끝내서 그를 편히 쉬게 해주고 싶었다.

"별로 배가 안 고파서요."

"너무 바빠서 그런 거예요. 사장님한테 말해서 일을 좀 줄여달라고 하면 좋을 텐데."

그러자 그는 어째선지 또 웃었다.

"일하는 걸 그럭저럭 좋아해서요."

"그래도 일만 하다보면, 어느 날 암이 생기기도 하거든요."

"어이쿠."

빨리 일을 끝내야겠다고 생각하면서도 그의 놀란 반응에 무심코 얘기가 길어졌다.

"그런 일 많이 봤어요. 회사에서 큰일을 맡았던 사람이 드디어 그 일을 끝내고 다른 부서로 옮겼거든요. 이제 그 사람도 좀 편해지겠구나, 다들 그렇게 말했죠. 그런데 갑자기 암이 발견됐고, 결국 반년 만에 세상을 떠났어요."

기리코는 테이블 닦던 손을 잠시 멈추고 한숨을 쉬었다.

"참 희한하지. 암이라는 게 바쁠 때 생기는 게 아니더라고요. 바쁜 게 일단락되고 안정됐을 때 찾아오는 거예요. 그러니까 젊어도 꼭 건강검진을 받아야 해요."

"기리코 씨 얘기는 유익하네요."

그가 태연히 감탄하자 기리코는 오히려 자신이 뭐라도 된 듯 얘기에 열중한 게 부끄러워졌다. 하지만 기분이 나쁘지는 않다.

그는 가슴에 단 명찰을 보고 이름을 알게 된 이후로는 기리코의 이름을 불러준다.

이 건물에서는 사원의 이름을 드러내지 않지만 기리코 같은 파견업체 직원에게는 이름을 밝히도록 강요한다. 보안상 문제라면서. 그렇지만 그런 걸 일일이 신경썼다간 일자리가 없어진다.

"미안해요, 내가 괜한 오지랖을."

"아니에요. 고맙습니다. 그런 얘기 해주는 사람, 좀처럼 없거든요. 그리고 늘 사무실을 깨끗하게 청소해주셔서 정말 감사합니다."

그가 가볍게 고개까지 숙였다. 그런 모습을 보니 살짝 의지하고 싶어졌다.

"저기, 그럼, 다음에 뭐 하나 알려줬으면 하는데."

"네? 뭔데요?"

"아니, 지금은 바쁜 것 같으니까 다음에 얘기해도 돼요."

"아니에요, 지금도 괜찮아요."

"정말요? 미안해요. 이런 건 젊은 사람이 잘 알 것 같아서."

"뭔데요?"

그날부터…… 절도를 한 이후로 줄곧 생각했다.

확실하게 교도소에 들어갈 수 있는 죄는 무엇일까.

가능한 한 남에게 폐를 끼치지 않는 가장 무거운 죄는 무엇일까를 계속 생각하는데 혼자서는 도무지 떠오르지 않는다.

"저기, 범죄 있잖아요?"

"범죄요? 아, 죄를 저지르는 거 말씀이세요?"

그것 말고 뭐가 있을까.

"네. 범죄 중에서 말이죠, 타인에게 폐를 끼치지 않으면서도 가장 무거운 죄가 되는 건 뭘까요? 아는 게 있으면 알려줘요."

"무거운 죄라."

"그래요. 교도소에 오랫동안 있을 만한 죄."

음, 하고 그가 팔짱을 끼고서 생각했다.

"재미있는 질문을 하시네요."

"친구랑 얼마 전에 그런 얘기를 나눠서요."

그렇게 간단히만 설명해도 그는 수상하게 여기지 않는 듯했다. 음, 으음, 하고 금세 생각에 잠겼다.

"당연히 가장 무거운 죄는 살인이 아닐까요?"

"그야 그렇지만, 그건 안 돼요!"

"그리고 강도 살인. 물건을 훔치려고 사람을 죽이는 건 굉장히 죄가 무겁다고 들은 적이 있어요."

"아니, 그런 건 절대 안 된다니까."

"그리고 유괴 살인."

"무서운 얘기 하지 마요."

그가 웃었다.

"기리코 씨가 물어보셨잖아요."

"아, 미안해요. 그러니까 아무에게도 폐를 끼치지 않는 중범죄는 없는 걸까요?"

"아!"

그가 검지를 세웠다.

"전에 인터넷에서 본 적이 있어요. 지폐 위조가 중범죄라고."

"지폐 위조?!"

전혀 예상하지 못한 단어였다.

"지폐를 위조하는 그거, 맞죠?"

"다른 게 더 있나요?"

이번에는 거꾸로 기리코가 핀잔을 듣는다.

"지폐 위조가 말이 쉽지, 실은 국가의 근본적인 문제가 포함되어 있거든요."

"국가요?"

그가 돌연 생기 있게 말하기 시작했다. 지금껏 이렇게 오래 대화한 적이 없었는데, 어쩌면 토론을 좋아하는 타입일지도.

"지폐…… 그러니까 돈이 돈이라는 건 어떤 의미일까요?"

기리코는 고개를 갸웃거렸다.

"돈은 돈이죠."

그가 주머니를 뒤졌다. 면바지 주머니에서 꾸깃꾸깃한 지폐와 동전 몇 개를 꺼냈다.

"저는 현금을 거의 안 가지고 다니는데요."

"그거? 요즘 유행하는, 스마트폰으로 삑 하는 거 말인가요?"

"네. 캐시리스 앱이나 신용카드로 대부분 결제해서요."

그러고는 천 엔짜리 지폐 한 장을 판판하게 펴서 기리코 앞에 펼친다.

"그런데 지금은 지폐로 설명하는 게 이해하기 쉬울 테니까요."

"그래요?"

"이게 천 엔이라는 건 어떤 의미일까요?"

"네?"

무슨 소리인지 모르겠다.

"천 엔으로 물건을 사잖아요."

"네."

무심결에 선생님 앞에 선 아이처럼 대답했다.

"천 엔으로 무엇을 살 수 있을까요?"

"뭐가 있을까, 가령…… 사과라든가 귤 같은 거. 사과는 다섯 개들이 한 봉지가 380엔이고. 귤은 한 봉지에 400엔 정도? 산지에 따라 다르지만요. 그리고 찹쌀떡이……"

무의식적으로 그렇게 말하고는 그만 말문이 막혔다. 쓰라린 기억이 떠올랐다.

"……딸기 찹쌀떡이 한 개 120엔."

"그럼 찹쌀떡은 여덟 개를 살 수 있네요."

"그런데 소비세가 붙으니까."

"여기서 소비세는 생각하지 말기로 하죠. 그것도 또다른 정부의 문제지만."

"네."

"이 종이…… 천 엔이라고 적힌 이 종잇조각이 찹쌀떡 여덟 개로 바뀌는 이유가 뭘까요?"

"그러니까…… 천 엔이니까 그렇죠. 이 종이가 천 엔이라고 정해졌으니까."

"맞아요. 그걸 정한 건 누구일까요?"

"그야 아까부터 당신이 말한 정부인지 국가인지 하는 거겠지요."

"저는 구도라고 합니다."

이 청년, 구도가 생긋 웃는다. 입속의 가지런한 하얀 치아가 보였다. 더 많이 웃으면 여자들한테도 인기가 있을 것 같다.

"아, 미안해요. 구도 씨라고 부르면 되나요?"

"네. 계속할게요. 맞아요, 정부, 즉 일본은행이 이걸 천 엔이라고 정했어요. 관련된 걸 이것저것 파고들면 골치 아프니 일단 정부라고 할게요.”

“네.”

“정부가 인증해서 천 엔이라고 정해진 거예요.”

“인증해서 천 엔.”

“따라서 돈이라는 건, 말하자면 정부의 권위예요. 그 부분도 이것저것 상세히 말하면 번거로워지니 생략할게요. 어떤 의미에서 돈이라는 건 정부나 국가 그 자체인 겁니다. 그러니 이 돈이 진품이라는 사회의 신용이나 정부의 권위가 떨어지면 돈의 가치가 하락하는 일도 있지요. 그래서 정부는 지폐를 위조할 수 없도록 아주 정교하게 만듭니다. 그 기술은 일본이 최고라더군요.”

“그렇구나. 구도 씨는 역시 머리가 좋네요.”

“지폐를 위조하는 건 정부에 반항하는 일이에요. 정교한 위조지폐가 대량으로 나돌면 정부의 권위도 흔들릴 수 있죠. 돈은 정부 그 자체니까. 지폐를 위조하는 건 국가 전복을 도모하는 것과 같아요.”

“세상에나, 엄청난 일이군요.”

“그래서 지폐 위조가 큰 죄인 거죠.”

“하지만 그리 간단히 만들 수 있는 건 아니잖아요. 구도 씨가 아까도 말했듯 정교하다면서요. 인쇄소나 기술 같은 게 필요하지 않을까요?”

"그렇죠. 그런데 누구라도 순식간에 아주 쉽게 지폐를 위조할 수 있는 방법이 있어요."

"정말?!"

"편의점 복사기요. 컬러 복사를 하는 거죠."

"아하. 하지만 컬러 복사한 건 지폐로 사용할 수 없잖아요."

"어차피 잡히려는 거잖아요? 위조지폐를 사용할 필요는 없으니 컬러 복사로 충분해요."

기리코는 엉겁결에 검지를 세우고 구도를 가리켰다.

"역시, 대단하네. 구도 씨 대단해요, 정말."

"그런데 편의점 복사기에는 지폐를 복사할 수 없게 여러 장치가 되어 있다고 해요."

"장치?"

"쉽게 위조할 수 없도록 말이죠."

"에이, 뭐야."

그럼 위조지폐를 만들 수 없는 거 아닌가. 기리코는 낙담했다.

"듣기로는 편의점에서 지폐를 컬러 복사하면 그 정보가 바로 경찰에 전달되어 즉시 범인을 체포한다거나, 복사기 경보장치에서 큰 소리가 울려 편의점측에서 곧장 신고한다고 해요."

"그럼 복사는 할 수 있지만, 신고도 된다는 뜻이에요?"

"아마도요."

"그거 아주 딱이네."

"네?"

구도가 수상한 얼굴로 쳐다보는 바람에 기리코는 살짝 당황했다.

"아니, 시스템이 잘 만들어졌구나 싶어서요. 체포되는 건 확실할까요?"

"거기까지는 모르겠어요. 그야 체포될 테니 아무도 해본 적이 없는 거겠죠."

"그건 그렇네요."

"하지만 잡히면 중죄예요. 통화위조죄는 무기 또는 삼 년 이상의 징역이라고 해요. 집행유예도 안 주는 모양이고."

"저런. 정말 큰 죄군요. 아무튼 알려줘서 고마워요. 남한테 폐를 끼칠 것 같지도 않고 정말 좋은 범죄야."

기리코는 고개를 깊게 끄덕였다.

"참 재미있는 분이네요."

"네?"

"이런 걸 그렇게 열심히 물어보시다니. 왠지 재미있었어요. 저도 굉장히 기분전환이 돼서 힘이 나네요."

기리코는 당장 머리를 굴렸다. 복사는 어디서 하면 좋을까.

구도는 손에 들고 있던 천 엔짜리 지폐를 접어서 기리코의 작업복 상의 주머니에 쏙 넣었다. 그러고서 싱긋 웃고는 흡연실을 나갔다.

생각에 빠져 있던 기리코는 천 엔을 돌려주는 걸 깜빡했다. 화들짝 놀라 지폐를 꼭 쥐고 밖으로 나가보았으나 그는 어디에도 없었다. 사무실도 들여다보았지만 회의실에라도 갔는지 모습이 보이지 않는다. 그러는 사이 기리코의 근무시간이 끝나버렸다.

다음에 만나면 돌려줘야지. 기리코는 똑딱이 동전지갑에 지폐를 소중히 넣었다.

평일 오후, 기리코는 지폐 한 장을 가방 깊숙이 숨기고 빠른 걸음으로 걷고 있었다. 지폐는 어제 은행에서 인출했다. 평소에는 몇천 엔 정도만 찾으므로 오랜만에 만져보는 만 엔짜리 지폐다.

우선은 지폐를 복사할 편의점을 물색해야 한다.

기리코가 사는 동네는 지하철역을 사이에 두고 광장이 두 개 있는데, 한 곳에는 택시와 버스정류장이 있고 다른 한 곳에는 프랜차이즈 음식점과 편의점이 광장을 둘러싸듯 늘어서 있다. 역 앞 편의점은 거기 한군데뿐이다.

십 분쯤 걸어간 대로변에 얼마 전 도쿄에서 종합병원이 이전해 와 그 주위에 관계자 주거용 주택이 많이 생겼다. 또한 자동차로 이십 분 거리에 대형 쇼핑몰이 있어 셔틀버스가 삼십 분 간

격으로 운행된다. 쇼핑몰 옆에는 아라강 지류가 흐르고 있다.

편의점은 병원 근처와 쇼핑몰 셔틀버스 정류장 근처, 강변 주택가에 하나씩 있었다.

"집 근처 말고 이케부쿠로의 편의점에서 해도 될까? 아니면 신주쿠라든가."

기리코는 스마트폰으로 지도를 보면서 몇 번이나 생각했다.

대도시라면 동네 사람의 눈에 띌 위험이 적다.

하지만 이케부쿠로나 신주쿠는 사건도 많은 곳이다. 날마다 흉악범과 대치중일 테니 경찰도 거칠지 모른다. 갑자기 때리기라도 하면 어쩌나 싶어 무섭다.

기리코는 절로 몸이 부르르 떨렸다.

무엇보다 지폐 위조는 돈에 관한 사회의 신용과 국가 안보를 뒤흔드는 큰 죄라고 하니까. 역시 동네 편의점이 좋겠다. 범죄조차 가까운 장소에서 저지르려는 자신이 조금 이상하지만, 인간이란 결국 지리를 잘 아는 장소가 아니면 생각대로 행동하기 어려울지도 모른다.

기리코는 강변 주택가의 편의점으로 향했다. 지금껏 한 번도 가본 적이 없는 장소다. 만일을 대비해 집만은 깨끗하게 치우고 나왔다.

자동차를 열 대 정도 수용할 수 있는 주차장을 갖춘 100제곱

미터쯤 되는 대형 매장이다. 매장에 들어가자 "어서 오세요" 하는 맥빠진 점원의 목소리가 들렸다.

계산대 앞에 서 있는 젊은 여자 점원이 한 갈래로 묶어 정돈한 머리에서 한 가닥 흘러내린 머리칼 끄트머리를 손끝으로 만지작거리며 물끄러미 보고 있다. 끝이 갈라진 머리털이라도 찾는가 보다.

안을 둘러보니 빵 코너 앞에서 중년 남성이 새 빵을 선반에 보충하고 있었다. 이 사람이 점장일까?

복사기는 계산대 반대쪽 창가에 있었다. 옆으로는 나란히 잡지 판매대가 있다. 기리코는 잡지를 보는 척하면서 곁눈질로 복사기를 살폈다.

"듣기로는 편의점에서 지폐를 컬러 복사하면 그 정보가 바로 경찰에 전달되어 즉시 범인을 체포한다거나, 복사기 경보장치에서 큰 소리가 울려 편의점측에서 곧장 신고한다고 해요."

구도의 목소리가 다시 떠올랐다.

기리코는 보고 있던 잡지를 선반에 놓고 옆으로 슬금슬금 움직였다.

복사기를 사용해본 적은 딱 한 번이다. 도모와 함께 하이쿠 모임의 회보 인쇄를 부탁받았을 때였다. 그때 사용법을 몰라 우물쭈물했더니 친절한 여자 점원이 가르쳐줬다. 가르쳐줬다고 하니 그럴싸하게 들리는데 실은 점원이 거의 다 해줬다.

그때 본 게 있으니 복사 정도는 할 수 있을 것이다.

천천히 움직여 마침내 기계 앞까지 갔다. 눈을 딱 감고 덮개처럼 생긴 윗부분을 들어올리자 덜커덕하고 의외로 큰 소리가 나서 깜짝 놀랐다.

유리로 된 바닥면에 조심히 만 엔 지폐를 올리려다 주춤한다.

어디에 올려야 되지?

가장자리에 놓는 게 좋은지 한가운데가 좋은지, 세로로 놔야 하는지 아니면 가로로?

불현듯 인기척이 느껴져 고개를 들었다. 복사기 위 동그란 거울이 눈에 띄었다. 매장 안을 둘러볼 수 있는 확대경이다. 점장으로 보이는 남자가 냉장고 앞 통로를 지나 이쪽으로 걸어오는 모습이 비쳤다. 황급히 지폐를 가방 안에 넣는다.

그는 가게 안을 한 바퀴 돌더니 물품 창고로 들어갔다. 가는 도중에 기리코 쪽을 쳐다보는 느낌이 들었다. 기리코는 복사기의 액정 화면을 읽는 척했다. 너무 열심히 들여다보면 "뭐하세요? 도와드릴까요?"라고 물어올 듯해 그러지 않게 하느라 애를 먹었다. 그가 뒤를 지나가는 사이 기리코는 등줄기가 움찔거리며 오싹해지는 걸 느꼈다. 어떻게든 시치미떼는 얼굴로 버틴다.

그가 안쪽으로 들어가는 걸 확인하고 다시 가방에서 만 엔을 꺼냈다. 주위를 살핀 뒤 유리면에 놓는다. 일단 가장자리에 가로로 올려보기로 했다. 틀리면 다시 하면 된다.

아니지. 체포되려면 한 장만 복사해도 충분하니까 실패해도 상관없다.

그런데 왜 이리 완성도에 신경쓰는 거지? 기리코는 그렇게 생각하니 웃겼다.

어쨌든 지폐를 가장자리에 딱 맞춰서 놓고 덮개를 내린 다음 이번에는 액정 화면을 응시한다.

우선 컬러와 흑백 중 컬러를 선택하고, 크기를 선택하고(가장 작은 B5 사이즈로), 양면 복사로 설정했다. 양면 컬러 복사는 무려 100엔이나 한다.

"비싸네."

저도 모르게 작은 소리로 중얼거리며 똑딱이 동전지갑을 꺼내 복사기에 100엔을 넣는다.

여기까지는 그럭저럭 해냈다. 이제 복사 스위치를 누르기만 하면 된다. '시작'이라고 적힌 네모난 부분에 살포시 손가락을 댄다. 그러나 도무지 누를 용기가 나지 않는다.

누르기만 하면 돼. 이것만 한 번 누르면 복사가 된다고. 그리고 나는 범죄자가 될 수 있어. 그런데 손가락에 힘이 들어가지 않는다.

몇 번이나 손가락을 뻗고는 "하아" 하고 한숨을 쉬고 손을 뗐다가, 다시 손가락을 올렸다가 또 제대로 누르지 못하고 한숨을 쉬고……

"저기요!"

옆에서 누군가 말을 걸어와 화들짝 놀라 돌아보았다.

대학생으로 보이는 젊은 남자가 서 있었다.

"저기, 복사하실 거예요? 안 하실 거예요? 다 하신 거면 제가 쓰고 싶은데……"

그는 한 손에 노트를 들고 있다. 친구에게 빌린 것일지도. 급한지 미세하게 몸을 흔들고 있다.

"복사하는 법을 모르시면 제가 가르쳐드릴까요?"

"아, 그게, 저기."

"죄송하지만, 그게 아니면 제가 써도 될까요? 한 장만 하면 되니까 금방 끝나는데."

"아니, 그게 아니라."

어찌해야 좋을지 모르겠다. 지금 여기서 스위치를 누르고 양면 복사된 지폐를 보면 그가 어떻게 나올까.

"저기, 저."

그가 수상하다는 듯 바라본다. 버벅거리기만 하는 기리코를 보고 치매에 걸린 할머니라고 생각했을지도 모른다.

"그럼, 제가 쓸게요."

그가 발을 성큼 내디뎌 다가오더니 복사기 덮개에 손을 올리려고 했다.

"아, 안 돼."

"아니, 그러니까!"

"아, 잠깐만요."

그때 젊은 여자 목소리가 남자의 반대쪽에서 들려왔다.

"괜찮아요. 제가 할게요."

계산대 앞에 있던 여자 점원이었다. 그녀는 기리코와 대학생을 밀어내듯 서더니 등을 돌린 채 덮개를 열었다. 그리고 기리코의 만 엔짜리 지폐 위에 손을 펼쳐 냉큼 움켜쥐고는 자신의 주머니에 넣었다.

"아."

"쓰세요."

대학생에게 말했다. 점원이 꽤 예쁘게 생긴데다 활짝 미소를 지어서였는지 그는 어쩔 줄 몰라했다.

"고, 고맙습니다."

그가 인사했지만 점원은 그쪽을 거의 보지 않고 기리코의 팔을 잡았다.

"할머니, 이러시면 안 돼요. 이쪽이에요, 이쪽."

그러고는 기리코의 손을 잡은 채 편의점 자동문 쪽으로 잡아당겼다.

"에노모토 씨."

중년 남자가 나오더니 뒤에서 말을 걸었다.

"괜찮아?"

"괜찮아요, 점장님! 제가 아는 분이에요."

응? 아는 사람? 예상치 못한 말과 전개에 멍하니 넋 놓고 있는 기리코를 데리고 그녀는 가게 밖으로 나갔다.

"이러시면 안 돼요."

점장과 대학생으로부터 보이지 않을 만한 장소까지 오더니 그녀는 손을 놓고 말했다.

"큰일나요. 그리고 복사기로 돈을 인쇄해도 어차피 못 써요, 할머니."

에노모토라는 그녀가 주머니에서 만 엔을 꺼내 기리코에게 건넸다. 가슴에 단 명찰에 동그스름한 서체로 '에노모토'라고 적혀 있었다.

"복사기가 아무리 정교해도 지폐를 인쇄하면 금방 탄로날 테고, 그걸 알면 우리도 경찰을 불러야 해요."

에노모토가 타이르듯 부드럽게 말했다.

"저기, 할머니."

아예 그녀는 기리코를 지폐나 복사해 사용하려는 늙고 불쌍한 노파라고 생각하는 듯하다.

"그런 거 아니에요, 아니야."

"아니라니, 뭐가요?"

"나는 체포되고 싶어. 교도소에 들어가고 싶다고."

제정신인가? 하고 자신의 얼굴을 들여다보는 에노모토에게 기리코는 고개를 끄덕였다.

"유키나."

편의점 점장이 자동문에 서서 그녀를 부르고 있다.

"가족분이 오신 거면 그만 퇴근해도 돼. 장 씨 왔으니까."

유키나라는 이름의 그녀가 손목시계를 힐끗 본다. 오후 세시 오십분이었다.

"럭키!"

그녀가 기리코를 향해 생긋 웃어 보였다.

"그럼, 제 가족인 척을 해주실래요?"

"그 점장님, 평소에는 출퇴근 시간에 아주 엄격하거든요. 저렇게 기분좋을 때는 뒤도 보지 말고 퇴근해야 해요."

그러니까 제가 모셔다드릴게요, 하고 유키나는 기리코와 걷기 시작했다. 걸으면서 스마트폰을 톡톡 두드리는 모습이 요즘 고등학생답다.

"성함은요?"

유키나가 스마트폰을 보면서 묻는다.

"아, 기리코예요. 히토쓰바시 기리코."

"흠. 되게 성실해 보이는 이름이네요."

"그런가…… 저기, 미안해요. 일부러 데려다주기까지 하고."

"처음부터 좀 이상하다 싶었어요."

유키나가 중얼거린다.

"어슬렁거리시질 않나, 제 쪽을 뚫어지게 쳐다보시질 않나."

아무래도 거동이 수상했던 모양이다. 앞으로 죄를 저지르려면 그것부터 고쳐야겠다고 반성했다.

"그런데 교도소에 들어가고 싶으시다니, 무슨 말이에요?"

기리코는 걸어가면서 띄엄띄엄 설명했다.

제일 친한 친구가 세상을 떠난 일, 열심히 살겠다고 친구와 약속한 일, 이제 친한 이가 아무도 없다는 사실, 저축액마저 바닥난 현실.

교도소에 들어가면 살 곳과 먹을 것을 제공받을 수 있다. 할일도 있는 것 같고, 아프면 의사에게 치료를 받을 수도 있는 듯하다. 게다가 간병이 필요해지면 그것도 받을 수 있다.

"와, 그렇군요."

유키나는 흐음, 하고 한숨을 쉬었다.

"뭔지 알 것 같아요, 그 심정."

유키나가 미간에 주름을 지으며 고개를 끄덕였다. 젊은 사람이 기리코의 말에 공감해주리라고는 생각도 못했고, 그 표정이 어린아이가 어른 흉내를 내는 것처럼 보여서 기리코는 무심코 웃음이 나왔다.

"너무해요, 웃다니."

"그야, 앞으로 찬란한 인생이 시작될 사람이 무슨 소리를 하는 건가 싶어서."

"어른들은 꼭 그렇게 말하더라고요."

유키나는 한숨을 쉬었다.

"젊은 애가 무슨 소리를 하느냐, 젊으니까 뭐든 할 수 있지 않느냐, 젊음이 부럽다."

"그러게. 하지만 정말 부러워서 그러는 걸."

"우리 세대의 미래는 잿빛이잖아요. 앞으로 인구는 줄어들 테고, 일본이 점차 가난해질 거라는 걸 다들 알면서도 아무런 대책이 없고. 국가 부채가 천 조를 넘는데도 빚은 계속 늘어만 가요. 내가 정치인이고 일본의 미래를 진심으로 생각했다면 도저히 어쩔 도리가 없어서 자살할 거예요. 거꾸로 말하면 자살하지 않는 정치인은 신뢰할 수 없는 거 아니에요? 진지하게 생각하지 않는다는 증거니까. 노인은 늘어만 가니 앞으로 가져갈 연금은 또 얼마나 많아질지…… 아, 죄송해요."

유키나의 말을 듣고 있자니 기리코는 자신이 어른 세대 대표라도 된 것 같아 미안함에 몸이 움츠러든다.

"기리코 씨를 비난하려는 게 아니에요."

"아니, 정말 그래요. 다 맞는 말이지."

"기리코 씨한테 뭐라고 하는 거 아니라니까요."

"그래도 살아가야만 해. 이 목숨이 다할 때까지는."

작은 목소리로 중얼거렸다고 생각했는데 유키나에게 들렸던 모양이다.

"그렇죠."

"다행인지 불행인지, 가끔 허리 아픈 것 말고는 다 괜찮아. 청소 일을 해선지 몸도 꽤 튼튼하고. 혈액검사 결과도 언제나 정상. 이러다 영원히 못 죽는 거 아닌가 싶어 걱정이라니까."

"그래서 기리코 씨는 교도소에 들어가 자신의 인생을 마무리하겠다는 거군요. 대단하네요."

"있잖아, 유키나 양도 뭔가 괜찮은 범죄가 생각나면 나한테 알려줘요."

"생각해볼게요. 재미있을 것 같아요."

결국 유키나가 집 앞까지 와줬다.

"우리집은 여기."

"귀여운 건물이네요."

지금껏 이 집에 대해 '귀엽다'라는 형용사를 떠올리지는 않았다. 하지만 젊은 여자애한테 그런 말을 들으니 기분이 나쁘지 않았다.

"그렇지도 않아. 다양한 사람들이 살다보니 꽤 힘들어요."

"얼마예요?"

"월세? 2만 8천 엔."

"저기, 잠깐 들렀다 가도 돼요?"

"어?"

유키나는 머뭇거리며 짧은 교복 치마 아래로 늘씬하게 뻗은 다리를 움직여 모래에 동그라미를 그렸다.

"대학생이 되면 집을 얻어서 독립하고 싶거든요. 이런 다세대 주택은 어떤지 보고 싶어서요."

문득 전에 타인을 집안에 들였다가 돈을 도둑맞은 일이 떠올랐다. 하지만 이제 집에는 현금도 저금도, 아무것도 없다.

"좋아요, 아무것도 없긴 해도 차 한잔 정도는 대접할 수 있으니까."

집에 들어간 유키나는 신기하다는 듯 두리번거리며 주변을 둘러보았다. 기리코가 고타쓰에 앉으라고 권하자 순순히 들어와 자리를 잡았다.

차를 우리고 냉장고에 뭐가 있는지 살펴보니 고구마가 있었다. 큼직한 고구마가 두 개에 100엔이었다. 이대로 전자레인지에 익혀서 먹을 수도 있지만 그러면 맛이 없다. 재빨리 1센티미터 크기로 고구마를 자르고 밀가루와 설탕을 묻혀 컵케이크처럼 모양을 잡아 찜기에 쪘다.

오니만주라는 도카이 지방의 간식인데, 소박하지만 조리법이 간단하고 고구마를 통째로 찌는 것보다 시간도 덜 걸린다.

"유키나 양은 도쿄에 있는 대학에 가고 싶어?"

"네, 일단 여기서 대학에 갔다가 그다음에 유학 가서 일본을 탈출할 생각이에요."

"어머나, 일본 탈출이라."

"네."

그런 얘기를 드문드문 나누는 사이, 오니만주도 다 익어서 접시에 담아 대접했다.

"줄 게 이런 것뿐이네. 뜨거우니까 조심해요."

유키나는 이번에도 순순히 손을 뻗었고, 만주를 입안 가득 넣더니 눈이 동그래진다.

"맛있어요. 저, 이렇게 맛있는 거 처음 먹어요."

기리코는 그 순수한 찬사가 기뻤다.

"그런 말을 듣는 건 나도 처음이네."

오니만주는 도모가 시어머니에게 배운 간식이었다. 자연스레 유키나에게 도모와 생활했던 얘기며 도모가 이래저래 고생했던 일까지 털어놓게 되었다.

"실은요."

유키나가 말했다.

"다세대주택 내부를 보고 싶다는 게 거짓말은 아니지만 사실 저 오늘 갈 데가 없었어요."

"응?"

"집에 가도 아무도 없고, 친구를 만날까 해서 아까 메신저 했는데 걔도 볼일이 있대서요."

"그랬구나."

"엄마도 아빠도 일하고, 둘 다 이런저런 문제가 있어요."

별로 집에 있고 싶지 않다고, 유키나는 작은 목소리로 말했다.

"기리코 할머니, 메신저 아이디 교환할래요? 아무데도 갈 곳 없을 때 또 와도 돼요?"

"그래도 되는데, 청소 일이 없을 때 와야 해. 이른 오전 일이 대부분이라 오후에는 집에 있을 때가 많지만."

"알겠어요."

서로 스마트폰을 가까이 대고 유키나의 설명을 들으며 메신저 아이디를 교환했다.

결국 유키나는 함께 TV 정보 프로그램을 보고, 기리코가 만든 주먹밥까지 먹고 저녁 여섯시쯤 돌아갔다. 기리코는 그애의 무방비함이 왠지 염려스러워 "나는 괜찮지만 다른 사람을 쉽게 따라가면 안 돼" 하고 얼떨결에 주의를 주었다. 유키나는 웃었다.

사람은 저마다 고독을 품고 있구나, 기리코는 그런 생각을 하며 유키나를 배웅했다. 그래도 그애가 또 올지도 모른다고 생각하니 마음속에 반짝 불빛이 켜지는 듯한 기분이 들었다. 그와 동시에 더는 안 올지도 모른다는 생각도 들었다.

젊은 애잖아, 친구도 많을 테고. 아마 오늘 일은 금세 잊어버릴지도.

설령 유키나가 두 번 다시 오지 않더라도 실망하지 않기로 했다. 너무 기대하지 않으면서, 인생에 기대하지 않으면서 살아야지. 그런 생각을 하며 이어지는 정보 프로그램을 보다가 어느새 고타쓰 아래서 잠들었다.

3장 불법 사채

띠링띠링, 띠리리링, 따라라라란.

기리코는 솔직히 이곳을 별로 좋아하지 않는다. 일단 너무 시끄럽고 다들 담배를 지나치게 피운다. 여기에 오면 보통 사무실의 흡연실을 청소할 때와는 비교도 안 되게 많은 담배 연기를 들이마시고 머리칼에도 냄새가 밴다.

딱히 도박 게임을 싫어한다든가 여기 오는 사람에게 편견이 있어서는 아니다. 그저 불편한 것이다.

평소에는 "파친코만은 빼달라"고 부탁을 해두는데, 오늘은 그럴 수 없는 사정이 있었다. 원래 이곳을 청소하는, 모두에게 '겐씨'라고 불리는(별명인지 본명인지는 잘 모르겠지만) 육십대 노인이 독감에 걸려 출근하지 못했기 때문이다. "부탁해요, 일을 맡길 사람이 기리코 씨밖에 없어요" 하고 청소업체 사장이 전화로 간절히 청했다. 그가 시간을 조정해줘서 오피스 빌딩은 시간을 조금 단축해 오후 세시부터 여섯시까지, 파친코 업소는 오전 열시부터 오후 두시까지 매일 가게 되어 업무량이 배로 늘었다. 물론 받는 돈도 두 배다.

'이 나이에 이것저것 가릴 때가 아니지……'

마음속 어딘가에 그런 비굴한 마음이 있음을 스스로도 인지하고 있었다. 이렇게 부탁을 들어주면 앞으로 사장이 자신에게 조금은 더 신경써줄지 모른다는 기대를 마음 한편에 품게 된다.

한편으로는 '당신밖에 부탁할 사람이 없다'라는 말도 썩 나쁘지 않았다. 돈도 벌 수 있고, 어딘가에 필요한 사람으로 여겨진다는 건 역시 기쁜 일이다. 그럼에도 머리를 쾅쾅 울리는 소리는 고역이다. 노인이 되면 귀가 둔감해져 굉음이나 고음을 견디기 쉬워진다는 말을 들은 적이 있지만 아직은 익숙해지질 않는다. 이건 소위 말하는 소음의 부류와는 차원이 다른 소리다.

파친코 업소의 화장실은 흔히들 생각하는 것만큼 더럽지는 않다. 점원들이 꼼꼼하게 둘러봐주고, 아무래도 남자 화장실 수가 훨씬 많아 그리 수고스럽지 않다. 단 파친코 기기 옆 작은 재떨이를 요령 좋게 정리하지 않으면, 가끔 손님의 팔에 손이 부딪혀 "쯧" 하고 혀 차는 소리를 듣기도 한다.

'겐 씨는 매일 이런 곳에 오는 거구나.'

겐 씨는 본인이 파친코를 좋아해 이 소리와 냄새가 전혀 거슬리지 않고 오히려 아주 즐겁다고 한다. 매일 일만 하러 오는 것이 아니라 일주일 중 하루 쉬는 날에는 아침부터 줄을 서서 업소에 들어가 게임을 하고 간다고. 점원들과 친해질 수 있는 것도 즐거운 모양이다. 물론 요즘은 규제가 엄해서 점원들이 승률 높은 기계를 알려주는 건 아니라고 그는 덧붙였다.

'돈을 걸고 하는 게임이 그렇게들 재미있나.'

의외로 파친코 업소의 인간관계는 걱정했던 것만큼 나쁘지 않았다. 오피스 빌딩 같은 곳에서는 이따금 놀라울 만큼 거만한 중년 사원을 만날 때가 있다. 그런데 이곳의 점원은 다들 젊으면서도 기리코 같은 사람에게도 친절하다. 손님 중에는 "할머니, 고마워요" 하고 인사하거나, 게임에서 딴 구슬을 환전하고 남은 것으로 받은 초콜릿 등을 팁 대신 주는 사람도 있다.

업소 한쪽에는 유리 칸막이가 쳐진 스낵 코너가 있다. 소바, 우동, 다코야키, 야키소바 등 전자레인지로 간편하게 조리해 먹을 수 있는 음식을 판매하고, 커피나 홍차 등의 음료는 무료로 마실 수 있다. 그곳 간이 테이블과 의자를 청소하는 것도 기리코의 일이었다. 거기서는 소리도 제법 차단된다.

"어라? 못 보던 얼굴이네. 늘 오던 사람이 아니잖아."

예순 살은 넘어 보이는 약간 통통한 여성이 말을 걸어왔다. 그녀는 스마트폰을 만지작거리며 한 손에 무료 녹차가 든 종이컵을 들고 있었다. 얇은 다운점퍼에 바지 차림이다. 안에 입은 터틀넥 스웨터에는 파란색 반짝이 실로 장미 꽃봉오리가 수놓아져 있다. 처진 눈썹 때문에 어딘가 착해 보이는 인상이었다.

"있잖아요 왜, 그, 항상 오는 멋진 사나이……"

"겐 씨요?"

그런데 그 사람이 그리 멋있었나? 기리코는 그렇게 생각하면서 대답했다. 지금껏 겐 씨를 그런 시선으로 본 적은 없었지만, 175센티미터쯤 되는 키는 그 나이대치고 큰 편이고 배도 나오지 않았다. 희끗한 머리칼을 언제나 짧게 잘라 깔끔한 인상이다. 자기 취향에 맞는다면 멋있다고 말하지 못할 것도 없을 듯하다.

"맞아요, 그 사람, 어디 갔어요?"

"독감에 걸렸어요."

"저런. 가여워라. 올해 독감은 배탈이 함께 온다던데."

"그래요? 무섭네요."

"노인들은 독감에도 심하면 목숨을 잃을 수 있으니까요."

"그렇죠."

기리코는 그대로 잠시 서서 그녀와 얘기를 나누고 말았다.

"그쪽은 파친코 안 해요?"

"해본 적 없어요."

"그렇구나. 그럼 이 소리를 억지로 참고 있겠네요?"

"네."

아무리 파견업체에서 보내 이곳에 왔다지만 상대는 고객이다. 파친코에 대해 부정적인 의견을 말할 순 없어 애매하게 미소 짓는다.

"직접 하면 그 소리가 전혀 거슬리지 않을 텐데."

"그래요?"

"지금은 죽고 없지만, 예전에 남편을 따라 왔을 때는 나도 시끄러워서 깜짝 놀랐거든요. 그런데 지금은 이 소리가 좋아요."

"그런가요."

마침내 소리에 대한 수수께끼가 풀린 것 같았다.

"집에 혼자 있어봐야 달리 할 것도 없으니 일이 없을 때는 여기 와서 파친코도 하고 공짜 녹차도 마시고 그래요."

"어떤 일을 하세요?"

"간병이죠, 뭐. 이 나이에 할 수 있는 일이라곤 그것뿐이잖아요. 오전 근무가 끝나면 옷 갈아입고 여기로 와요."

"간병 일도 힘들 것 같아요."

거기까지 얘기했을 때, 그녀가 갑자기 눈을 살짝 치켜뜨면서 물었다.

"저기, 그 겐 씨라는 사람, 독신이라고 들었는데 혹시 여자친구 있어요?"

실은 그걸 묻고 싶어서 기리코에게 말을 걸었는지도 모른다.

"글쎄요. 별로 얘기해본 적이 없어서."

"그렇군요."

그녀가 노골적으로 어깨를 축 늘어뜨린다.

"지금은 쉬니까 본인에게 물어볼 수 없지만, 업체 사람과 얘기할 일이 있으면 한번 물어볼까요?"

"그래줄래요? 고마워요. 나는 미치에라고 해요."

"저는 히토쓰바시예요. 히토쓰바시 기리코."

헤어지면서 그녀는 이렇게 말했다.

"파친코 해볼 생각 있으면 얘기해요. 내가 가르쳐줄 테니까."

말이야 그렇게 해도…… 그녀가 가고 난 테이블을 닦으며 기리코는 생각했다.

'아무리 이 소리가 거슬리지 않는다 해도 그렇지, 오로지 그걸 위해 파친코에 손을 댈 순 없잖아.'

전에 만났던 절도 단속반 리쓰코가 '절도는 도박이라 한번 맛을 들이면 쾌감 때문에 끊기가 어렵다'고 했던 말이 생각난다.

'파친코는 진짜 도박인걸. 아유, 무서워.'

업소 입구 옆에 노인들의 휠체어가 줄줄이 늘어선 것도 처음에는 놀라웠는데 지금은 익숙한 광경이 되었다.

가족이 데려다주는 건지, 간병인이 데려다주는 건지, 아니면 스스로 여기까지 휠체어를 타고 오는 건지. 오전에 기리코가 들어왔을 때 이미 몇 대나 세워져 있었다.

그들도 파친코 기기 앞에 비치된 의자에 앉으면 여느 손님과 다를 바 없다.

'간병인도 간병을 받는 사람도 다들 결국 이곳으로 오는구나.'

그런 현실을 한탄해봐야 어쩔 도리가 없을 듯한 기분이 들었다.

요란한 소리를 견디며 일하고, 그다음에는 오피스 빌딩까지 돌고 나자 등이 욱신욱신 아팠다. 몸을 거의 질질 끌듯이 귀가했다.

"영차, 영차" 하고 작게 추임새를 넣으며 건물 계단을 올라갔다. 얼핏 자신의 집 현관 문고리에 마트 비닐봉지가 걸려 있는 게 보였다. 봉지 밖으로 삐죽 나온 나뭇가지 모양이 낯익었다. 무거운 몸을 이끌고 종종걸음으로 달려갔다. 떨리는 손으로 봉지를 열어본다.

"어머나."

라일락나무를 심은 화분이었다. 어딘지 모르게 줄기와 가지가 낯익다 싶은 게 틀림없었다. 예전 집 마당에 있던 라일락을 화분에 다시 심은 것 같았다.

부랴부랴 집안으로 들어가 신발을 벗는 사이에도 애가 타 스마트폰을 꺼내고 일단 부동산사무소 전화번호를 눌렀다.

전화를 받은 아이다에게 전후 사정을 얘기했다.

"이 라일락나무, 혹시 아이다 씨가 가져다준 건가요?"

"아뇨, 저는 아닙니다. 혹시 집주인분이 아닐까요? 가끔 그쪽 건물을 살펴보시는 듯하던데 그때 가져다준 것일지도 모르죠."

하기야 마당을 정리하면서 제거한 나무를 화분에 옮겨 심은 거라면, 그런 일을 할 수 있는 사람으로는 그 안경 쓴 집주인 가도노 씨 정도를 떠올릴 수 있다.

"다음에 한번 물어볼게요."

"그래줄래요? 만약 집주인분이 했다면 정말 고맙다고 전해주세요. 진심으로 기쁘다고."

"알겠습니다."

전화를 끊고 다시 라일락나무를 바라본다.

마당에서 제거될 때 상태가 어땠는지는 모르지만 가지가 살짝 손질되어 있다. 벌써 잎도 거의 다 떨어졌고 당연히 꽃도 없다. 다른 사람이 보면 그저 밋밋하기만 한 볼품없는 나무다.

지름이 18센티미터쯤 되는 화분이었다. 가지고 있던 화분을 사용했는지 새것이 아니라 약간 흠집이 나 있었지만, 제대로 화분 받침까지 넣어 바로 실내에 들여놓을 수 있도록 준비되어 있었다. 그 마음 씀씀이가 고마웠다. 집주인은 식물을 키우는 사람일지도 모른다. 한때는 얼토당토않은 집을 떠넘겼다고 원망하기도 했지만 갑자기 사람이 달리 보인다.

"너, 살아 있었구나."

창가에 두고 유리컵으로 물을 주면서 무의식적으로 말을 건넸다.

"다시 마당 있는 집에 살 수 있다면 좋겠다. 그럼 널 다시 마당에 심어줄 수 있을 텐데 말이야."

이렇게 좁고 추운 집에 오게 된 라일락이 딱하기도 하다. 하지만 그런 생각은 덧없는 꿈일 뿐이다. 이제 마당이 딸린 집에서 산다는 건 있을 수 없는 일이니……

거기까지 생각하다 기리코는 화들짝 놀랐다. 교도소에 들어갈 궁리를 하면서 마당 딸린 집에 살고 싶다는 생각을 하다니…… 이렇게 생명이 있는 것과 함께 있으니 갑자기 긍정적인 사고를 하게 되는 건지도 모르겠다.

'책임이 생기는 거구나. 이걸 키워야만 하는 책임이.'

지금 내게는 이 나무를 키울 자격이 없을지도 모른다. 하지만.

'그럼 이걸 누가 키울지 묻는다면, 역시 나뿐이지 않을까? 남들 눈에는 그저 이파리 하나 없는 밋밋한 나무일 뿐이니까.'

내가 만약 교도소에 간다면 이 나무는 어떻게 하지? 집주인이

맡아주려나? 이 건물 한구석에 심어놓으면 싫어할까?

그런 생각을 하며, 그날은 그렇게 잠들었다.

다음날도 파친코 업소로 향했다.

전날에 손님과 약간 대화를 나눠선지 아주 조금은 이 장소가 친근해진 듯하다. 요란한 파친코 소리는 여전하지만 누군가에게는 그 소리가 필요하다는 걸 알았기 때문이다.

'이런 장소에서라도 누군가와 함께 있고 싶고, 소리나 불빛을 보고 싶은 건 다들 비슷할지도 모르지.'

사흘째가 되니 아는 척을 하거나 인사하는 손님도 늘었다.

"아주머니, 이거 받아요."

기리코가 재떨이를 정리하려는데 누군가 상자에 든 초콜릿을 건넸다. 어제도 같은 것을 주었던 남자다.

"어머나, 이걸 또 받아도 되나요?"

기리코가 조심스럽게 손을 뻗었는데, "너 자꾸 그렇게 낭비할 거야?" 하고 옆자리에 앉은 남자가 작은 소리로 그를 나무랐다. 그 소리에 놀라 손을 거둬들인다.

"아, 미안해요, 그쪽한테 한 말 아니에요. 얘가 잘못한 거지."

화를 낸 남자가 웃는 얼굴로 기리코에게 사과했다.

그들은 끝 쪽에 있는 1엔 파친코 기계*에서 언제나 사이 좋게 게임을 한다. 나이는 기리코와 비슷하거나 조금 아래일 듯하다.

"이건 환전하고 남은 구슬이니까 괜찮잖아."

꾸중을 들은 남자가 눈을 치켜뜨며 그의 표정을 살핀다.

왠지 자신이 잘못이라도 한 것 같아 기리코는 가만히 있을 수가 없다.

"아주머니 때문이 아니에요. 그런 게 아니라, 내가 이 친구한테 돈을 빌려줬거든요."

그가 한 손으로 엄지와 검지를 모아 동그랗게 만들어 보인다.

"나도 모르게 깐깐해지네, 미안해요."

"그럼."

기리코는 둘의 권유에 주뼛주뼛 주머니에 초콜릿을 넣는다.

"고맙습니다."

감사인사를 전하며 그 자리를 벗어났다.

"네가 야무지지 못하니까 괜히 아주머니만 놀라게 했잖아."

"잘못했다, 잘못했어."

내뱉는 말과는 달리 느긋한 목소리가 등뒤에서 들렸다.

---

* 파친코 구슬은 일반적으로 개당 4엔인데 비해 1엔으로 부담 없이 게임을 즐길 수 있는 기종.

잠시 후 스낵 코너로 갔더니 담배 자판기 앞에서 그 두 사람이 역시나 사이 좋게 커피를 마시고 있었다.

"아까는 미안해요."

초콜릿을 준 남자가 스스럼없이 말을 걸어왔다.

"이 녀석이 문제라니까."

아까 화를 낸 쪽이 엄지로 그를 콕콕 찌르며 웃는다.

말만 그렇지 사이가 나쁜 건 아닌 듯하다. 혹시 형제인가?

"설마, 이런 동생이 있으면 골치 아프죠."

그렇게 묻자 서로 기를 쓰고 부정하는 모습이 재미있어서 무심코 웃음이 나왔다.

"성씨도 전혀 달라요. 나는 아키바, 이쪽은 도무라."

"그럼 친구 사이군요."

그렇게 말하자 둘은 얼굴을 마주보았다.

"우리가 친구인가?"

그러고는 뭐가 웃긴 건지, 와하하하 하고 웃는다.

체격이 호리호리한 아키바는 흰색 셔츠에 회색 트위드 재킷을 입고 있다. 도무라는 적당히 살집이 있는 중간 키 체형에 남색 운동복을 걸치고 있었다. 정말이지 둘 다 연금생활하는 노인다운 차림이다.

"우리는 닭인데, 아주머니는?"

십이간지 띠를 묻는 모양이다.

"원숭이예요."

"우리보다 선배잖아."

"누나네."

둘은 그것도 재미있어하는 듯했다.

"그럼 두 분은 동기?"

"그렇긴 하지만 학교는 달라요."

" 여기서 친해진 거예요?"

둘이 다시 얼굴을 마주한다. 그러더니 도무라가 살짝 고개를 끄덕이고 얘기하기 시작했다.

"실은 아까도 말했듯 내가 이 사람한테 돈을 좀 빌렸어요."

그가 아키바를 가리키며 말했다.

"채무 관계로 친해졌다는 말이에요?"

그러자 이번에는 아키바가 설명했다.

"나한테 빌렸다기보다 우리 회사에 빌린 거지만."

"회사?"

"대부업체요."

그 단어는 기리코도 알고 있다. 음지에서 돈을 빌려주는 곳. 대출 이자를 법정 금리 이상으로 징수하고, 야쿠자 같은 사람들이 운영하는 회사를 말하는 것일 테다.

그 무시무시한 단어와 두 사람의 느긋한 모습이 어딘가 어울리지 않는 것 같았다.

"도무라가 대부업체에서 돈을 좀 빌렸는데, 연금 지급일에 조금씩 갚기로 되어 있거든. 그런데 워낙 소액이라 업체 입장에서는 일일이 징수하는 게 귀찮잖아요. 그래서 나처럼 비슷한 노인이 지급일에 맞춰 노인들을 찾아다니며 받아오는 거지."

"어머, 그렇군요."

"그렇게 자꾸 만나다보니 왠지 도무라와는 성격이 잘 맞더라고요. 그러니 같이 파친코도 오는 거죠, 뭐. 둘 다 혼자 살고 한가하니까."

"맞아, 그렇게 된 거예요."

"어머나."

채권자와 채무자, 그런 사이도 친구처럼 지낼 수 있는 건가 싶어 기리코는 감탄했다.

"실은 나도 예전에 사채로 돈을 빌린 적이 있는데요."

아키바가 목소리를 낮춘다.

"나는 곧바로 전액 상환했거든요. 그랬더니 그걸 좋게 평가받아 이 업체에 스카우트된 거예요. 지금은 회수한 돈의 5퍼센트를 받고 있죠. 용돈벌이하는 거지, 뭐."

"비슷한 노인에게 돈을 회수하게 하는 건 좋은 생각인 것 같네요."

감탄하고 말았다. 하기야 노인이라면 시간이 남아돌 테고, 약간의 사례금만 줘도 기꺼이 일을 도울 것이다.

"그런데 그렇게 해서 번 돈을 다시 도무라에게 빌려줄 때가 많으니. 이건 뭐, 전혀 의미가 없다니까."

둘은 한목소리로 웃었다.

"아주머니도 돈 빌리고 싶으면 말해요, 연락처 드릴 테니까."

아키바는 정말로 기리코에게 명함을 주었다. 거기에는 버젓한 회사 이름과 주소가 적혀 있었다.

"파친코 업소에서 돈 때문에 곤란해하는 사람이 있으면 내 번호를 알려줘도 돼요. 그에 대한 사례는 할 테니까."

"그렇군요. 하지만 나는 파친코에 계속 있는 게 아니라서. 겐씨가 아파서 못 나오는 동안에만 와요."

"물론 다른 곳에서 소개해도 괜찮아요. 우리 같은 사람이 다가가면 여자들은 무서워서 도망가잖아요. 아주머니라면 잘 먹힐지도 모르니까. 법정 금리 이하이고, 대기업 대부업체와 다를 거 없거든요."

불법 대부업체의 도우미.

잘은 모르겠지만 어쩌면 범죄에 연루되는 건 아닐까. 그렇게 생각하니 갑자기 가슴이 두근거렸다.

무슨 죄인지는 모른다. 하지만 어쨌든 '불법'이다.

범죄와 관련이 없다면 '불법'이란 말은 쓰지 않겠지.

"저기, 그건 혹시, 뭐랄까…… 그…… 나쁜 일 아니에요? 경찰에 붙잡히거나 그런 거 아닌가?"

명함을 보면서 주뼛주뼛 묻는다.

"범죄?"

둘은 다시 얼굴을 마주한다. 이러고 있으니 정말 형제처럼 보인다.

"어때? 이게 범죄야?"

"글쎄, 잘 모르겠지만 딱히 그렇게까지 나쁜 일이라고는 생각 안 하는데. 좀 곤란할 때 돈을 빌려 쓰고 연금으로 갚는 것뿐이니까. 노인은 어차피 은행에서 돈을 빌려주지도 않거든."

"오히려 사람들을 도와주는 거지. 아, 그리고,"

아키바가 진지한 얼굴을 하며 말을 이었다.

"형님은 너무 무리하게 받아내지 말라고 해요. 회사에 찾아가거나 밤중에 집으로 가는 건 안 된다고. 그런 짓은 범죄라고 했어요."

"그렇군요."

이건 잘 알아보는 게 좋을 것 같다. 잘하면 범죄로 체포될 수 있을지도 모른다.

"그런데 형님이 누구예요?"

"대부업체 사장. 지금은 손을 씻었지만 예전에는 이거였던 것 같아요."

아키바가 손으로 얼굴을 베는 시늉을 한다. 야쿠자라는 뜻이리라.

"아키바 씨, 그런 말을 하면 아주머니가 겁먹잖아."

도무라가 당황하며 말한다.

"아, 미안해요. 하지만 그쪽한테 그런 일은 안 시킬 거니까."

기리코가 진지한 얼굴로 고개를 끄덕이는 모습을 보고 착각했는지 아키바가 분위기를 수습하듯 말했다.

"안심해도 돼요."

아니, 나는 좀더 위험한 일을 하고 싶은 거예요. 기리코는 그렇게 말하고 싶었지만 속으로 삼켰다.

그날 일이 끝나고 웬일인지 스마트폰에 부재중 전화가 와 있는 것을 발견했다.

집으로 돌아가 따뜻하게 고타쓰에 들어간 다음 전화를 건다. 자신은 유키나나 요즘 젊은이들처럼 길을 걸어가면서 통화를 할 수 있는 세대가 아니다. 그러다 넘어지기라도 하면 그야말로 큰일이다.

상대는 하이쿠 모임의 운영진 중 한 사람인 도모오카 아키코였다.

'하이쿠 모임'은 시청에서 주관하는 문화센터의 '하이쿠 교실'이 시초였다. 예산 삭감과 저조한 인기 탓에 수업이 없어지자 그 만남을 아쉬워하는 사람들이 자발적으로 꾸려서 시작한 것이 지금의 모임이 되었다. 당시의 창립 멤버가 운영진에 이름을 올렸는데, 다들 팔십대에 접어들어 고령이 되었으므로 가끔 새로운 사람을 들인다.

아키코는 예순두 살이라 나름대로 '젊은 층'이고, 다른 사람 앞에서 주제넘게 나서는 성격이 아니다. 그러면서도 꼼꼼하고 야무진 면을 인정받아 작년부터 운영진에 들어갔다.

"여보세요, 저기, 저 히토쓰바시 기리코인데요. 실례지만 그쪽에서 전화를 주셨던 것 같은데, 일하는 중이라 받지 못했어요…… 지금, 통화 괜찮은가요?"

"아, 기리코 씨세요? 제가 말씀드릴 게 있는데 직접 전화 주셔서 감사합니다. 네. 저는 괜찮습니다. 지금 집이에요."

"식사중이었던 건 아니에요?"

"지금 막 다 먹은 참이에요."

멀리서 TV 소리가 들린다. 가족이 있는 건가. 별로 얘기해본 적이 없어 잘 모르겠는데, 아키코 씨가 혼자 사는 사람이었던가.

아니면 결혼했던가. 육십대라면 자녀와 함께 살고 있어도 이상할 건 없다.

"아, 식사를 일찍 하시는군요. 아키코 씨께 자녀가 있던가요?"

"아뇨, 자식은 없어요. 남편이 정년퇴직 후에도 계속 일하고 있지만 현역 때와 달리 정시에 퇴근하다보니 저절로 저녁식사 시간도 빨라졌네요."

"그래도 같이 드시면 좋죠."

"그렇지도 않아요. 저는 오히려 예전보다 바빠진걸요."

따스함이 묻어나는 목소리는 웃음을 머금고 있었다. 분명 충만한 일상을 보내고 있겠구나 싶어 부러웠다.

자신보다 한참 젊긴 하지만 아키코처럼 차분한 노년 여성과 대화하는 게 오랜만인 듯해 기리코는 왠지 마음이 편안했다. 이대로 세상 사는 얘기나 계속할 수 있으면 좋을 테지만 아키코와 그리 가까운 사이가 아니었고, 지금껏 대화를 나눈 적도 거의 없다. 하이쿠 모임에서는 언제나 도모와 함께 움직였기에 다른 회원과 제대로 얘기를 나눠본 적이 없었다.

이렇게 여유를 부리면 언제까지고 얘기가 끊이질 않겠네, 저쪽은 집에 남편이 있는데…… 기리코는 할 얘기로 돌아갔다.

"남편분도 계신데 죄송해요. 전화하신 용건이……"

"어머나, 저야말로 실례했습니다. 다름이 아니라 요즘 기리코 씨, 모임에 안 나오시잖아요…… 미야자키 도모코 씨가 돌아가셔서 많이 적적하시리라 생각합니다만…… 도모코 씨뿐 아니라 기리코 씨까지 안 나오시니 저희도 한 번에 두 분이 빠져나간 것 같아서…… 뭐랄까요, 인원이 크게 줄어서…… 혹시 괜찮다면 다시 모임에 나오셨으면 해서요."

기리코는 아키코가 말하는 중간부터 점점 눈물이 차올랐다.

"기리코 씨까지 안 계시니 저희도 무척 허전해요…… 아직은 당분간 모임에 나오실 기분이 안 들지도 모르겠지만, 언젠가 다시 얼굴 비춰주셨으면 좋겠다는 마음에 뻔뻔한 부탁인 줄 알면서도 이렇게 전화를 드렸습니다."

"고마워요."

감사를 전하고는 한동안 말이 나오지 않았다. 아키코는 전화기 너머에서 가만히 기다려주었다.

"정말 고마워요. 그렇게 말해주니 나도 정말 기쁘네요. 도모가 떠난 뒤에 이것저것 정리할 것들이 있어서."

거기까지, 목소리를 떨지 않으려고 천천히 말을 이었다.

"그럼요. 당연히 그러셨겠죠."

아키코가 수화기 너머에서 그 마음을 헤아리듯 다정하게 맞장구를 쳐주었다.

"좀처럼 모임에 나갈 시간이 없었어요. 이사도 했고."

"아, 이사를 하셨어요? 정말 고생하셨겠네요."

"그러게요. 게다가 예전에는 도모와 함께 하이쿠를 지었는데 이제는 상대도 없으니 왠지 그럴 마음도 안 생기더군요."

"아무래도 그렇죠. 그런데 물론 기리코 씨도 알고 계시겠지만, 저희 모임은 하이쿠를 짓지 않고 출석만 하셔도 돼요. 그러니 가끔 기분전환삼아 나오시면 어떨까요?"

"그래야겠어요. 저도 집에만 있어서 외출이라야 일하러 나가는 것뿐이라. 모임에도 좀 나가는 게 좋겠네요."

"다음달 주제는 제비, 목련, 살얼음이에요."

"좋은 주제네요."

"초봄이니까 너무 어려운 주제 말고 즐겁게 동물과 식물로 계절을 노래할 수 있으면 좋겠다는 뜻으로 그렇게 정했어요."

주제는 매회 모임 마지막에 상의해서 결정한다. 회원들이 몇 가지 원하는 주제를 내서 다수결로 선택하는 방식이다.

"나도 열심히 생각해볼게요."

그런 다음 아키코가 화제를 바꿨다.

"그러고 보니 다카시 씨도 요즘 안 나오시는데, 혹시 알고 계셨어요?"

미카사 다카시. 썩 유쾌하지 않은 기억이 떠올라 기리코는 순간 대답할 수 없었다.

"다카시 씨가요……?"

"네. 기리코 씨는 다카시 씨와도 친하셨잖아요?"

"아이고 무슨, 전혀 아니에요. 딱히 그 사람과 교류도 없었던 걸요!"

스스로도 부자연스럽다고 생각할 만큼 강력하게 부정했다.

미카사 다카시…… 도모와의 이별을 함께 애도하려는 것처럼 기리코를 불러내서는 젊은 여자를 데려온 남자다. 게다가 하이쿠 모임에서는 낯부끄러운 시구나 읊어대고.

그래, 젊은 여자와 벌이는 그의 연애행각을 보기 싫어서 하이쿠 모임에 가고 싶지 않은 것도 있었다.

그런데 이렇게 아키코의 권유를 받으니 고작 그런 일 때문에 모임에 결석한다는 게 한심하게 느껴졌다.

"좀 그렇잖아요. 왜, 다카시 씨, 그 젊은 여자분과 교제하는데……"

"네, 그러고 보니 새로운 사모님을 한번 데리고 왔었어요."

벌써 아내가 된 건가? 아무래도 상관없지만!

"아, 아직 아내는 아닌가? 아무튼 그분과 동거하시면서 활기가 도는 듯하더라고요."

"그렇겠죠. 그래서 모임에 안 나오는 거 아닐까요?"

"역시, 그런 거겠죠? 그래도 한때는 오히려 적극적으로 출석

하려고 하시길래 젊은 아내분이 있으니 의욕이 생기는 건가 했거든요. 그랬는데 갑자기 안 오시니까. 실은 다카시 씨한테도 전화해봤는데 아무도 안 받더라고요."

"전화라면 휴대전화? 아니면 집전화요?"

"둘 다요. 다카시 씨도 이사하셔서 전화번호가 바뀌었을지 몰라 양쪽에 다 해봤거든요."

그의 이름을 듣고 순간 짜증이 일었던 기분이 살짝 걱정으로 바뀐다. 집전화를 안 받는다니…… 그 여자가 집에 있을 텐데 어떻게 된 일이지?

"혹시 어디 편찮으신 게 아닌가 하고…… 기리코 씨라면 사정을 아실까 싶어서요."

"아뇨, 저도 전혀 몰라요."

"혹시 소식 알게 되면 저한테도 알려주시겠어요?"

아키코가 그의 새 집 전화번호와 주소를 알려주었다. 집은 여기서 그리 멀지 않았다.

그후 약간의 담소를 나누고 전화를 끊었다.

다음날 아침에도 파친코 업소로 향했다.

뒤쪽으로 난 직원 출입구를 지나며 얼굴을 익힌 경비원과 인사도 나누고 탈의실 한쪽 구석에서 옷을 갈아입고 있자니 이 장소에도 아주 조금 애착이 생겨나는 것을 느꼈다.

청소업체 사장에게서 '겐 씨'의 독감이 많이 나았다고 들었다. 약으로 열은 떨어졌고 별일 없이 잘 회복하면 다음주부터는 출근할 수 있다고.

'어느 곳이든 사흘만 정기적으로 다니다보면 정이 드는 법이구나. 소리에는 좀처럼 적응이 안 되지만. 그래도 역시 이곳은 겐 씨처럼 파친코를 좋아하는 사람이 오는 게 좋겠어.'

우선은 업소 전체를 한 바퀴 돌면서 재떨이에서 담배꽁초를 모은다. 그런 때도 "안녕하세요" 하고 인사를 건네주는 손님이 있었다. 그 콤비, 아키바와 도무라는 아직 오지 않았다.

이곳에 익숙해지자 사람들의 행동도 눈에 들어왔다.

게임이 잘 안 풀리는 손님은 초조하게 다리를 떨면서 천 엔 지폐를 연달아 기계 옆에 꽂아넣는다. 그런 때는 재떨이를 치우는 일에도 더 주의를 기울인다. 손이 닿거나 하면 언짢아할 수도 있으니까. 타이밍을 잘 계산해 지폐가 다 들어간 뒤에 손을 뻗는다.

'천 엔짜리를 저렇게 펑펑 넣으면…… 돈이 얼마나 있든 부족하겠네. 확실히 여기서 돈놀이를 하면 벌이가 꽤 되겠어.'

스낵 코너로 가니 미치에가 있다. 오늘은 백합꽃 무늬 스웨터를 입고 있다. 가만 보니 꽃무늬를 좋아하는 사람일지도 모르겠다.

"안녕하세요" 하고 말을 걸자 그녀는 스마트폰을 만지작거리던 손을 멈추고 싱긋 웃었다.

"저기, 얼마 전에 물어봤던 겐 씨 말인데요."

오늘 아침, 업체 사장과 얘기하면서 그의 상황을 은근슬쩍 물어보았다. 혼자 있는데 몸이 아프면 더 힘들겠네요, 하고.

사장은 이렇게 말했다.

"아, 괜찮아요, 괜찮아. 그 양반이 그래 봬도 제법 인기가 있어서 이래저래 여자가 있는 것 같아요."

"결혼했어요?"

"아니, 혼인신고는 안 했는데 같이 사는 것 같아요. 음식점에서 일했던 여자라 요리를 잘한대요."

저런, 그럼 미치에 씨는 짝사랑으로 끝나겠구나, 하고 생각하는데 사장이 기리코의 모습을 오해하고 엉뚱한 말을 했다.

"어라, 혹시 기리코 씨도 겐 씨의 팬이에요?"

"아니, 그런 거 아니에요."

"괜찮아요, 뭐 어때요. 겐 씨 꽤 멋있잖아요."

당황한 기리코가 필사적으로 부정하는데도 사장은 멋대로 수긍해버렸다.

"정말 아니라니까요."

실은 이러저러해서 파친코 업소에 그를 좋아하는 사람이 있다고, 결국 전부 털어놓고 말았다. 파친코 손님과 청소업체 사장이 얼굴을 마주칠 일은 없을 테니 큰 문제가 되지는 않을 것이다.

오해를 풀기는 했지만 사장은 여전히 "헤, 헤, 헤, 헤, 나는 아무래도 상관없지만요" 하고 왠지 이상한 웃음을 지었다……

"실은 업체 사람한테 물어봤는데요, 사귀는 사람이 있는 것 같대요."

같이 사는 사람이 있다고까지는 말할 수 없었다.

"에이 뭐야, 있구나. 하기야 멋진 사람이니."

미치에는 어깨를 축 늘어뜨리는 시늉을 했지만 얼굴과 목소리는 밝았다. 그녀도 그리 진지하게 생각했던 건 아닌 듯하다.

"그래도 결혼한 건 아니니 아직 알 순 없지만……"

"아유, 됐어요, 됐어."

그녀가 밝게 손을 흔들었다.

"그보다, 기리코 씨 참 좋은 사람이네요. 내가 언뜻 물은 걸 제대로 알아봐주고, 말하기 곤란한 것까지도 확실히 얘기해줘서."

고마워요, 하고 그녀가 살짝 고개를 숙인다.

"아니에요, 내가 괜히 미안해요, 좋은 소식이 아니라."

"정직하고 성실한 사람이군요."

"별것도 아닌데요."

"아니에요, 이런 데서 다양한 사람을 만나다보니 감으로 알 수 있어요. 기리코 씨는 분명 제대로 된 사람일 거예요."

칭찬하는 말을 들으니 살짝 물어보고 싶어졌다. 미치에처럼 파친코를 아는 사람에게는 제격일지 모른다.

"저기, 이상한 얘기처럼 들리겠지만, 혹시 돈을 빌리고 싶을 때 있어요?"

"네? 기리코 씨, 돈 필요해요?"

"아니, 그런 게 아니라."

기리코는 세차게 손을 흔들며 부정했다.

"그게 아니라, 빌려주는 쪽. 누가 돈을 빌려줄 수 있는 사람을 알고 있으니 빌리고 싶은 사람이 있으면 소개해달라고 했는데, 어떻게 생각해요? 연금으로 생활하는 사람이라면 기꺼이 빌려준다고 하는데."

"흠."

그녀는 뺨에 손을 괴고 생각했다.

"하기야 여기 있으면 돈이 좀 부족하다 싶은데, 여자는 대부업체에서 돈을 빌리기도 좀처럼 쉽지 않아요. 다들 신용카드 현금서비스 같은 걸 써요. 하지만 신용카드를 만들지 못하는 사람도 있으니까. 그리고 법이 바뀐 뒤로 수입이 없는 주부한테는 대출도 잘 안 내주는 것 같고."

"맞아요."

"기리코 씨 주변에 대부업 하는 지인이 있군요."

"뭐, 그렇다기보다…… 돈을 빌리고 싶어하는 여성이 있으면 알려달라고 해서요. 빌려주는 액수가 그리 큰 건 아니지만, 상환은 연금 지급일에 해도 된대요. 금리도 대기업 대부업체와 비슷한 정도라 하고."

"그렇구나, 빌리고 싶어하는 사람이 있으면 말해둘게요."

기리코는 그녀와 인사하고 헤어진 뒤, 혹시 이런 장소에서 어설픈 초짜가 돈을 빌려준다고 말하는 그 자체가 꽤 나쁜 짓이 아닐까 하고 문득 생각했다.

그러나 그 기회는 놀랄 만큼 빨리 찾아왔다.

다음날 아침, 기리코가 출근하기만을 기다리고 있었다는 듯 파친코 홀에 들어가자마자 미치에가 다가왔다.

"기리코 씨, 어제 한 얘기 진짜예요?"

"어떤 얘기요? 겐 씨?"

"아니, 대부업체요. 정말로 빌려주는 거예요?"

"네, 그렇게 들었는데."

"그럼 내 친구 소개할게요. 잠깐만요."

그녀는 종종걸음으로 달려가 파친코 기기 사이로 들어갔다. 금세 자그마한 체구의 여성을 데리고 왔다.

"이 사람, 이시다 씨예요."

이시다라는 여자는 침을 꿀꺽 삼킬 듯한 표정으로 기리코를 보았다. 야윈 얼굴에 큰 눈이 도드라져 보였다. 손에는 그물로 뜬 것 같은 가방을 들고 있었다. 남색 상의에 갈색 치마를 입어 옷차림도 수수하다.

괜찮을까? 이런 분이 돈을 빌리다니, 조금 걱정이 된다.

"전에 간병 일을 했는데, 지금은 허리를 다쳐서 안 해요. 남편이랑 연금으로 생활하고. 간병 얘기로 서로 마음이 잘 맞았죠."

이시다는 옆에서 아무 말도 하지 않고 그저 고개를 끄덕이고 있다.

"가끔 파친코 비용이 부족할 때가 있어서 빌렸으면 한대요."

"괜찮겠어요?"

이쪽이 빌려주는 입장인데도 무심코 걱정하는 말을 해버렸다.

"금리가 그리 높지 않다고 하지만, 그래도 사채는 사채니까."

"알고 있습니다. 괜찮아요."

이시다는 작은 소리로 대답했다.

"저희가 받는 연금이 꽤 되는데요…… 남편이 돈에 엄격해 여간해서 넘겨주질 않아요. 몸은 불편하지만 정신은 또렷하거든요. 몸이 불편해진 뒤로 더더욱 돈에 깐깐해져서."

이시다는 그 지점에서 한숨을 쉬었다.

"평소 식비나 생활비를 절약해 모은 돈으로 파친코 비용을 내는데요…… 가끔 좀 모자를 때가 있어서요."

"그렇군요."

"다음 연금을 받으면 식비 등을 포함한 금액을 남편한테 한꺼번에 받을 수 있으니까 그때 상환 가능해요."

그렇다면 괜찮을지도 모르겠다. 그런데 이렇게 정숙해 보이고 평범한 가정주부 같은 사람이 어째서 파친코를 하는 걸까.

"남편이 장기요양등급을 받은 뒤로…… 전에도 잔소리가 많은 사람이긴 했지만 더욱 심해져서 가끔은 정말이지 너무 힘들어요. 스트레스를 해소할 수 있는 게 파친코뿐이에요…… 남편이 제일 싫어하는 거라서."

그녀가 처음으로 웃었다. 어딘가 장난꾸러기 같은 미소였다.

"알겠습니다. 그래도 무리하게 빌리지 않도록 조심해요."

무심코 대부업체 광고 같은 말을 했다.

"당연하죠."

기리코는 아키바에게 받은 명함의 번호로 전화해보기로 했다.

"제법인데요."

다음날, 기리코는 아키바와 이시다를 서로 소개해주었고, 그들은 모종의 계약을 맺은 듯했다.

"단 하루 만에 괜찮은 손님을 데려오다니. 앞으로도 쭉쭉 부탁해요. 형님한테도 얘기했더니 새로운 시장을 개척할 것 같다며 좋아했어요."

휴식시간에 파친코 업소 주차장에서 아키바가 기리코에게 봉투를 건넸다.

"처음이라 조금 더 넣었어요. 항상 이렇게 줄 수 있는 건 아니지만 앞으로도 잘 부탁한다는 뜻에서."

"그런데…… 괜찮으려나, 그 사람. 잘 좀 신경써줘요. 대출을 너무 많이 받아서 잘못되는 일이 없도록."

부탁을 받아 연결해주긴 했지만 지금 와서 생각하니 갑자기 무서워졌다. 조금 후회도 된다.

"처음에는 몇만 엔 정도일 뿐이고, 얘기 들어보니 번듯한 집안 주부인 것 같던데요. 우리도 무턱대고 돈을 빌리게 하지 않아요. 그런 사람은 무리하게 부추겨 망하게 하느니 오랜 단골로 만드는 편이 좋으니까."

괜찮아요, 괜찮아, 하고 그가 기리코의 등을 두드린다.

"그보다 그 돈으로 맛있는 거라도 먹어요."

탈의실로 돌아와 살며시 봉투를 들여다보니 5천 엔짜리 지폐가 들어 있었다.

어머나, 하고 큰 소리를 낼 만큼 놀랐다. 한 달에 두세 명만 소개해도 만 엔 넘게 받을 수 있는 거 아닌가. 한 달 수입이 만 엔만 더 늘어도 무척 큰 도움이 된다.

"그럼 기리코 할머니도 사채 일을 돕는 거예요?"

기리코가 만들어둔 찐빵을 입안 가득 넣은 채 유키나가 물었다.

"글쎄, 어떨지. 어떻게 생각해?"

"불법 사채라는 게 그렇게 큰 죄인가요?"

"잘은 모르겠지만 어쨌든 '불법'이라니까."

불법이라는 단어에 힘을 주어 말하자 유키나가 깔깔 웃었다.

"그런 건 찾아보면 되죠."

"어떻게 찾아보는데?"

유키나가 곧장 스마트폰을 꺼낸다.

"검색하는 거 몰라요?"

"아, 들어본 적은 있는데 해본 적은 없어서."

"봐봐요, 이렇게."

유키나는 재빠른 손놀림으로 시계 표시가 있는 앱을 톡 두드렸다.

"화면이 열리면 여기에 글자를 넣는 거예요."

"뭔지 잘 몰라서 거의 열어본 적이 없어."

"아, 할머니는 검색 기능을 잘 다루기 힘들죠."

"벌써 뭔가 영어로 적혀 있잖아."

유키나가 손가락으로 가리킨 곳에 이미 알파벳 소문자로 뭔가가 적혀 있다.

"이렇게 글자 부분을 두드려 색을 바꾸고, 그럼 이제 뭐라고 적혀 있든 무시해도 돼요. 신경쓰지 말고 일본어로 원하는 단어를 적고…… '검색'을 누르면."

"그, 무시가 영 안 된단 말이지, 노인은…… 뭔가 전부 망칠 것만 같은 기분이 들어서."

그래도 유키나에게 배워서 조금은 검색을 할 수 있게 되었다.

"그래서 불법 사채의 죄는…… 뭐라고 검색하지?"

"불법 사채, 징역. 이렇게 하면 되지 않아요? 그게 중요한 부분이니까."

"응, 해볼게."

'불법 사금융으로 체포되면 죄의 무게는?'이라는 검색 결과를 발견해 열었다. 유키나가 소리 내어 읽는다.

"음 그러니까, 무허가로 사금융업을 운영한 경우에는 오 년 이하의 징역 또는 천만 엔 이하의 벌금이래요."

"천만 엔이라니, 의외로 가볍네."

"기리코 할머니는 사금융업을 운영하는 것도 아니고."

"다른 건 없어?"

"고금리 위반…… 아마 이건 법정 금리 이상을 받는 거겠죠?

이것도 오 년 이하의 징역 또는 천만 엔……"

"가볍다! 너무 가벼워! 눈 깜짝할 새에 나오겠네."

"아, 이게 맞을 것 같지 않아요? 야간, 거주지 이외에서의 징수, 제삼자에게 청구하는 등의 부정 징수……"

"그거다, 그거야! 그거라면 할 수 있을지도 몰라."

"아."

유키나가 과장되게 소리를 내며 머리를 감싼다.

"겨우 징역 이 년. 벌금 3백만 엔. 이게 최대치."

"뭐야."

"불법 징수라면 그거잖아요. 드라마나 영화에서 '돈 갚아' 하면서 문을 쾅쾅 두드리는 거. 아니면 하굣길의 아이를 기다렸다가 '아버지한테 돈 갚으라고 전해라' 하면서 겁주는 거."

"그렇겠지."

"그런 짓을 해도 징역 이 년밖에 안 된다니."

"아아."

둘이 고타쓰에 팔꿈치를 괸다.

"죄를 짓는다는 게 생각보다 꽤 어렵네요."

"교도소라는 곳이 어지간해선 들어갈 수 없게끔 되어 있는 건지도 모르지."

"그런데 애초에, 정말로 기리코 할머니가 빚 독촉을 할 수 있겠어요?"

"글쎄, 어떨까."

기리코는 자신이 어느 허름한 다세대주택의 현관문을 쾅쾅 두드리는 모습을 상상해보았다.

"한번 말해봐요, 돈 갚아!라고."

유키나가 부추겨 기리코는 고타쓰에서 일어났다.

"저기요! 당신, 돈 갚아요!"

두 주먹을 꽉 쥐고 조금이라도 박력 있어 보이려고 해봤지만 유키나는 웃음을 터뜨렸다.

"하하하하하."

"역시, 안 되겠지."

"기리코 할머니는 그런 식으로 말고, 돈 빌린 사람한테 은근히 들러붙는 게 좋을 것 같아요. 얌전히 따라다니면서 '돈 갚아주세요' 하는 거죠."

유키나가 눈을 살짝 올려뜨고 "돈 갚아요오"라고 말했다.

"돈, 갚아주세요. 그 돈 안 주시면 제가 사장님한테 혼나요……"

기리코는 어깨를 축 늘어뜨리고 두 손을 모은 뒤 불쌍해 보이는 목소리를 내보았다.

"좋아요, 좋아, 바로 그거예요. 그런데 불법 징수라기보다는 유령이나 귀신 같네요."

"그렇지? 그래도 이 방법이 의외로 효과가 있을지 몰라."

"하지만 그런 말투는 위협적이지도 않고 범죄가 되지도 않을 것 같아요."

기리코는 고타쓰에 앉았다. 고타쓰 위에는 유키나가 선물로 가져온 귤이 놓여 있다. 유키나는 그것을 자신과 기리코 앞에 하나씩 놓았다.

"귤 드세요."

"유키나, 시간 괜찮아?"

저녁 여덟시가 지났다. 파친코 업소의 청소를 맡은 뒤로 한동안은 저녁 여섯시까지 일해야 해서 못 만날 것 같아 하고 기리코가 연락했지만, 유키나는 괜찮아요, 부모님은 밤늦게나 집에 오니까 아르바이트 끝나고 갈게요 하고 답장을 해왔다.

"네, 아마 저녁 열시까지는 집에 안 올 테니까."

"두 분 다?"

"네. 중학교 때부터 쭉 그랬어요."

유키나가 태연하게 말했다.

"그렇다면 괜찮지만…… 그래도 걱정되니까 데려다줄게."

"왜요? 저녁 열시면 완전히 괜찮은데. 중학생 때도 학원 끝나면 그 시간쯤이었고. 게다가 오늘은 자전거로 와서 괜찮아요. 오히려 할머니가 밤길을 걸어가는 게 더 걱정이지."

그렇게 말하고는 정말 열시가 가까워지자 유키나는 자전거 위에 선 채로 힘차게 페달을 밟으며 화려하게 사라져갔다. 기리코는 치마 아래로 뻗은 그애의 종아리가 어둠 속 가로등 불빛에 환히 드러나는 모습을 지켜볼 수밖에 없었다.

집에 도착하면 연락하라고 끈질길 정도로 당부했더니, 십 분쯤 지나서 집 도착~ 여러 가지로 고마워요 하고 메시지가 왔다.

독감에 걸렸던 '겐 씨'가 건강을 회복해 주말에 복귀했고, 기리코의 파친코 청소 일은 끝났다.

마지막으로 파친코 업소에 갔을 때 홀 안에서 누군가 "기리코 씨!" 하고 부르는 소리에 뒤돌아보니 평상복 차림의 겐 씨가 있었다. 검은색 모직 셔츠에 회색 바지, 헌팅캡 차림이었다.

"어머, 어쩐 일이에요? 겐 씨, 오늘부터 일하는 거였어요?"

기리코는 전날 사장과 파친코 점장에게 "내일모레부터 겐 씨가 올 거예요"라고 들었던 것을 하루 착각했나 싶었다.

"아뇨. 오늘은 병원에서 외출 허가를 받아서 인사도 할 겸 한 게임 하러 왔어요."

겐 씨는 손으로 헌팅캡을 누르며 정중히 허리 숙여 인사했다.

"기리코 씨한테 일주일간 폐를 끼쳤습니다."

그런 모습을 보니 그의 목소리와 표정이 확실히 다카쿠라 겐*을 조금 닮았다는 걸 알았다. 이목구비는 전혀 닮지 않았지만.

그래도 꽤 괜찮은 남자다. 동년배들에게는 인기가 있을 수도 있겠다.

"아니에요, 전 괜찮았어요. 새로운 장소에서 일할 수 있어서 재미도 있었고."

그런 얘기를 하고 있는데, "어? 겐 씨 아니에요?" "이제 괜찮아요?" 하고 손님과 점원들이 지나가면서 말을 걸어왔다. 그 모습을 보고 역시 이곳은 겐 씨가 있어야 할 자리구나, 하는 생각이 들었다.

대부업 일에 끼워준 콤비, 아키바와 도무라에게도 일단 인사했다.

"전에도 말했지만, 내일부터는 나 여기 안 와요."

"그렇군요…… 아쉽네요. 그래도 앞으로 돈 빌리고 싶다는 사람 있으면 연락해요. 꼭 여자가 아니어도 남자든 젊은이든 괜찮으니까."

전에 기리코가 평소에는 오피스 빌딩 청소 일을 주로 한다고 말했던 것을 기억하는 모양이다.

---

* 일본 영화계를 대표했던 배우로, 건장한 남성적 이미지를 상징했다.

"IT 기업에 다니는 사람한테도 대출해주니까."

"빌리려는 사람이 있으려나."

"있죠. 그리고 사오십대 남자들이 제일 돈이 없거든. 자식이나 가정에 들어가는 돈은 많지만 정작 본인 용돈은 적고. 그런데 사람들과 어울리려면 돈이 드니까요."

"맞아, 맞아."

옛날 생각이 났다는 듯 도무라가 얼굴을 찡그린다.

"아무튼, 있으면 물어볼게요."

둘은 파친코 기계 앞에 앉은 채 그럼 다음에 봐요, 하고 명랑하게 손을 흔들었다.

집에 돌아오니 하이쿠 모임의 아키코한테 또 전화가 왔다.

"지난번에 얘기했던 것 말인데요."

"네."

"아직도 다카시 씨와 연락이 안 되네요."

"어머, 그래요?"

"기리코 씨와 마찬가지로 다음번 하이쿠 주제를 전달하려고 몇 번 전화했거든요……"

"그렇다면 걱정이네요."

"그래서 제가 다카시 씨의 집에 한번 들러볼까 하고, 마침 도

서관 근처라 겸사겸사 가봤어요."

"어머나, 고생하셨네요."

유쾌하지 않은 일이 있었던 남자라도 아무 연락이 안 된다는 말을 들으니 걱정된다.

"다카시 씨 댁은 깔끔한 아파트였어요. 다행히 건물 입구에 도어록이 없어서 집 앞까지 가봤는데요."

"네."

"초인종을 몇 번이나 누르고 문에 노크하며 불러도 봤지만 반응이 없더라고요. 그래도 전기 미터기는 돌아가고 있었어요."

"그 말은?"

"아무도 살지 않는 건 아닌 거죠. 아마 집안에 누군가 있을 거예요. 그런데도 나와보지 않는다니, 정말 무슨 일이 있는 걸까요?"

"여자도 같이 있을까요?"

"그건 모르겠어요. 저도 더는 어찌해볼 도리가 없어서 집으로 돌아왔거든요. 그리고 모임 대표인 구사나기 씨에게 물어보긴 했는데, 그분도 벌써 아흔두 살이시라 꽤 고령이잖아요. 어떡해야 좋겠느냐는 말만 계속 되풀이하시고. 경찰에 연락하는 것도 생각은 해봤는데 거기까지는 저도 잘 모르겠어요. 다카시 씨의 다른 가족분들은 어떻게 지내는지 혹시 기리코 씨라면 아실까 싶어 전화 드렸어요."

"아아."

여기까지 들은 이상, 나도 잘 모르겠다고 시치미를 뗄 수도 없는 노릇이다.

"하이쿠 모임 후에 차를 몇 번 마신 정도밖에 안 되는 사이지만요" 하고 먼저 양해를 구했다. 실은 도모와 함께 식사한 적도 한 번 있었지만.

"아마 아드님이 한 명 있을 텐데, 그 아내 되는 사람이 오키나와 출신이라 그쪽에서 살고 있다고 얼핏 들은 적이 있어요."

"오키나와요? 꽤 머네요."

역시 알고 계셨군요, 같은 말을 들으면 어떡하나 싶었는데 아키코는 순순히 놀라워하기만 했다.

"그쪽 부모님이 도쿄 남자랑 결혼하는 걸 반대해서, 결혼 후에도 오키나와에 사는 게 조건이었나봐요. 게다가 여자네 집이 대형 특산품점과 선술집을 여러 군데 경영해서 도쿄의 회사를 그만두고 그쪽에서 일하게 됐대요."

"어머, 그랬군요."

"그때의 갈등으로 다카시 씨는 아들과 조금 소원해진 것 같았어요. 아무래도 외아들인데다, 꽤 큰 회사에 어렵게 취직했는데 금방 그만뒀다고 다카시 씨가 아깝다는 듯 말했어요."

"씁쓸한 일이네요."

아키코는 악의 없이 말했지만 그 말을 듣자 왠지 다카시가 불쌍한 사람처럼 느껴진다.

"그래도 뭐, 그만큼 마음 편한 점도 있어요, 하고 그때는 웃으며 말했거든요."

무심코 그를 두둔하는 듯한 말을 하고 말았다.

"그 가족분 연락처는 기리코 씨도 모르시겠죠?"

"네, 저도 거기까지는."

"그럼 연락해볼 방법이 없겠네요."

아키코가 한숨을 쉰다.

"아, 부동산사무소나 집주인은 어떨까요?"

기리코는 최근 이사한 경험을 떠올리며 말했다.

"아파트로 이사할 때, 다카시 씨는 고령이니까 분명 보증인이 있어야 했을 거예요. 보증회사와 계약했더라도 그쪽은 훨씬 자세한 사정을 들었을지 모르죠."

"그렇네요. 거기까지는 생각 못했어요. 역시 대단하세요, 기리코 씨."

칭찬을 들으니 기분은 조금 좋지만, 아키코는 아마 자가를 소유한 사람이라 몰랐을 테다. 남편이나 가족이 있어 무엇이든 도움을 받는 사람은 보증인 따위를 신경써본 적도 없을 것이다. 그런 걸 모르는 그녀의 인생이 행복한 거지, 기리코는 속으로 생각했다.

"그럼 부동산사무소에 연락하는 게 좋을까요? 그런데 어느 사무소인지 금방 알 수도 없고, 어쩌면 이런 걱정이 지나친 생각일 수도 있으니."

"그럼 제가 다시 한번 그 집에 가보고, 그래도 잘 모르겠다 싶으면 사무소든 집주인이든 경찰에게든 연락합시다."

아키코는 그저 하이쿠 모임의 운영진이라는 이유만으로 일부러 그의 집까지 가서 상황을 살폈다. 기리코처럼 몇 차례 차를 마시고 한 번뿐이어도 식사까지 한 적이 있는 사람이 모른 척할 순 없다. 기리코의 집에서 가는 게 더 가깝기도 하고.

"그렇게 해주시면 저야 감사하죠."

아키코는 기쁨과 안도의 목소리로 말했다.

"그럼 쉬는 날에 한번 가볼게요."

다카시가 없거나 무슨 일이 있으면 아키코에게 연락해서 다시 어떻게 할지를 의논해보기로 했다.

다카시의 집은 흰색 벽면의 팔층짜리 아파트였다.

기리코가 생각했던 것보다 훨씬 근사한 건물이다. 창문 위에 파란색 차양이 덮여 있어 휴양지 리조트 같기도 하고 유럽풍 건물처럼 보이기도 한다.

신축은 아니지만 퍽 세련된 아파트였다. 자신이 지금 사는 목조 다세대주택과 비교하니 조금 초라한 기분도 든다.

'젊은 여자를 위해 무리해서 빌린 걸까.'

기리코는 도모, 다카시와 스페인 음식점에서 식사했을 때 그가 밥값을 계산한 일이 생각났다.

'저 사람은 여자한테 잘 보이려는 성격인가보다. 요컨대 허세가 있는 거지. 전에는 그 점이 매력적이기도 했지만.'

아키코가 말한 대로 입구에 도어록이 없는 게 다행이었다. 바로 안으로 들어갔다. 다카시의 집이 있는 오층으로 올라가기 전에 우편함을 보았다. 503호 앞으로 온 우편물은 아무것도 없었다. 이건 낭보인 걸까 비보인 걸까. 그런 생각을 하면서 엘리베이터를 타고 올라간다.

'요즘 다들 도어록을 다는 추세지만 이런 때를 생각하면 노인에게는 도어록이 없는 게 좋을지도 모르겠네. 그래도 방범장치는 필요하겠지만.'

503호 앞에 도착했다. 현관문에 달린 우편함에도 신문 같은 건 들어 있지 않았다.

숨을 크게 한번 내쉬고 초인종을 눌렀다. 전혀 반응이 없다. 다시 한번 누른다. 역시 반응이 없다.

두 번 세 번 벨을 누르는 사이, 처음에는 주뼛주뼛했던 것이 어느새 점점 익숙해졌다. 열 번쯤 누르고 포기했다. 이번에는 가볍게 문을 두드렸다. 두세 번 두드린 다음 말을 건넸다.

"다카시 씨, 기리코예요. 다카시 씨, 안 계세요? 기리코예요."

이것도 열 번 하고 그만두었다.

또 한숨을 내쉬었다.

'이제 정말 어떻게 해야 할지 결정을 내려야겠네. 일단 집으로 돌아가서 아키코 씨한테 전화하자.'

그러고는 문득 생각이 나서 손에 들고 온 가방을 뒤져 수첩을 꺼냈다. 그중 한 장을 찢어 쪽지를 남긴다.

미카사 다카시 님. 하이쿠 모임에 안 나오신다는 말을 듣고 걱정되어 와봤습니다. 별일 없으면 저한테나 모임 운영진인 도모오카 아키코 씨에게 연락 한번 주세요. 연락이 없으면 경찰이나 부동산사무소에 얘기하려고 생각중입니다. 전화 기다릴게요.

히토쓰바시 기리코

쪽지를 우편함에 넣고 걷기 시작했다.

엘리베이터 앞까지 가서 내려가는 버튼을 눌렀다.

그때 뒤에서 다다다다 하는 발소리가 들려와 기리코는 화들짝 놀라 돌아보았다.

"기리코 씨! 기리코 씨, 잠깐만요."

다카시가 숨을 헐떡이고 있었다. 위에는 남색 운동복, 아래는 살구색 내의 차림이다. 머리는 헝클어졌고 눈이 충혈되어 있다.

"다카시 씨, 별일 없었어요?"

"걱정 끼쳐서 죄송합니다."

그는 숨을 헉헉 내쉬며 양손으로 허벅지를 짚었다.

"잘 지내셨다면 다행이지만, 다들 걱정했어요."

앞으로 구부정하게 선 그는 마구 흐트러진 희끗한 머리에 지금껏 본 적 없는 지저분한 모습이었다. 기리코는 가슴이 철렁했으나 자신의 그런 생각이 그에게 전해진다면 그것 또한 안타까운 일이었다.

"건강해 보이셔서 다행이에요."

최대한 밝은 목소리를 냈다.

언제나 세련된 차림이었던 다카시가 이러고 있을 줄이야, 대체 어떻게 된 일이지.

하지만 기리코 자신도 집에서 혼자이면 그와 별반 다르지 않은 모습을 하고 있을 때도 있다. 단지 몸 상태가 조금 나빠졌을 뿐일지도 모른다.

"괜찮으신 거죠? 어디 아프거나 그런 건 아니죠?"

"괜찮습니다."

다카시는 간신히 고개를 들고 기리코와 눈을 마주쳤다.

"괜찮다면 잠깐 들렀다 가세요. 차라도 한 잔 드실래요?"

"……그래도 되나요? 저…… 아내분은."

그 여자를 뭐라고 표현하면 좋을지 망설였다.

다카시는 뒤를 돌아보며 고통스러운 목소리로 말했다.

"없어요. 그러니까 괜찮아요."

"그렇군요……"

동거중인 여자가 없고 행색이 이러하니 집안 상태도 가히 짐작할 만하다.

하지만 여기서 거절하는 것도 왠지 마음에 걸려 기리코는 그의 뒤를 따라갔다.

4장 사기

예상한 대로 실내는 너저분했다.

그리 많지는 않지만 물건이 죄다 나와 있고, 쓰고 난 그대로 방치되어 있었다. 현관에는 구둣주걱이 지금 막 사용한 듯 옆에 내던져진 채였고, 우산도 접지 않고 세워서 걸쳐져 있다. 거기에 여성용 빨간색 우산이 있었다. 역시 그 여자가 실제로 이곳에 있다, 혹은 있었다는 증거였다.

'동거한다는 게 거짓말은 아니었구나……'

리본이 달리고 굽이 낮은 갈색 쇼트부츠가 한쪽 구석에 놓여 있었다. 과연 중년 여성이 좋아할 만한 스타일이었다.

다카시를 뒤따라간다. 현관에서 복도로 이어지고, 양쪽에 침실과 욕실로 보이는 문이 있었다. 다카시가 가장 안쪽의 문을 열자 거실 겸 다이닝 공간이 나왔고 주방이 함께 있었다. 창문이 커서 날씨가 좋으면 실내가 좀더 밝을 것 같다. 공교롭게도 오늘은 날이 흐려서 별로 밝지 않았다. 아무튼 전형적인 1LDK* 구조의 집일 것이다.

가구는 원래 있던 것을 가져왔는지 대부분 새것은 아니다. 그래도 거실의 소파와 탁자는 유독 반짝반짝해 새것 같았다. 이것만은 새로 맞췄는지도 모르겠다.

소파 등받이에 분홍색 카디건이 걸쳐 있었다. 그것 말고는 거실에서 그녀의 존재를 느끼게 하는 물건은 없다. 하지만 그것만으로도 충분히 존재감을 발산하고 있었다.

"편하게 앉으세요. 저는 잠깐 옷을 갈아입고 오겠습니다."

다카시는 그렇게 말하고 침실로 들어갔다. 그때 방안을 다 차지한 침대가 힐끗 보였다. 새것인지는 모르겠지만 그 위에 분홍색 꽃무늬 담요가 아무렇게나 놓여 있었다.

기리코는 다카시의 등을 뒤쫓던 시선을 황급히 앞으로 향하고 소파에 앉았다. 분홍색 카디건에 몸이 닿지 않을 위치를 고른다.

신문도 여기저기 어질러져 있다. 다카시는 좀처럼 나오지 않았다. 무심코 손을 뻗어 신문과 잡지를 정리해 탁자 위에 포개두

* 집이 하나의 방과 거실, 주방으로 이뤄진 것.

었다. 그것만으로도 아주 조금 집이 깨끗해진 것 같았다.

"오래 기다리셨죠."

다카시는 회색 카디건에 긴 바지 차림으로 나왔다. 바지는 구깃구깃했지만 살구색 내의보다 훨씬 낫다.

"차를……"

"아, 제가 할게요."

기리코는 일어나서 주방으로 들어갔다. 다른 여자의 주방에 들어가는 게 썩 내키지 않았지만, 다카시가 차를 내려주기를 기다리는 것보다는 낫다. 자그마한 오픈 키친 같은 세련된 공간이었다.

다카시는 특별히 저지하지 않았다.

'손님인 내가 차를 준비하는 상황을 남자들은 아무렇지 않게 생각하는 걸지도 몰라…… 아니지, 상태가 저렇다보니 거기까지 생각이 미치지 못하는 건가……'

얘기를 나누고 싶다고 했으면서 그는 소파에 오도카니 앉아 있을 뿐이다. 눈빛도 공허하다.

기리코는 주전자와 다기를 찾고, 차가 한줌 정도 남아 있는 차통도 찾아냈다. 차 도구는 전부 사용한 흔적이 있는 것들이었다. 역시 다카시의 집에서 가져온 건지도 모른다.

"고마워요."

다카시는 우물우물 인사하고 차를 마셨다.

"괜찮으세요?"

벌써 몇 번째냐고 생각하면서도 그 말밖에는 나오지 않는다.

"어디서부터 얘기해야 좋을지……"

다카시는 찻잔을 쥔 마르고 가느다란 자신의 손을 바라본다.

"무리해서 말하지 않아도 괜찮아요."

"아뇨. 기리코 씨는 들어주셨으면 좋겠어요. 다른 사람한테는 이런 일을 얘기할 수 없어서. 실제로 아무한테도 말 안 했어요. 너무 창피하고 한심해서. 하지만 기리코 씨라면 얘기할 수 있을 것 같아요."

다카시는 차를 마시고 기분이 조금 나아졌는지 희미하게 미소를 지었다.

기리코 씨라면……이라는 말을 몇 달 전에 들었다면 기뻤을지도 모른다. 그런데 지금은 복잡한 생각이 마음을 스칠 뿐이다.

'나라면 괜찮다는 건, 나 정도 인간에게는 자신의 치부도 말할 수 있다는 뜻인가…… 아무래도 내가 만만해 보여서 이 사람은 나를 자기보다 아래로 여기는 게 아닐까.'

괜한 자격지심에 하는 억측일지도 모르지만 그런 삐딱한 기분이 들기도 한다.

"저 같은 사람은 의논 상대가 안 될지도 몰라요."

무심결에 그런 말을 해버렸다. 그러나 다카시에게 기리코의 감정까지는 전달되지 않은 모양이다. 그는 "아니에요, 들어주시는 것만으로도 좋습니다" 하고 말했다.

"제가 전에 기리코 씨한테도 소개했던 여자, 사이토 가오루코 말인데요……"

"네."

"……갑자기 연락이 끊겼어요."

"어머나. 언제부터요?"

"몇 주 됐어요. 사소하게 싸웠는데 대수롭지 않은 말다툼 정도예요. 그 사람이 요리는 잘하거든요…… 그 점도 참 마음에 들었는데…… 그런데 항상 비싼 식재료만 사 오는 거예요."

"미식가이신가봐요."

"글쎄요. 참다랑어 회라든가 붕장어, 와규 스테이크 같은 것들을 자주 샀어요."

전부 그대로 식탁에 올리거나 살짝 굽기만 해도 손쉽게 먹을 수 있는 것들뿐이네, 하고 기리코는 생각했다.

"그래서 내가 전처는 더 저렴한 재료로 이리저리 궁리해서 음식을 해줬다고 말했더니 화를 내더군요."

아, 그건 좀…… 하고 기리코는 속으로 중얼거렸다. 다카시 씨가 잘못했네, 그런 말을 제일 듣기 싫어할 게 뻔한데.

"그런 짠돌이 같은 면이 싫다는 둥, 그렇게 궁상맞은 여자랑 살았다니 믿을 수가 없다는 둥 하면서 싸우게 됐어요."

"네."

가는 말이 고와야 오는 말이 곱다고, 전처를 칭찬하는 말을 들으면 기리코도 그 정도 얘기는 할 수 있을 것 같다.

"있잖아요, 가오루코는 장을 보러 갈 때마다 항상 만 엔을 달라고 하는데 한 번도 나한테 잔돈을 가져다준 적이 없거든요. 그러면서도 꼭 마트에 갈 때마다 만 엔을 달라며 손을 내밀어요. 그래서 어제 쓰고 남은 잔돈은 어쨌느냐고 물었더니 이미 다 썼다며 천연덕스럽게 말하더군요…… 그래서 그만 나도 모르게 그런 말이."

"그랬군요……"

"가오루코가 집에서 뛰쳐나갔고 그날은 안 들어왔어요. 몇 번이나 전화를 걸었는데 안 받아주더라고요. 걱정돼서 한숨도 못 잤지만 아침 일찍 그녀의 집으로 갔어요."

"어? 여기서 같이 사시는 게 아니었어요?"

"최종적으로는 여기서 둘이 살기로 했고, 실제로 대부분 이 집에서 지내긴 했어요. 다만 가오루코에게 가구나 옷이 많아 그걸 다른 사람에게 주거나 처분한 다음 이쪽으로 오겠다고 해서 아직 집을 비우지 않았거든요."

“그렇군요.”

“그녀의 집에 들어가본 적은 없지만 몇 번 그 앞까지 바래다준 적이 있어서 위치는 알았어요. 그래서 집으로 가봤습니다.”

“어땠나요?”

다카시가 씁쓸하게 눈살을 찌푸렸다.

“가오루코의 집이라고 들었던 305호에 다른 사람이 살고 있었어요. 젊은 이십대 남자였는데, 아무리 물어도 가오루코 같은 사람은 모른다고 하더군요. 문패에 적힌 이름도 달랐어요. 하는 수 없이 이번에는 그녀를 처음 만난 접골원으로 갔죠. 가오루코가 거기서 접수와 잡무를 했으니까.”

“그 접골원, 전에 저한테도 추천하셨던 곳이죠?”

“가오루코는 거기도 이미 그만뒀더라고요. 내가 다녔던 그 몇 주만 일했던 거라며 그들마저 잘 모른다고 하더라고요.”

“저기……” 기리코는 망설이면서 그 당시의 기억을 끄집어내 캐물었다.

“전에 그분을 소개했을 때, 다카시 씨는 그 접골원이 마음에 들었고 아주 좋은 곳이라 저한테도 소개하고 싶다고 하셨잖아요. 그후 흐지부지되긴 했지만…… 아무튼 지금도 그곳에 다니시는 거 아니었어요?”

“그게 실은, 가오루코가 마사지사 자격증을 가지고 있는데요,

당시 그 접골원에서 근무했던 건 본인도 언젠가는 물리치료사 자격증을 따서 일하고 싶다는 생각 때문이었어요. 교제를 시작한 후로 본인이 마사지를 해주겠다고 해서 접골원에는 안 다니게 됐고요."

젊다고는 하지만 가오루코도 쉰아홉 살이다. 지금부터 준비해서 그런 자격증을 딸 수 있나?

"그렇군요…… 그리고 하이쿠 모임에도 안 나오신다던데."

"네. 가오루코가…… 하이쿠를 별로 안 좋아하기도 하고, 다른 여자들이 있는 곳에는 가지 말라고 해서. 그뿐 아니라 가벼운 등산 모임도 서예 교실도 전부 그만뒀어요."

다카시는 그 순간에만 살짝 웃었다. 그녀의 애정어린 질투가 자랑스러웠는지도 모른다.

"지금 그런 걸 좋아하고 있을 때가 아니잖아요!"라고 기리코는 말하고 싶었지만 물론 잠자코 있었다.

"그래도 그렇게 다투고 나간 거라면 언젠가 다시 불쑥 돌아올지도 모르잖아요. 짐이 있으니 가지러 올 수도 있고……"

"아니, 그게."

다카시가 고개를 숙이더니 머리를 감쌌다.

"실은 이 집에 가오루코의 짐은 거의 없어요. 모든 짐을 가져다놨던 게 아니라 원래도 적었지만, 그 짐들도 어느새 없어졌더라고요."

"이 카디건은요?"

"내가 사준 건데, 그거랑 우산이랑 구두 정도만 남았어요."

기리코는 자신이 본 게 전부였다는 걸 알았다.

"싸우기 전에 가지고 나간 거예요? 아니면 싸운 후에?"

"모르겠어요. 침실 서랍장에 옷이 몇 벌 있었던 것 같긴 한데 몽땅 없어졌더라고요. 실은 잘 몰라요. 여자 물건 같은 건 눈여겨보질 않아서."

이제는 기리코가 머리를 감싸고 싶어졌다. 이 남자는 정말 그런 쪽에 어둡고 관심이 없구나.

"그래도 한번은 다시 연락이 오지 않을까요?"

"그게…… 여기서부터가 말하기 곤란한 건데요."

간신히 짜내는 듯한 목소리였다.

"뭔데요? 다른 문제가 더 있어요?"

"부끄럽지만, 제가……"

"네."

"가오루코한테 이래저래 돈을 좀 빌려줬어요."

"네?"

심장이 정말로 두근두근 뛰기 시작했다. 돈이라니. 어떤 의미의 돈을 말하는 거지?

"큰 액수였나요?"

"아뇨, 그렇지는 않습니다."

다카시가 강력히 부정했다.

"가령 백만 엔, 2백만 엔이 필요하다고 했으면 저도 경계했을 거예요. 의미도 없이 선뜻 돈을 줄 순 없잖아요. 제가 가오루코에게 건넨 건 분명히 이유가 있는 돈이에요."

"이유요?"

"네. 가오루코와 교제하기 시작한 건 작년 가을경부터인데, 당시 그녀는 두통이 심했어요. 하도 머리가 아프대서 병원에 갔더니 뇌 MRI를 찍어야 한다더라고요. 뭐라더라, '브레인 독'인가 하는 기계에도 들어가야 한다며. 그런데 돈이 상당히 들어요. 그래서 20만 엔을 빌려달라기에 그렇게 했습니다."

"20만 엔이나!"

"그후에도 정밀검사를 더 해야 했어요. 최첨단 의료장비라 건강보험이 적용되지 않는다더라고요. 가오루코는 오랫동안 싱글맘으로 살아서 민간의료보험에 가입할 여유가 없었어요. 자기 일은 뒷전으로 미루고 가족을 우선으로 여겨왔던 사람이라. 그래서 필요할 때마다 10만 엔, 20만 엔씩 건넸어요."

"그래도 뭐, 몸이 아픈 거니까 어쩔 수 없죠."

기리코는 긴 한숨을 쉬었다. 이 마당에 왜 그 여자를 두둔하는 듯한 말을 해야 하는 걸까, 그런 생각을 하지 않을 수 없다.

"그리고 아까도 말했듯 그녀는 물리치료사가 되려는 꿈이 있고, 그 전문학교에 들어가는 데 입학금과 수업료를 합쳐 80만 엔 정도 든다고 해서 빌려줬습니다. 그래도 자격증을 취득하면 내 간병에도 도움이 되니까요."

"네."

기리코는 고개를 끄덕이며 서서히 이 얘기의 전모를 알 수 있을 것 같았다.

"그리고 가오루코의 딸이 아이를 낳아서 이번 설에는 한동안 딸네 집에 갔었거든요. 그때 축하금과 출산비용, 입원비용을 좀 빌려달라고 했고."

"그 따님과 아기는 만나보셨나요?"

"아뇨, 그건 출산이 일단락되고 난 뒤에 하자더라고요. 딸이 가오루코를 닮아 병약한 체질이고, 절박유산 기미가 있어 지금은 놀라게 할 수 없대서요. 엄마 바라기 같은 딸이라 줄곧 곁에 붙어 있었기 때문에 엄마가 재혼한다는 말을 들으면 엄청난 충격을 받을 거라고."

충격을 받다니, 자기도 아이를 낳을 엄마가 될 입장이면서. 그리고 언제까지 엄마 바라기라니, 무슨 소린지. 기리코는 속으로 쓴소리를 했다.

"가오루코는 정말 착해요."

다카시는 아직도 그런 식으로 그녀를 감쌌다.

"나도 아들과 그렇게 멀어지고 한동안 못 만나는 상태라, 꼭 새 가족이 생기는 듯한 기분이 들어 딸의 출산을 기다리고 있었어요."

"그랬군요."

"그러고 보니 다투기 전에도 이사 준비가 다 됐으니 비용을 빌려달라기에 건네준 뒤였습니다."

"그렇군요."

이제는 그저 고개를 끄덕이는 수밖에 없다.

"그 돈들에 대해서는 지금껏 별로 신경 안 썼어요. 다만 가오루코가 사라지고 나서 새삼스레 여러 생각을 해봤죠. 그리고 계산해봤더니 이래저래 다 합쳐서 4백만 엔 정도 건네줬다는 걸 알았어요."

"4백만?!"

엉겁결에 기리코는 소리를 지르고 말았다.

"네……"

아닌 게 아니라 다카시도 어깨를 움츠렸다.

"그래서 그……"

"네, 말씀하세요."

"인감도장이나 통장은요? 무사한가요? 그것도 건네준 거 아니에요?"

"그건 아니에요. 괜찮아요."

다카시가 가슴을 펴고 말했다.

"제대로 확인해보셨어요? 통장 잔고가 줄어든 건 아니에요?"

"저도 그렇게 멍청한 남자가 아니고, 가오루코도 도둑이 아니에요. 단지 돈에 궁했던 것뿐이지. 다만 생각해보니 4백만 엔이나 줬구나 싶었던 것뿐입니다."

그렇게 말한들 기리코로서는 확인할 도리가 없으니 어쩔 수 없지만, 그래도 뭐, 거짓말은 아니겠지.

그러다 문득 깨달았다. 지금까지 본 그 '여자'가 놓고 간 물건…… 우산이며 부츠며 카디건, 전부 화려하지만 언뜻 보아도 저렴한 물건이었다. 기리코도 보는 눈은 있기에 물건의 가치를 얼추 알 수 있다. 일말의 아쉬움도 없이 버릴 수 있는 것만 남겼다는 느낌이 들었다.

"그래서 말인데요, 기리코 씨."

"네."

"어떻게 하면 좋을까요. 가오루코를 제대로 찾는 게 좋을까요? 혹시 사고를 당했거나 어디가 아픈 걸지도 모르니. 경찰에 신고해야 할까요?"

"음……"

"그게 아니면."

다카시가 침을 꿀꺽 삼킨다.

"내가 속은 걸까요? 결혼 사기였던 걸까요? 어떻게 생각하세요? 기탄없이 의견을 말해주시면 좋겠습니다."

기리코는 선뜻 대답할 수 없었다.

"아, 그런 거였군요. 조금 안심이 되네요."

기리코에게 연락을 받은 아키코가 전화기 너머에서 기쁨어린 목소리로 말했다.

다카시는 감기가 심해 집에 앓아누워 있고, 동거 여성은 양친의 병구완을 위해 한동안 시골집에 가 있다는 것이 기리코와 다카시가 만든 스토리였다.

그토록 걱정해준 아키코에게 거짓말을 하는 게 내키지 않았지만, 아직 하이쿠 모임의 회원들에게 말하지 않았으면 좋겠다고 다카시가 부탁했으니 어쩔 수 없다.

기리코 입장에서도 가오루코가 실제 어디까지 악의를 가지고 다카시를 구렁에 빠뜨린 건지, 아니면 정말로 다투고 토라져서 집을 나간 것뿐인지 판단할 수 없었다.

경찰서에 가볼래요? 하고 일단 물어봤지만, 그는 "으음, 으음" 하며 팔짱을 끼고 고개를 갸웃거리기만 했다. 그러고는 마침내 "조금만 더 찾아보겠습니다" 하고 겨우 답했다.

역시 아직 그녀를 좋아하는구나 싶어 씁쓸했다.

"아드님에게는 상의하셨나요?"

"당치도 않죠."

다카시가 격렬히 고개를 저었다.

"그 녀석은 나 같은 건 안중에도 없어요. 처가 식구들 생각뿐이니까. 그런 주제에 내가 가오루코와 결혼하겠다고 말하면 투덜댈 게 뻔해요. 그런 식으로 나온다면 정말로 인연을 끊을 수밖에 없겠죠. 이사한 것도 알리지 않았어요."

결국 기리코는 이렇다 할 큰 결단을 내리지 못한 채 집으로 돌아갔다.

다만 환자인 척 가장해 가오루코가 일했던 접골원에 가서 그녀에 대해 알아보기로 결심했다. 다리와 허리가 아픈 건 늘 있는 일이니 완전히 거짓말을 하는 건 아니다.

실은 다카시가 다시 한번 접골원에 직접 가서 이유를 밝히고 묻는 편이 빠를 거라고 생각했지만, 그는 그것만은 "절대 싫다"라고 주장했다.

"이미 한번 갔었으니 다시 내가 가도 더이상 새로운 정보를 얻어낼 수 없을 것 같습니다."

"그럼 제가 가볼게요."

"고맙습니다!"

다카시는 기리코의 손을 부여잡기라도 할 듯이 기뻐했다.

"뭐라고 감사의 말을 해야 좋을지."

"아니에요. 제가 가도 딱히 대단한 걸 알아낼 순 없을지도 모르니 너무 기대는 마세요."

"기리코 씨한테 털어놓을 수 있어서 얼마나 후련한지 몰라요."

과장이 아니라 다카시의 눈에는 정말 눈물이 맺혀 있었다.

"아니에요. 저는 아무것도 한 게 없는데요."

"그런 말씀 마세요. 얘기를 들어주셔서 가슴이 뻥 뚫렸습니다."

기리코는 돌아가는 길에 현관 입구에서 한번 더 말해보았다.

"아드님한테 상의하는 게 좋을 것 같아요."

다카시는 일단 고개를 끄덕였지만 정말로 수긍한 건지는 알 수 없다.

다음날, 아침 일찍 향한 접골원은 역 앞 로터리의 한 모퉁이에 있었다.

'포시즌스 접골원'이라는 고급 호텔 같은 이름의 그곳은 흰색 건물의 일층에 자리하고 있다.

멋들어진 접골원이네, 그만큼 돈을 잘 버는 건가? 하고 생각하며 자동문을 통과한다.

접수대에서 흰색 유니폼을 입은 젊고 예쁜 여성이 기리코에게 싱긋 미소를 지었다. 가오루코는 접수대 일을 도왔다고 했다. 그렇다면 이 여성처럼 서 있었던 걸까.

"안녕하세요."

"안녕하세요. 저기, 처음 왔는데요."

보험증을 제시하고 문진표를 작성하라는 안내를 받았다. 건강보험이 적용되는 범위라면 초진 후에는 1회에 500엔이라고 설명해주었다.

대기실에는 노인 몇 사람과 여고생이 있었다. 예약을 하지 않고 왔지만 십 분쯤 지나 진료실에 들어갈 수 있었다.

침대 네 개와 마사지용 의자 네 개가 나란히 있다. 이때는 기리코 외에 환자와 물리치료사가 세 명씩 있었다.

'치료사가 많아서 금방 불린 거구나……'

기리코는 침대에 앉았다. 젊은 남자 치료사가 한 손에 문진표를 들고 질문한다. 눈높이를 맞추기 위해선지 그는 바닥에 무릎을 꿇듯 기리코의 옆에 앉았다.

허리 통증…… 언제부터 아팠는지, 언제 주로 아픈지, 아픈 빈도, 어떤 일을 하는지, 운동은 하는지. 그는 문진표에도 쓴 내용을 한번 더 그대로 확인하듯 물었다.

전부 있는 그대로 말하면 되는 것이니 술술 대답할 수 있다.

"그럼, 엎드려 누우시면 제가 좀 살펴볼게요."

큼직한 마스크를 쓰고 있어 그의 얼굴이 전부 보이지는 않지만, 눈가와 목소리만 보아도 다정한 성품과 젊음이 느껴졌다.

"여기는 어떠세요? 아프세요? 이쪽은 어떤가요? 괜찮으세요?"

부드러운 목소리로 건네는 말을 들으며 지압을 받고 있자니, 이곳에 온 본래의 목적을 망각할 정도로 기분이 좋다.

"역시 허리가 조금 틀어졌네요. 평소에도 몸의 중심을 바로잡는 법을 의식해주면 좀더 좋아질 거예요."

그런 말을 들으니 다카시의 부탁을 받긴 했지만 역시 와보기를 잘했구나 싶었다.

"우리 접골원은 어떻게 아셨어요?"

그가 자연스레 물어왔고, 마침 좋은 기회라는 생각이 들었다.

"그게, 내 지인이 여기서 접수 일을 해서 소개를 받았거든요."

"어? 접수요?"

"네, 사이토 가오루코 씨라고 하는데, 오늘은 안 계시는 것 같네."

"……가오루코 씨요?"

"최근에 연락이 안 돼서요. 그런데 그분이 여기가 아주 좋다고 했던 게 생각나서 왔어요."

"그렇군요……"

"가오루코 씨와는 하이쿠 모임에서 알게 된 사이인데요."

이런 때는 만나게 된 계기를 적당히 둘러대도 되겠지.

"이 접골원을 굉장히 칭찬했거든요. 그분도 마사지사 자격증이 있다고 했었는데."

갑자기 그가 말이 없어지더니 그저 허리 주변을 계속 누르기만 했다.

"무슨 자격증을 따고 싶어서 여기에 다닌다고 했던 것 같은데."

"그거네, 그 있잖아, 그 사람."

갑자기 옆에서 또다른 굵은 목소리가 들려 깜짝 놀랐다. 기리코는 엎드린 상태로 침대의 움푹 파인 구멍에 얼굴을 묻고 있어 볼 수 없지만, 옆 침대에서 다른 사람을 치료하고 있던 치료사가 말을 걸어온 듯했다.

"아, 그 사람인가?"

둘의 목소리가 급격히 작아져 잘 들리지 않는다. 기리코의 청력 탓이 아니라 둘이서 지극히 작은 소리로 말하면서 눈빛이라도 주고받는 듯하다.

아무래도 '그 사람'에게 좋은 감정이 없다는 것을 알아챌 수 있었다.

"가오루코 씨, 출근하나요?"

기리코는 시치미를 뚝 떼고 다시 한번 물었다.

"아, 그만뒀어요."

"그렇구나. 소식을 못 들었는데. 혹시 다른 곳으로 옮겼다거나 그런 걸까요?"

"아뇨, 그건 아닐 것 같아요."

그러고서 그는 기리코의 목 부근에 손을 올리며 웅크려 앉았다. 그대로 목뼈 사이사이에 손가락을 넣는다. 그게 목덜미를 적확하게 누르기 때문에 헉 소리가 나올 듯이 아프다.

"……가오루코 씨는 아마 마사지사 자격증 같은 거 없을 거예요."

그가 기리코의 귀에 조용히 속삭였다.

아무리 노인이지만 귓가에 숨결이 닿자 기리코도 간질간질하다. 목의 통증과 귓가의 간질거림과 충격적인 얘기까지. 죄다 자극적이라 머리가 뒤죽박죽이 될 것 같았다.

"그래요……?"

"혹시 기리코 씨, 그 사람한테 뭔가 권유받은 적 있나요? 돈을 빌려줬다거나……"

"아뇨, 그런 건 아니지만."

"그래요? 그렇다면 다행이고요."

그가 더더욱 목소리를 낮춘다.

"그 사람, 여기 있던 건 고작 몇 주였는데 그사이에 여러 환자…… 주로 남자한테 말을 걸었던 모양이라…… 저희도 곤란한 상황이거든요."

"말이라뇨?"

"음, 뭐라고 할까요."

그는 일단 자리에서 일어나 기리코 위에 덮어둔 타월을 집는다. 그와 동시에 옆 침대 사이의 커튼을 차르르 소리를 내며 닫았다.

"천장을 보고 누워주세요."

그의 말대로 했다. 그는 한번 치웠던 타월을 다시 원래대로 돌려놓는다. 이번에는 기리코의 얼굴 위에도 타월을 덮었다. 그리고 기리코의 팔을 들고 손목을 빙글빙글 돌린다. 뼈가 우드득 소리를 냈다.

"혹시 뭔가를 권유해도 절대 응하지 마세요."

"무슨 일이 있었어요?"

"……확실히는 모르겠지만."

그가 주변을 둘러보고 있다는 게 느껴진다.

"그 여자가 그만두고 나서 여러 환자들한테 항의가 들어왔어요. 하지만 원장님은 이곳과 전혀 관계 없는 일이라고 답변하도록 지시했고요. 그런데 제 생각에는 피해를 당하는 사람이 더 늘어나면 곤란하니까 제대로 말하는 게 좋을 것 같아서요."

"네? 뭘요?"

"그 사람, 일단 경력이 죄다 가짜였어요. 주소도, 출신 대학도, 자격증도. 어쩌면 이름도 본명이 아닐지 몰라요."

"어머나."

"게다가 아까도 말했듯 여기 있는 동안 여러 남자한테 말을 걸었던 모양인데…… 그중에는 돈을 건네준 사람도 있어요. 가족들로부터 항의가 들어와서 저희도 정말 난감해요."

"그랬군요."

"혹시 기리코 씨도 그런 얘기를 들었다면 반드시 거절하세요."

"아니, 나는 괜찮아요. 그건 확실해요. 그런데 그 사람 지금 어디 있는지는 모르죠?"

"네. 그후 원장님이 연락해봤는데 휴대전화고 뭐고 아무것도 연결이 안 된대요."

기리코가 느꼈던 심장의 두근거림은 기분 탓이 아니었다.

대체 다카시에게 어디서부터 어떻게 얘기해야 좋을까……

접골원에서 돌아오는 길에도, 일하는 중에도 줄곧 그 생각뿐이다.

이런 일은 누구와 상의할 수도 없다.

다카시의 개인적인 돈 문제이기도 하고……

원래대로라면 연령대로 보나 뭐로 보나 차분한 아키코에게 상의할 일일지도 모르지만, 그녀에게 이미 거짓말을 해버렸기 때문에 이제 와서 얘기하기가 꺼려진다.

'다카시 씨는 분명 목을 빼고 내 소식을 기다릴 텐데.'

그렇게 생각하니 가슴이 아프다.

기리코는 사람을 불안하게 두는 게 제일 나쁜 일이 아닐까 생각한다. 분명하게 거절하거나 부정하는 것 이상으로, 상대를 공중에 붕 뜬 채 버려두는 것이 무엇보다 잔혹한 처사라고. 그건 자신이 인생을 살아오면서, 특히 회사원 시절에 배운 사실이었다. 기리코가 젊었을 적, 동료들은 대부분 남자였고 상사도 남자였다. 가끔 고약한 상사가 있었는데, 자기보다 힘없는 입장의 부하 직원이나 거래처에 확실한 대답을 주지 않은 채 몇 달을 그대로 내버려두곤 했다. 그 점을 다른 사람에게 지적당하면 "아니, 너무 딱 잘라 말하면 불쌍해서" "거절하기 미안하니까" 따위의 핑계를 댔는데, 그건 자신이 나쁜 사람이 되기 싫어 그랬던 것뿐이라고 생각한다. 아니면 지독한 사디스트이거나.

그렇게 생각하게 된 데는 도모의 영향도 있다.

함께 살던 시절, 이따금 도모는 죽은 남편에 대해 드문드문 얘기하곤 했다. 그는 집안에서도 가족을 불안하게 만드는 인간이라 도모와 아들들을 종종 울게 했다고 한다.

"애들 진학 문제든 돈 문제든 여행지에서든, 뭐든지 자기가 결정해야 직성이 풀리는 인간이라서 말이지."

어느 날, 도모가 호텔 로비의 커다란 샹들리에 앞에서 중얼거렸다. 맛있는 뷔페를 즐기고 돌아가던 길이었다.

"그런데 뭘 좀 상의하려고 해도 좋다 나쁘다는 말 없이 줄곧 몇 달이나 답을 안 내놓는 거야. 이쪽에서 물어보면 오히려 성질을 내고. 어차피 우리가 원하는 것과 정반대 의견을 말하리라는 건 알고 있었으니 가족들은 줄곧 숨을 죽이고 기다리는 수밖에……"

그는 분명 공포와 불안으로 가족을 지배하고 싶었을 것이다.

"취업이 결정되자 아들들은 차례로 집을 나갔어. 다들 그때만은 남편의 의견을 안 듣고 자신의 의지대로 조용히 떠나갔지. 어쩔 수 없다고 생각했어. 아버지와 더는 함께 살 수 없을 만큼 정이 떨어졌을 테고, 아마 나한테도 화가 났을 거야. 그저 가만히 참고만 있는 힘없는 엄마라서."

"그렇지 않아. 너는 아들들을 키워내야 했잖아."

"둘째가 집을 떠날 때 '엄마, 같이 가요' 하더라."

"참 다정한 아이야."

"그런데 아무래도 따라갈 수 없었어. 남편이 폭력까지 휘두르는 건 아니었고, 그 시절에는 지금처럼 정서적 학대라는 개념을 몰라서 주변 사람들을 설득할 명확한 이혼 사유도 없었으니까."

기리코는 도모의 팔을 어루만져줄 뿐이었다.

"그래도 그렇게 하길 잘했다 싶어. 남편의 마지막을 지켰고, 나도 마음이 개운해졌으니까."

"도모는 훌륭해."

"고마워. 지금은 정말 행복해."

나도 그래, 하고 말하는 대신 기리코는 도모의 등을 툭툭 두드렸다.

"그리고 나 있지, 실은……"

도모는 거기까지 말하더니 입을 다물며 기리코를 보고 빙그레 웃었다.

"뭔데?"

"비. 밀."

그때 도모는 무슨 말을 하려고 했던 걸까.

변기를 닦으면서 문득 떠올렸다가, 아차 싶어 고쳐 생각한다.

'지금은 다카시 씨를 신경써야 해. 그 일을 어떻게 전하면 좋을지.'

결국 진실을 말해야 한다는 건 알고 있다. 사람은 진실을 알게 되면 비탄에 빠질지는 몰라도 갈팡질팡하거나 고민하는 일은 없어진다.

그다음은 그저 앞으로 나아갈 수밖에 없으니까.

'하지만 정말 진실을 알고 난 뒤 그가 어떻게 될지는 나도 모르겠다.'

"저기, 실연이라는 거…… 남자는 어떻게 생각해요?"

흡연실 청소를 하는데 혼자 있는 구도와 맞닥뜨렸다. 그가 인사를 건네와 기리코는 저도 모르게 그렇게 묻고 말았다.

"네? 실연이요?"

구도는 담배 피우던 손을 멈추고 살짝 콜록거렸다.

"아이고, 미안해요."

"아니…… 갑자기 이상한 얘기를 하셔서."

콜록콜록, 기침소리가 더 거세진다.

"정말 미안해요."

"이상하다기보다 왠지 웃음이 나서요."

구도는 사레들린 사람처럼 웃었다.

"모처럼 일하는 중간에 쉬고 있었을 텐데 나 때문에 망쳤네."

기리코는 잡고 있던 막대 걸레에서 손을 떼고 구도의 등을 가볍게 쓰다듬었다.

"괜찮습니다. 그런데 갑자기 무슨 뜻이에요? 남자에게 실연이라니."

"그건 말 못해요. 아무튼 실연이라는 게 누구에게나 고통스러운 법이겠지만, 그래도 남자들은 어느 정도 이성적으로 견딜 수 있나 싶어서."

기리코는 그랬으면 좋겠다는 희망적인 관측을 담아 물었다.

"그런 건 관계없죠. 실연은 남자든 여자든 똑같이 힘들지 않을까요?"

구도는 살짝 미간을 찌푸리며 말했다. 혹시 최근에 무슨 일이 있었나.

"그렇겠죠?"

"그런데 그런 질문을 하신다는 건 뭔가 이유가 있는 거죠?"

구도가 그렇게 물어와 기리코는 마침내 숨통이 트이는 듯한 기분이 들었다.

다카시의 일을 누군가에게 말하고 싶고, 의견을 듣고 싶었다. 무엇보다 현재 기리코가 알고 있는 사실을 듣고 이것이 사기인지, 아니면 단순한 애정 싸움인지를 누군가가 판단해주기를 몹시 바랐기 때문이다.

유키나가 집에 놀러왔을 때 대강 잡담하는 정도로 한번 얘기한 적은 있지만, 다카시를 모르면서 객관적으로 판단할 수 있는, 가능하면 성인 남성에게 물어보고 싶었다.

"잠깐 얘기 좀 들어줄래요……?"

기리코는 시간을 많이 뺏지 않으려고 재빠르게 얘기했다.

노인이 (다카시에 비하면) 젊은 여성과 교제하며 의료비, 입학금, 수업료, 그 자녀의 출산비용, 식비…… 등의 명목으로 돈을 빌려주거나 건네준 것. 몇 개월에 걸쳐 그 총액이 4백만 엔에 달한 것. 그후 그녀는 행방을 알 수 없고 연락도 되지 않는 것. 그녀의 전 직장에서도 비슷한 피해가 있었고, 경력은 전부 거짓이었다는 것.

기리코는 구도에게 폐가 되지 않도록 최대한 빠르게 말했고, 오히려 도중에 구도가 "시간 있으니까 진정하시고 천천히 얘기하세요"라고 말릴 정도였다.

"……그건 아무래도…… 사기 아닐까요?"

얘기를 다 들은 구도는 잠시 생각한 뒤, 담배 연기를 뿜어내며 말했다.

"그렇겠죠?"

얘기를 쏟아내던 기세가 아직 가시지 않은 기리코가 중간에 끼어들어 맞장구를 쳤다.

"그분…… 남자분의 얘기만으로는 확신할 수 없지만 다른 것들과 종합적으로 판단해보면 일종의 사기 같아요."

"구도 씨도 그렇게 생각하는군요."

"하지만 입건이랄까, 사건화하기에는 어렵지 않을까 싶은데요. 결혼 같은 조건을 내세워 돈을 뜯어냈다면 결혼 사기이지만, '빌려달라'고 한 거라면, 그리고 차용증도 없다면 반환 요구도 쉽지 않아요."

"그런데 그 남자는 그 일을 사건으로 만들거나 경찰에 신고하고 싶은 건 아닐 거예요. 단지 자신이 사기를 당한 건지 알고 싶을 뿐. 내 입장에서는 그걸 분명하게 말해도 될지를 망설이는 거고. 실연도 결정되는 거잖아요."

"단순한 실연이 아니라, 돈도 잃고 자존심도 잃는 것이 너무 괴로울 거예요."

구도는 자기 몸의 일부가 아프기라도 한 듯한 얼굴을 했다.

"그렇겠네요. 가엾게도."

기리코도 안다. 바로 얼마 전까지 그 당사자인 다카시를 조금 좋아했었으니까.

"게다가 앞으로 함께 살아가자고 한 인생 계획도 물거품이 되는 거니까요. 희망도 사라져버린 셈이죠."

"아아."

그래 맞아, 거기까지는 생각하지 않았다.

"그래도 잃게 된 돈이 그분의 포트폴리오 일부로 끝났다는 게 불행 중 다행이에요."

"포, 포트폴리오?"

"자기 금융자산의 조합이라는 말이에요."

"아, 그런 뜻이에요?"

다카시에게 확인한 바로는, 그가 원래 보유한 저금과 퇴직금이 2~3천만 엔이었고, 이번에 가오루코가 가져간 건 그중 20퍼센트가 조금 안 된다고 했다.

그래서 속상하고 슬프기는 해도 지금으로서는 경찰에 적극적으로 신고하려는 생각까지는 하지 않은 모양이다.

"그러니 돈 문제도 그렇지만, 굳이 말하자면 애정과 물거품된 미래의 문제가 가장 괴로운 부분이겠죠."

"그게 전하기도 제일 힘든 일일 텐데요."

다카시한테 어떻게 말해야 좋을지 기리코는 생각에 빠졌다.

"그냥 후딱 사무적으로 하는 게 좋지 않을까요?"

구도는 그렇게 조언해주었다.

"너무 감정적이지 않고 담백하게."

"담백하게, 그거 결혼 사기네요, 이렇게?"

"깔끔하게, 아무래도 결혼 사기 같네요, 하고 아예 선언하는 건 어때요?"

"너무 차갑지 않을까요, 소면이나 냉라멘도 아니고."

"뭐, 그렇긴 하지만요."

그래도, 하고 구도는 이어서 말했다.

"결국 그 고통은 혼자 감당할 수밖에 없잖아요. 아무도 대신해 줄 수 없으니."

한 손에 담배를 든 채 그는 먼 곳을 바라보았다.

"혹시."

"네?"

"구도 씨도 힘든 적 있었어요? 이런 일로……"

"글쎄요. 저도 사람이니까 사랑 한 번 안 해본 건 아니죠."

그분처럼 노년에 겪은 사랑이 분명 더 쓰라리겠지만요, 하고 그는 중얼거렸다.

일이 끝난 후, 스마트폰에 낯선 번호로 부재중 전화가 와 있었다. 조심스레 전화를 걸어봤더니 받은 사람은 파친코 업소에서 알게 된 아키바였다.

"어떻게 지내요? 당신이 안 와서 여긴 좀 적적해졌는데."

본심인지 인사치레인지 모르겠지만 그런 말을 들으니 기분이 나쁘지는 않은 것이 혼자 사는 사람의 비애다.

"참 말씀도 잘하신다니까…… 도무라 씨는 어쩌고요? 잘들 지내죠?"

"잘 지내죠. 그 녀석도 잘 있고."

여전히 무뚝뚝한 투지만 말만 그렇지 사이좋게 지내고 있다는 건 안 봐도 알 수 있었다.

"참, 내가 소개했던 분은 별일 없나요? 돈은 잘 갚고 있어요?"

"그쪽도 괜찮아요. 지난번 연금 지급일에 정확히 갚았으니까. 어쩌면 또 빌려달라고 할지 몰라요. 아주 흡족해하던데."

"어머, 그래요? 그래도 과도하게 빌려주지는 마요."

"알았다니까. 그때는 정말 고마웠수."

"별말씀을요. 그런데 그후로 내 주변에는 딱히 돈을 빌리고 싶어하는 사람이 없네요."

그 부분은 분명히 말하는 편이 좋겠다 싶어 기리코는 먼저 나서서 밝혀두었다.

"아니, 그런 거 아니에요. 오늘은 그쪽한테 부탁이 있어서."

"무슨 일인데요? 어려운 건 아니겠죠?"

기리코는 살짝 경계한다. 나쁜 사람은 아니지만 그래도 돌고 돌면 어딘가 뒤가 미심쩍은 인맥과 연결된 이들이다. 조심해서 나쁠 건 없다. 위험해 보이는 일이라면 곧장 거절하리라 마음먹으며 얘기를 들었다.

"기리코 씨, 워크숍 같은 거 관심 있어요?"

"워크숍?"

"요즘 식으로 말하면 살롱이라고 하나?"

워크숍도 살롱도, 뭐가 뭔지 잘 모르겠다. 지금껏 기리코의 인생에서 거의 들어본 적 없는 단어였다.

"쉽게 말하면, 고령의 여성을 중심으로 하는 돈벌이 세미나라 할 수 있지."

점점 더 수상하다.

"미안해요. 나는 정말로 돈도 없고, 당신들에게 제공할 수 있는 게 하나도 없어요."

농담 섞인 투로 말했지만 속으로는 "조심, 또 조심!"을 외치고 있었다.

"그런 거 아니에요. 왜, 우리가 신세 지고 있는 형님 있잖수. 대부업 하는 형님. 그 사람의 예전 요거가."

아키바는 아마 전화기 너머에서 새끼손가락이라도 세웠을 것이다.

"아, 전화로 이렇게 하면 모르겠구나. 형님의 옛 애인이 그런 워크숍을 열고 싶어하는 모양이에요. 그래서 나이 많은 여자를 좀 소개해달라고 하더라고."

"그러니까, 나는 그런 건 좀……"

"형님이 겉으로는 세고 무서워 보이지만 알고 보면 좋은 사람이거든. 그 여자가 좀처럼 사람이 안 모인다고 우는소릴 해서 하는 수 없이 사람을 찾고 있어요. 워크숍 1회 참가비가 만 엔이라던데 그 돈도 형님이 낸대요. 그리 미인은 아니어도 좋지만 말씨가 참하고 입이 무겁고 옷차림이 단정한 여자가 좋대요."

왠지 너무 수상해서 더이상 말이 나오지 않는다.

"그 얘기를 들으니 기리코 씨가 딱이다 싶어서."

"그러니까 어떤 내용인지 정확히 얘기를 해줘야지 그렇게만 들어선 통 모르겠네요."

"알았어요, 그럼 형님한테 확인해볼게요."

일단 전화를 끊고서 십 분쯤 지나 아키바가 다시 전화를 걸어왔다.

"저기, 형님한테 물어봤더니 워크숍 비용 만 엔 외에, 거기 가주는 일당으로 만 엔을 더 준다네요."

"네?"

"몇 시간 앉아서 만 엔이면 나쁘지 않은 제안이죠? 나도 여자라면 가고 싶네. 물론 중간에 아니다 싶으면 즉시 거절하고 돌아와도 된대요."

머릿속 경고음이 계속 울려대는 동안, 그게 뭔지 얘기만 한번 들어볼까 하는 쪽으로 마음이 기울고 있다.

"그래서 그 내용은 뭐예요?"

"……사기래요."

"사기?"

"형님의 옛 애인이 과거에 낮에는 보험외판원, 밤에는 작은 술집의 마담을 한 경험이 있어 남자를 능숙하게 다룰 줄 안다네요. 그 경력을 살린 사기 수법을 개발했는데, 본인은 이제 여든 살이 다 됐으니 그 세계에서 손을 씻고 싶다고요. 그래서 좀더 다른 공부를 해야겠다 싶어 창업 워크숍에 다녔는데, 결국 사업이라는 게 뭐든 어느 정도 성공하면 그 노하우를 가르치거나 팔아야 가장 돈벌이가 된다는 걸 배운 거죠. 그래서 자신도 워크숍을 열어야겠다는 생각이 들었는데 사람이 안 모이니까 형님한테 우는소리를 했나봐요. 아무래도 사기에 가까운 일이라 대대적으로 광고를 낼 수도 없고, 노인 대상이라 인터넷으로 모집하는 것도 어려우니 말이죠."

"그렇군요."

"형님이 한번 좋아했던 여자한테는 그리 매몰차지 못한 성격인가봐요."

기리코는 마음이 점점 더 움직이고 있다.

자신이 그 사기에 걸려드는 건 무섭지만, 사기를 치는 쪽이 되어 잘만 하면 체포될지도 모른다.

며칠 전 확인한 통장 잔액을 생각해본다. 몇만 엔이었다. 아니, 실은 정확히 기억하고 있다. 2만 3,568엔이었다.

무엇을 도둑맞든 자신이 빼앗길 건 그 정도뿐이다. 그리고 몇 시간만 앉아 있으면 만 엔을 준다고 하지 않았나.

게다가 기리코는 체포되는 것이 두렵지 않다. 오히려 중죄로 체포되고 싶다.

두려움 따위는 이제 없을지도 모른다.

"조금 생각할 시간을 줄래요?"

"에? 아아, 알았어요. 잘 생각해보고 연락해요. 사기 얘기라 누구하고나 의논해도 되는 건 아니지만."

"알았어요. 그건 걱정하지 마요."

기리코는 그렇게 대답하면서 속으로는 대체 누구와 상의해야 좋을지 생각했다.

살롱이 열리기로 약속된 찻집 앞까지 가자 유키나는 다른 방향을 향한 채 기리코의 손을 가볍게 잡았다.

"나는 저 건너편 카페에서 기다리고 있을게요."

유키나는 오뚝한 콧날 끝으로 프랜차이즈 카페를 가리켰다.

"알았어."

"무슨 일 있으면 바로 연락해요. 내가 곧장 뛰어들어갈 거고, 서슴지 않고 경찰에도 신고할 테니까."

"괜찮아, 그렇게 비장하지 않아도 돼."

"스마트폰은 항상 주머니에 넣어둬요. 무슨 일 있으면 무조건 화장실에 가겠다고 하고 나와서 전화하고요. 정말 위험하다 싶으면 나뿐만 아니라 경찰에도 동시에. 여기 주소는 외우고 있죠?"

아키바가 주소를 보내준 뒤로 유키나는 몇 번이고 그걸 외우게 했다.

"유키나는 정말 야무지다니까."

"친구가 위험한 아르바이트에 지원했을 때도 똑같이 했거든요."

글쎄 교복 차림으로 남자를 마사지해주는 곳이었다니까요, 하고 유키나는 중얼거렸다.

"유키나도 그런 데를 갔던 건 아니지?"

"JK 리플레* 따위를 왜 하겠어요."

리플레가 뭐지? 하고 갸우뚱하는 사이, 유키나는 바이바이 하고 손을 흔들며 길 건너편 카페로 들어갔다.

찻집 안은 고풍스러웠다. 창문이 불투명한 유리로 되어 밖에서는 보이지 않는 구조였다.

어젯밤, 이 아르바이트에 대해 얘기하자 유키나는 "수상한데" 하면서도 "그렇지만 만 엔은 크네요"라며 기리코와 의견이 일치했다. 또, 수상하면 수상할수록 기리코가 목표하는 '체포' '징역'에 가까워질 가능성이 있다는 것에도 생각이 일치했다.

---

* 여고생이 마사지 등의 서비스를 제공하는 불법행위를 일컫는 일본식 조어.

"사기는 죄가 상당히 무거워요! 벌금형은 없고 십 년 이하의 징역이래요."

유키나가 곧장 인터넷으로 찾아보았다.

"그게, 정말 무거운 걸까 가벼운 걸까."

"지난번 그 불법 사채에 비하면 무겁지 않아요?"

"그런데."

기리코는 잠시 생각했다.

"사기는 돈을 갈취하는 거잖아? 즉 사기꾼은 돈을 가장 원하는 거 아닌가? 그렇다면 징역보다 벌금을 내게 하는 게 더 고통스러운 사람도 있지 않을까? 사기행위를 하면 징역형도 부과하면서 무조건 벌금을 백만 엔 이상 물게 해야 범죄가 줄어들지 않겠어?"

"그렇네요…… 징벌이라는 게 참 아이러니하네요."

이 나라 법률에는 아직 바꿔야 할 부분이 있어 보여, 하고 유키나가 팔짱을 끼면서 말했다.

결국 방과후에 유키나가 찻집 앞까지 따라온다는 조건으로 얘기가 일단락된 것이었다.

'뭔가 이상하다 싶으면 무조건 화장실로 들어가는 거야.'

유키나와 한 약속을 떠올리면서 문을 잡았다. 의외로 마음은 차분했다.

찻집 안은 넓었고 칸막이로 나뉜 테이블이 스무 개 정도 늘어서 있다. 제일 안쪽 구석 자리에 앉아 있던 여자가 "기리코 씨"라고 부르며 가볍게 손을 들었다.

그 모습이 생각보다 생글생글하고 싹싹해서 기리코는 조금 안심하고 그녀 쪽으로 걸어갔다. 이미 여자 앞에는 기리코와 비슷한 또래의 노인 여성이 앉아 있었다.

"기리코 씨 맞죠? 뭐 드실래요? 저희는 따뜻한 커피로 주문했는데, 기리코 씨는……"

"저도 따뜻한 커피로 할게요."

"일부러 그러지 않아도 돼요. 뭐든 드시고 싶은 걸로 시키세요. 여기는 제가 계산할 테니까."

"아닙니다, 저도 따뜻한 커피면 돼요."

"그래요?"

여자는 다시 손을 들어 점원을 부르고 따뜻한 커피를 한 잔 더 주문했다.

그 행동 하나하나가 깔끔하고 세련된 탓에 기리코는 처음부터 뭔가 압도당한 듯한 기분이 들었다. 음료를 기다리는 동안 서로 소개를 했다.

워크숍이라지만 참가 인원은 이 세 사람이고…… 그중 수강생은 둘뿐인 모양이었다.

"히토쓰바시 씨, 이름은 기리코 씨? 그럼 기리코 씨라고 불러도 될까요? 이쪽은 사토나카 기요코 씨예요."

그녀가 네일아트 한 손가락을 우아하게 돌리며 기리코 옆의 여자를 가리켰다. 그 여자도 기가 죽었는지 어색하게 고개를 숙였다. 두툼한 다운재킷을 의자에 걸쳐놓았고, 복슬복슬한 터틀넥을 입고 있었다. 열이 오르는지 자꾸 손수건으로 땀을 닦는다. 그것 말고는 큰 특징이 없는 여자였다.

"제 이름은 들어서 알고 계시겠지만, 고이케 유카리라고 해요. 잘 부탁드립니다."

유카리가 정중하게 고개 숙여 인사해서 기리코도 기요코도 허둥지둥 따라 했다.

그럼 이 사람이 아키바가 말한 '형님'의 옛 애인이구나. 여든 살이라고 들었는데 도저히 그 나이로 보이지 않아 다른 여자일 거라고 생각할 정도였다. 나란히 서면 기리코가 더 나이들어 보일지도 모르겠다. 마트의 '좀도둑 G맨' 리쓰코 씨한테 보여주면 몇 살이라고 하려나.

밤색으로 염색한 머리칼, 흰 피부에 웃으면 보조개가 생기는 얼굴, 화장은 조금 진하지만 기품 있다. 감색 노 칼라 슈트는 어깨 쪽 만듦새로 보아 저렴한 물건이 아님을 알 수 있었다. 그녀의 전직을 듣지 않았다면 평범한 사모님으로도 보일 법한 외모였다. 무엇보다 목소리가 예뻤다. 고상하게 속삭이듯 말하는데도 또렷하게 들린다.

배우나 아나운서였는지도 모른다. 젊은 시절에는 분명 사람들의 시선을 끌었을 것이다.

"오늘 이런 곳으로 나오게 해서 미안해요."

유카리는 점원이 가져다준 커피를 역시 우아하게 홀짝이며 말했다. 그리고 자신의 얘기…… 밤에는 술장사, 낮에는 보험외판원을 했던 얘기, 돈 많은 연상 남자와 결혼했는데 오십대 중반에 그가 죽은 뒤로는 일하지 않고 살고 있다는 얘기를 들려주었다. 기리코가 아키바에게 들은 내용과 비슷했다.

"선생님은 과거에 배우라도 하셨나 싶었어요."

기리코가 빈말이 아닌 투로 말하자 유카리는 "어머, 기뻐라. 실은 학생 때 연극 무대에 한 번 선 적이 있어요"라며 미소 지었다.

"전에 왜, 남자한테 돈을 왕창 뜯어내고 사람을 몇 명이나 살해한 여자 있었잖아요?"

커피를 한 모금 마신 유카리가 의문형으로 말해서 기리코는 잠시 생각했다. 그러고 보니 얼마 전 그런 뉴스를 본 게 생각났다.

"기억해요?"

유카리가 이쪽을 쳐다보며 물어서 기리코는 대답했다.

"……사사이 레나였던가요?"

TV에서 보았을 때, 그녀가 저지른 일처럼 이름도 차갑다고 느꼈던 게 떠올랐다. 당시 그녀를 '사사레나'라고 줄여 부르며 TV 정보 프로그램에서 크게 다뤘었다.

"맞아, 맞아. 그런 건 최악! 하 중의 하, 아주 못난 짓이죠."

사람을 죽인 여자니까 최악인 건 분명하지만……

"죽이는 것까지 가면 안 돼요. 굳이 그러지 않아도 확실히 돈을 뜯어낼 수 있거든. 아니, 애초에 사람을 죽일 수밖에 없는 지경까지 돈을 쥐어짜내면 안 돼요. 그전에 멈춰야지. 그게 바로 슨도메*의 미학이죠."

얘기가 생각한 것과 전혀 다른 방향으로 흘러가 소리 내진 않았지만 속으로 "헉" 하고 비명을 질렀다. 슨도메? 미학? 이 사람 지금 대체 무슨 소릴 하는 거지?

"가족이나 주변 사람에게 의심받을 정도로 거액을 뜯어내거나 집을 빼앗는 것도 안 돼요. 자칫하면 경찰이 개입할 사건이 되니까."

그러나 기리코 옆에 앉은 기요코는 가방에서 수첩까지 꺼내 열심히 메모하기 시작했다.

---

* 가라테에서 상대를 타격하기 직전에 멈추는 기술.

"그리고 사람에 따라 다르겠지만 기본적으로 섹스는 하면 안 돼요. 그런 걸 하지 않아도 돈을 얻어낼 수 있으니까. 나는 그런 면에서도 사사이 레나를 최악이라고 말하는 거예요. 섹스해서 돈을 얻어내다니. 나는 인정하지 않습니다."

유카리가 인상을 쓴다.

비슷한 또래 여자의 입에서 '섹스'라는 단어가 나와 기리코는 또 속으로 "헉" 하고 비명을 질렀다. 지금껏 자신의 인생에서 그 단어를 입 밖으로 내뱉은 적은 없다.

"물론 효과적으로 이용할 수 있을 때는 괜찮아요. 하지만 최후의 수단이지. 백만 엔 이상 뜯어낼 수 있다는 걸 확실히 알 때만. 자신의 성을 가볍게 취급하면 안 되죠. 대부분의 경우에는 필요 없어요. 그런 걸 하지 않아도 수십만 엔, 아니 백만 엔은 거뜬히 뜯어낼 수 있으니까."

꿀꺽, 기요코의 침 삼키는 소리가 들린 것 같았다.

"내가 여러분에게 알려주고 싶은 건, 여자가 세상을 혼자 살아가는 방법이에요. 이 험한 세상에서 혼자 살아간다는 건 꽤 힘든 일이죠."

기리코는 저도 모르게 고개를 끄덕이고 말았다. 자신이 날마다 체감하는 것이니까.

"그럼 여러분 각오됐나요? 이제부터 본론으로 들어갈게요."

고이케 유카리가 연기하는 투로 말하고 싱긋 웃었다.

“내가 여러분에게 전수할 것은 어떻게 하면 잡히지 않고 남자에게 돈을 뜯어내는가 하는 거예요.”

사기라는 게 진짜였구나. 기리코는 유카리의 얼굴을 보면서 생각했다.

“어땠어요?”

만나기로 한 카페에 가자 유키나가 읽고 있던 책에서 고개를 들었다.

“늦었잖아요. 걱정돼서 조금만 더 지나면 쳐들어갈 참이었어요. 책을 읽어도 머리에 하나도 안 들어오고.”

“아아아아.”

기리코는 모든 힘을 끝까지 불태운 전사처럼 유키나 앞에 앉았다.

“피곤해……”

“괜찮아요?”

유키나가 부랴부랴 계산대로 가서 코코아를 사다주었다.

“이거 드세요.”

“고마워. 얼마지?”

“그런 건 나중에 해도 되고요!”

기리코는 양손으로 코코아 잔을 들고 꿀꺽꿀꺽 마셨다.

"하아아아."

"기리코 할머니, 무슨 일이 있었던 거예요?"

다디단 액체가 위장으로 흘러내려가는 걸 느낀다. 머리가 차차 맑아지기 시작했다.

고이케 유카리의 얘기에 마음과 신경을 빼앗긴데다 몸에서도 혈당이 떨어졌다는 게 느껴졌다.

"저 사람들, 대단해."

"저 사람들? 워크숍에 나왔던 사람들 말하는 거예요?"

"응."

기리코는 무심결에 주위를 둘러보았다. 그런 일은 없겠지만 기요코가 있기라도 하면 큰일이니까. 카페에는 진지하게 공부하는 대학생으로 보이는 젊은이와 직장인들만 있고 딱히 기리코가 아는 얼굴은 없다.

"대단하다기보다 뭐랄까, 무서워."

"대체 무슨 일이 있었어요?"

"정말 그야말로 남자 노인한테 돈을 뜯어내는 방법이었어. 그걸 가르치더라고."

"그 말은, 진짜 사기라는 거예요?"

"이른바 결혼 사기랄까, 미인계 사기랄까."

기리코는 방금 듣고 온 얘기를 떠올렸다.

"우선, 잘 속을 듯한 남자…… 즉 목표를 어느 장소에서 찾을 것인가부터 시작했어. 역시 병원이나 미술관, 박물관, 가부키 극장, 와인 동호회 같은 데가 좋대…… 돈 있고 외로운 사람이 많으니까. 자식과 따로 살고 아내를 먼저 보낸 뒤 혼자가 된 사람. 그런 노인과 친해져서 조금씩 돈을 뜯어내는 거야."

"그게 그리 쉽게 돼요?"

"글쎄……"

고이케 유카리가 했던 말을 떠올려본다.

"미인이 아니어도 괜찮아요. 오히려 너무 미인이면 상대가 수상하게 여기거나 경계할 수 있으니까. 그리고 상대를 잘 치켜세우는 게 중요해요. 참 든든하다든가, 당신밖에 없다든가 하면서 그 사람의 기분을 좋게 해줍시다. 돈을 뽑아낼 이유는 뭐든 좋아요. 일단은 병원비를 못 낸다, 손주가 아프다, 자식이나 손주가 학비를 낼 수 없다, 같은 레퍼토리가 기본이죠. 그런 다음, 당신한테만 할 수 있는 부탁이다, 당신 말고 빌려줄 사람이 없다고 여러 번 반복하면서 상대의 자존심을 공략합시다."

"저기."

기요코가 수첩에서 고개를 들고 물었다.

"저는 돈을 빌려도 갚을 수 없는데…… 혹시 돌려달라고 하면 어떻게 하나요?"

"그러니까 처음부터 돈이 없다는 사실을 분명히 말해두는 게 중요해요. 돈이 없어서 당장은 갚을 수 없다, 언제 갚을 수 있을지 모르겠다는 것만 확실하게 말해둡시다. 그럼에도 빌려줄 남자는 반드시 있을 테니까요."

"육체관계를 요구하면 어떻게 할까요?"

"그것도 처음부터 말해두는 거죠. 허리가 아파서 섹스는 할 수 없다고. 이젠 결혼도 하고 싶지 않다는 것 역시 분명히 해두세요. 같이 사는 건 좋지만 전남편한테 넌더리가 나서 더는 결혼은 하고 싶지 않다고. 그럼 결혼 사기도 성립하지 않습니다. 오히려 결혼할 마음이 들게 해주겠다며 자기가 적극적으로 나서는 사람도 있을 수 있죠. 그렇게 되면 돈을 점점 더 많이 뜯어낼 수 있습니다."

과연, 기리코조차 얼떨결에 고개를 끄덕일 정도였다.

"나 같은 사람이랑 사귈 남자가 있을까요? 선생님처럼 예쁜 분이라서 가능한 거 아닙니까?"

기요코는 얌전해 보이는데 의외로 질문이 많다. 제대로 납득하지 못하면 행동할 수 없는 성격인지도 모른다.

"지금껏 연애가 잘 안 풀린 적이 있습니까?"

거꾸로 유카리가 질문했다.

"당연하죠. 젊었을 적엔 짝사랑만 했어요."

그녀가 씁쓸한 목소리로 대답했다.

"자신이 좋아하는 사람과 사귀려고 했으니까 그런 거예요. 몇 번이나 말씀드리지만 우리는 지금 목표 남성과 진심으로 사귀거나 결혼하려는 게 아니에요. 나를 좋아해주는 남자 가운데서 고르면 됩니다. 내가 상대를 좋아하지 않으면 연애는 간단해요. 일단 상대가 나를 좋아하게 됐다면 남은 건 나한테 푹 빠지게만 만드는 거예요. 지금껏 전혀 관심도 없는 남자가 집요하게 접근한 적은 없었나요? 그때는 매몰차게 거절해버렸을지 모르지만 앞으로는 그런 남자가 목표인 거예요."

연애 경험이 빈약한 기리코도 젊은 시절에는 몇 번인가 그런 고백을 받은 적이 있다. 무심코 고개를 끄덕였다.

"무리해서 외모에 변화를 줄 필요도 없어요. 지금의 자신을 사랑해줄 사람을 찾읍시다. 왜냐면 당신이 그 사람과 교제하거나 결혼할 필요는 없으니까요. 어떤 징그러운 추남이든 상관없어요. 단지 돈을 얻기 위해 접근하는 겁니다. 차라리 싫은 남자인 편이 돈을 뜯어내는 죄책감도 생기지 않아요."

아하, 하고 한숨과 비슷하게 동의하는 목소리가 기요코에게서 흘러나왔다.

"뚱뚱한 여자를 좋아하는 남자도 있고, 수수한 여자를 선호하는 남자도 있습니다. 상대에 맞추는 게 아니라 상대가 내게 달라붙기를 기다리는 거예요. 단, 청결은 중요합니다. 피부와 머리칼은 깔끔하게 정돈합시다."

그러고서 유카리는 테이블 위의 종이냅킨을 집어들고 가방에서 비싸 보이는 만년필을 꺼내 '재산'이라고 큼직하게 썼다.

"얼마를 뽑아낼 수 있을지 확인하는 건 매우 중요합니다. 전 재산의 10에서 20퍼센트가 목표치예요. 경찰에 연루될 걱정도 없어요. 그 정도면 가족이나 자녀에게도 의논하지 않을 테니까요. 남자는 허세가 있어서 원래도 남에게 연애나 재산에 대해 상의하지 않아요. 또한 상대가 도망갔더라도 자신이 차였다고 생각하고 싶지 않기 때문에 남에게 얘기하지 않아요. 그러려면 전 재산의 10퍼센트, 많아도 20퍼센트를 목표로 하세요. 자산이 3천만 엔이라면 목표치는 6백만 엔이지만, 대체로 한 사람당 3~4백만 엔 정도가 적당해요. 첫 만남 후 단둘이 만나게 된다면 가능한 한 빠른 시일 내에 지금 사는 집이 어디에 있고 얼마나 큰지, 자가인지, 퇴직금은 얼마나 받았는지 태연하게 물어보세요."

노인이면 그 정도 자산이 있는 건가…… 하기야 도쿄에 자가 단독주택이 있다면 그것만으로 몇천만 엔은 될 테니까.

그리고 유카리는 '자산' 옆에 '죄책감'이라고 크게 썼다.

"죄책감을 가지면 안 됩니다. 죄책감은 아주 강력한 감정이라 당신을 좀먹고 때론 실패로 이끌죠. 아시겠어요? 아무 장점도 없는 노인 남성이 운좋게 여성을 만나 대가 없이 즐기려는 생각이 잘못된 거예요. 우리는 가치가 있습니다. 우리와 함께 시간을 보내고 싶다면 그에 맞는 대가를 지불해야 해요!"

"맞습니다."

놀랍게도 기요코가 큰 소리로 대답했다.

"지금껏 줄곧 참고만 살아왔어요."

"맞아요, 당신은 매력적이에요."

유카리는 기리코 쪽도 보았다. "기리코 씨도 그렇고요."

"고맙습니다."

정신을 차리고 보니 기리코도 그녀를 향해 고개를 숙이고 있었다.

"바보 같지만…… 그 말을 들었을 때 나도 조금은 기분이 상쾌해졌어."

기리코는 그 순간의 기분을 떠올리며 유키나에게 자신의 감정을 인정했다.

"뭐랄까. 우리는 남자를 위해 헌신하고 남자에게 맞춰서 살아온 세대잖아. 그런데 '당신에게는 가치가 있다. 여자라는 사실,

인간이라는 사실 그 자체만으로 소중한 존재다'라는 말을 들으니 기분이 좋았던 건 사실이야. 그렇게 격려받은 건 오랜만이었으니까. 범죄라는 건 둘째 치고 바로 그런 이유에서 사람들이 워크숍이나 세미나에 가는지도 몰라. 한순간이라도 밝은 미래를 제시해주니까."

"그런데 그 선생님은 그걸로 돈벌이가 돼요? 단 둘뿐인 수강생한테 가르쳐서는."

유키나가 고개를 갸웃거리며 말했다.

"글쎄. 사실인지 아닌지 모르겠지만 유카리 씨는 이미 집도 재산도 있어서 굳이 일하지 않아도 되지만 여자들을 돕고 싶어서 이 일을 하는 거라고 했거든."

"하지만 그런 걸 가르치면…… 경찰한테 잡힐까 두렵지 않을까요?"

"사기죄로 입건되는 건 어렵다고 몇 번인가 말하는 걸 보면 그저 수법을 알려주는 것만으로 죄를 물을 순 없다고 대수롭지 않게 여기는 걸지도 모르지. 지금은 상황을 지켜보는 걸 수도 있고. 언젠가는 훨씬 더 큰 모임으로 만들고 싶다고 했거든. 그리고 있지, 이 강좌뿐 아니라 그 밖에 궁금한 점을 상담할 수 있는 개별지도 살롱이 있는데 한 달에 3만 엔이래. 남자들한테 확실하게 돈을 뜯어낼 수 있도록 지도해서 절대 손해 보게는 안 한대.

기요코 씨는 그 얘기를 좀더 듣고 가겠다며 남았어."

"흠. 역시 그 살롱이라는 걸로 돈을 벌 생각인가."

"나는 다른 사람이 참가비를 내줬지만, 확실히 만 엔의 가치는 있는 것 같았어. 재미있기도 했고. 기요코 씨도 어쩌면 사기를 저지르고 싶다는 생각만 한 건 아닐수도. 그런 매력적인 사람과 좀더 얘기하고 싶었던 걸지도 모르지."

"흠. 그럼 할머니도 그 사기를 저질러볼 거예요?"

"글쎄. 워크숍에서는 경찰에 잡히지 않을 방법만 알려줬으니까, 사기라는 게 의외로 쉽게 체포되지 않는다는 것도 알았고, 남에게 피해를 주지 않는 것이 나만의 원칙이니까…… 게다가 나한테 다른 사람을 그럴듯하게 속일 만한 재능이 있다고 생각할 수도 없고."

"그렇죠."

"다카시 씨를 보면 버림받은 남자가 얼마만큼 무너질 수 있는지도 알았고…… 그런데 있잖아."

"왜요?"

"설명을 듣는 동안 혹시 그 사람…… 가오루코 씨가 이 워크숍에 참가했을지도 모르겠다는 생각이 들었어. 금액이 4백만 엔쯤 되는 것도 딱 들어맞고 구사한 수법이 거의 동일하거든. 유카리 씨의 얘기를 들으면서도 어디선가 들어본 적이 있다 싶었다니까."

"역시. 가능성이 없는 것도 아니죠. 뭐, 결혼 사기라는 게 다들 수법이 비슷할지도 모르지만."

"유카리 씨 말로는 이 정도 소액 사기가 세상 사람들이 생각하는 것보다 훨씬 많이 일어나고 있대. 표면화되지 않을 뿐."

"뭐, 그런 식으로 말하면서 범죄에 가담하는 장벽을 낮추려는 걸 수도 있죠."

"그분한테 물어볼 걸 그랬어. 가오루코라는 사람 아느냐고, 그 사람한테 이 강좌에 대한 얘기를 들었다고 슬쩍 떠보면서 말이야."

"기리코 할머니, 남 속이는 일은 못할 것 같다더니 꽤 늘었네요, 거짓말이."

"에이, 아니야."

기리코는 유키나를 가볍게 치는 시늉을 하면서도, 확실히 도모와 살던 때는 전혀 생각해보지도 않았던 일을 거의 매일 하고 있는 자신의 변화에 놀라웠다.

워크숍 날로부터 며칠 후, 기리코는 다카시의 집으로 향했다. 그의 사연을 들은 지 이 주쯤 지났다.

그날부터 줄곧 생각했는데, 역시 가오루코가 의도적으로 그에게 접근했다는 짐작이 확신에 가까워졌다.

미리 다카시의 집으로 전화를 걸었는데 여전히 받지 않았다. 휴대전화도 안 받는다. 문자메시지를 보내도 답장은 없었지만 일정이 있으면 있다고 답을 했을 것이다. 집에 없으면 그냥 돌아오면 된다고 생각하고 찾아가보기로 했다.

지난번과 마찬가지로 건물 오층으로 올라갔다.

문을 살짝 두드려보았다. 대답이 없다. 초인종을 눌러도 반응은 없었다.

집에 돌아가야겠다고 생각한 순간, 혹시나 해서 문고리를 잡고 돌렸더니 문이 스르륵 열린다. 심장이 철렁 내려앉는 기분으로 문을 당겼다.

"다카시 씨?"

집안을 향해 작은 소리로 그를 불렀다. 대낮인데도 실내 전등이 켜져 있었다.

"다카시 씨? 다카시 씨! 다카시 씨, 저 들어갈게요!"

문을 열어본 채 돌아갈 수도 없어 조용히 신발을 벗고 안으로 들어갔다. 복도를 지나면서도 "다카시 씨, 다카시 씨" 하고 그를 부르며 걸었다.

안쪽 거실로 이어지는 문을 열자 놀랍게도 전에 왔을 때와 똑같이 다카시가 소파에 앉아 있었다.

"다카시 씨!"

그는 고개를 천천히 이쪽으로 돌리며 "아아, 기리코 씨인가요?" 하고 말했다. 기리코는 안도했다.

"다카시 씨, 괜찮으세요? 몇 번이나 초인종을 누르고 이름도 불렀는데 대답은 없고, 문이 열려 있길래 들어와봤어요. 미안해요."

"괜찮아요."

다카시가 느릿하게 대꾸했다. 입고 있는 옷도 기리코와 만난 그날 그대로인 듯했다.

오늘 그는 왠지 기운이 없고 눈에도 생기가 없다. 감기라도 걸렸나. 기리코는 그렇게 생각하며 그의 옆에 앉았다.

"다카시 씨, 가오루코 씨 일 말인데요."

그가 딱해서 얼굴을 정면으로 쳐다볼 수 없었다. 절로 시선이 아래로 향한다.

"어쩌면 정말로 사기였는지도 모르겠어요."

포시즌스 접골원에서 들은 것들을 얘기했다.

그렇게 한참을 떠들고 "어떻게 생각하세요?" 하고 물으려고 고개를 들었는데 다카시는 잠들어 있었다.

팔짱을 낀 채 고개를 꾸뻑꾸뻑 흔들며 졸고 있다.

"다카시 씨?"

기리코가 얘기하는데 중반쯤부터 반응이 거의 없기에 너무 큰 충격을 받아 그런가보다 싶어 그를 딱하게 생각하고 있었다.

이 중요한 얘기를 하는데 졸다니…… 기리코는 당혹스러움을 넘어 아무래도 그의 모습에서 왠지 불길한 느낌이 들었다. 어떻게 할 수도 없어 그의 잠든 얼굴을 그저 바라보았다.

5장
유괴

결국 마음에 걸리긴 하지만 그후 다시 다카시를 내버려두었다.

끝내 잠들어버린 건 너무 큰 충격을 받은 탓이라고 이해하고 기리코는 서둘러 집에 돌아갔다.

"그럼 이만 가볼게요."

인사를 해도 고개도 들지 않는 다카시가 이상하다 싶었지만 그 이상 개입하지는 않았다.

다음날도 그의 휴대전화로 전화를 걸었으나 아무도 받지 않는다. 며칠 동안 그가 무척이나 신경쓰였다.

'무소식이 희소식이라는 말도 있고, 어쩌면 그러고 나서 그 여자가 돌아왔을지도 모르잖아.'

이런 때는 생각이 자연스레 무난한 쪽으로 흐른다.

그날의 찜찜한 예감은 가슴 한구석에 묻어두고 자꾸 좋은 방향으로.

한편 그는 불과 얼마 전까지 기리코가 좋아했던 남자다. 연애하느라 깨가 쏟아지는 건가 생각하면 살짝 약이 오른다.

'그렇더라도 한 번쯤은 연락해줄 만도 한데.'

그렇게 화를 냄으로써 왠지 스스로 합리화하는 기분도 든다. 연락이 없는 것을 핑계로 그후 다카시를 방치하는 것을. 그런 자신도 영 별로다.

'어쩔 수 없지. 한바탕 연애담을 들을 각오를 하고 집에 한번 가볼까. 다음 휴일에라도.'

복잡한 마음을 스스로도 다루기 어려워하던 참이었다.

청소 일을 마치고 휴게실에서 옷을 갈아입으려고 가방을 열었는데, 하이쿠 모임의 도모오카 아키코에게서 부재중 전화가 와 있었다. 그것도 세 번이나.

가슴이 뜨끔했다. 예감이라는 게 이런 걸까. 왠지 좋지 않은 불길한 예감이 들어서, 전화를 걸기 전부터 '분명 다카시 씨 일일 거야'라고 생각했다.

실은 이 주쯤 지났는데도 다카시를 줄곧 모른 체했다는 죄책감이 있었다.

"아, 기리코 씨! 제가 먼저 걸었었는데, 전화해주셔서 감사합니다."

아키코는 역시나 교양인답게 깍듯하게 인사부터 했다. 그러나 예상대로 심상치 않은 용건인지 기리코가 대답도 하기 전에 조급하게 말을 이었다.

"그거 아셨어요? 다카시 씨가 어제 병원으로 실려갔대요."

"네에?"

"같은 하이쿠 모임 회원인 에다 씨가 다카시 씨 집 바로 근처에 사셔서 알려줬어요. 어젯밤에 집 앞을 지나가는 구급차 사이렌소리에 벌떡 깼는데 다카시 씨가 실려나가더라고, 오늘 아침에 전화해주셨어요."

"그래서, 병세는 어떻대요?"

"그게, 에다 씨도 그 이상은 모른대요. 실려갔다고만 알려주신 거라서요. 에다 씨는 다카시 씨가 그 아파트로 이사올 때까지 거의 얘기해본 적이 없고, 그후에도 딱히 왕래가 없어서 자세히는 모르겠다고 하셨어요."

기리코는 어렴풋하게 에다의 얼굴을 떠올려본다. 언제나 모임에 제일 먼저 와서 뒤쪽 구석 자리에 조용히 앉아 있는 노인이다. 작은 체구에 볕에 그은 피부, 나이에 비해 정정한 인상이다. 하이쿠에 대한 기억은 별로 없다. 먼저 나서서 작품을 발표하는 타입도 아니었다.

모임 안에서도 다카시나 기리코와는 다른 무리에 속해 있어서 거의 얘기해본 적이 없었다. 그래도 적대적인 건 아니고 얼굴을 마주치면 인사 정도는 하는 사이인데 좀 매정하지 않나 싶지만 그에게도 사정이 있을 테다.

실제로 참 희한한 일인데, 어떤 취미 모임에서든 여자끼리는 비교적 대화가 활발하고, 남자와 여자도 잘 맞으면 기리코와 도모, 다카시처럼 친해지는 경우가 있지만, 남자끼리는 의외로 말을 잘 섞지 않는다. 다들 각자 따로 노는 경우가 많다. 다카시처럼 여자와 어울리는 경우만 해도 차라리 낫고, 대체 왜 나오나 싶은 사람도 적지 않다.

'왕래가 없었다'는 에다의 표현은 그런 연유로 나온 건지도 모른다. 다카시를 '항상 여자하고만 어울리는 사람'이라고 생각한 걸까.

아키코의 얘기를 들으면서 기리코는 문득 그런 생각을 했다.

"실려갈 때는 다카시 씨 혼자였다는데, 역시 그 부인……이라 해야 하나, 같이 사시는 분은 아직 안 돌아오신 걸까요?"

"그게."

기리코는 적절한 말을 찾느라 잠깐 입을 다물었다.

아키코에게 어디까지 얘기해도 좋을지 판단이 서지 않는다. 다카시는 아직 말하지 말아달라고 했지만 사태가 사태인데다 그와 별로 친하지도 않은 아키코가 걱정해주고 있지 않은가.

"실은 다카시 씨는 말하지 말라고 했는데요……"

그만 변명하는 투로 얘기를 꺼내고 말았다.

"그 여자, 벌써 한참 동안 안 돌아온 모양이에요. 연락도 안 된다고 하고."

기리코는 접골원에 가서 알아낸 사실, 돈 문제 등을 간단히 추려서 말했다.

"그런 거였어요? 고생하셨네요, 기리코 씨도."

다행히 아키코는 그 이상 캐묻지 않았다.

"그럼 어떻게 해야 좋을까요."

"그러게요."

한동안 서로 침묵했다.

"잠시 상황을 보고…… 다카시 씨가 입원하신 병원을 알게 되면 병문안을 가볼까요?"

아키코가 제안했다.

그것이 상식적인 판단이고 그것만으로도 충분히 친절한 행동이라는 건 기리코도 잘 알았다. 하지만 다른 사람도 아닌 기리코는 그와 적잖이 인연이 있는 입장이다. 게다가 직전에 만나기도 했으니까.

"저는…… 좀더 알아볼게요. 어느 병원에 입원했는지, 병세는 어떤지, 에다 씨 댁에 찾아가서…… 아무래도 걱정되고, 저는 다카시 씨에게 신세 진 적도 있으니까요."

"그럼 뭔가 알게 되면 저한테도 알려주시겠어요?"

"물론이죠."

아키코와 대화를 마친 뒤, 기리코는 과자 선물세트를 들고 에다의 집을 방문해 더욱 자세한 사정을 들었다.

그의 집은 다카시가 사는 아파트의 대각선 건너편, 넓은 정원이 있는 목조식 전통가옥이었다. 나무 담장으로 빙 둘러싸인 집은 무척 훌륭했다. 선물을 역 앞 화과자점에서 사오길 잘했다 하고 가슴을 쓸어내렸다.

"아아, 다카시 씨요? 밖에 신문이 쌓여 있는 걸 보고 이웃 사람이 집주인한테 연락해 들어가봤더니 쓰러져 있더래요. 뭐, 숨이 붙어 있길 다행이지."

현관에 나온 사람은 에다 본인이었다. 집 안쪽에 다른 인기척은 없다. 에다는 운동복 같은 것 위에 장창코*를 걸치고 있었다. 그것만 보면 평범한 남자 노인의 실내복으로 이상할 게 없지만 흰색 양말에 구멍이 나 있었다. 기리코는 꺼칠꺼칠하게 갈라진 그의 엄지발가락 끝과 발톱을 무심코 쳐다보면서 말했다.

---

* 일본의 전통 겉옷인 하오리의 일종으로, 주로 소매 없는 것을 가리킨다.

"잘 아시네요. 아키코 씨에게는 잘 모른다고 말씀하셨다던데."

"나중에 그 아파트 집주인인 도리카이 씨가 인사하러 와서 그때 들었죠. 소란스럽게 했다면서."

"병세는 어떤가요?"

"딱히 큰 병은 아닌데 혈압이 좀 높고, 감기도 걸렸던 모양이고, 탈수증세도 있었대요. 지금 현립병원에서 정밀검사를 받고 있다네요."

에다는 기리코를 안으로 들이지 않고 현관 문턱에 그대로 앉아 얘기했다. 차 한잔 대접하지 않는 모습을 보니 역시 혼자 사는 듯하다.

기리코도 현관에 앉았다.

"현립병원요?"

기리코가 도모와 살았던 단독주택에서 한 정거장 떨어진 곳에 원래는 다른 동네에 있었던 병원이 몇 년 전 이전해 왔었다.

기리코는 양해를 구하고 수첩을 꺼내 메모했다.

"집주인과는 잘 아세요?"

"네. 그 건물을 분양이 아니라 임대용으로 지은 거라서. 도리카이 씨가 십 년 전쯤까지 그 자리에 살았거든요. 크기나 연식이나 우리집이랑 딱 비슷했는데, 그 집을 허물고 건물을 세워서 지금은 아들 부부와 역 앞 다른 아파트에서 살아요."

"직접 관리하셨어요? 아니면 다른 부동산이나 관리회사에서?"

"아마 거기 아닐까요? 왜, 역 앞에 있는"

에다는 기리코도 도움을 받았던, 아이다의 부동산사무소 이름을 댔다.

"이 근방은 다들 거기서 하니까."

"맞아요, 저도 그곳에서 거래했네요."

"아슬아슬하다 싶었다니까. 엎어지면 코 닿을 거리로 이사왔으면서 인사도 한마디 없이 항상 여자랑 딱 붙어다니고."

기리코는 애매한 미소를 지으며 흘려들었다.

"한번은 길에서 우연히 마주쳤는데, 그때 그 여자를 '제 와이프 가오루코입니다'라고 소개했었거든. 그런데 구급차가 왔을 때는 없었다잖아요. 대체 무슨 관계인지."

"어머, 그랬군요."

기리코는 뭐라고 대답할 수 없어 얘기를 피했다.

"에다 씨와 도리카이 씨는 알고 지내신 지 오래됐나요?"

"이웃이니까요. 그런데 그 건물을 지었을 때 좀더 단정하게 지을 것이지 저렇게 요란한 디자인으로 하느냐고 동네 사람들이 말이 많았어요. 도리카이 씨는 괜찮은 사람인데, 며느리가 화려한 취향이라서 말이지. 우리 할멈이 살아 있을 때는 꼭 저속한 호텔 같지 않냐며 영 싫어했었다고."

이 주변은 도쿄의 베드타운이기도 해서 사람들 간의 교류가 무미건조한 편이다. 하지만 예전부터 살고 있는 사람들은 서로 잘 아는 듯했다.

"아내분이 돌아가셨어요?"

"네, 이 년 전에 갑자기."

"얼마나 상심이 크셨겠어요. 저는 그것도 모르고……"

그러고 보니 그가 하이쿠 모임에 들어온 것이 그 무렵이었다는 것이 생각났다.

"간호할 필요도 없이 덜컥 가버린 건 다행이지만, 남겨진 쪽은 황망하지."

그는 부러 짓궂게 웃었지만 그 표정에는 쓸쓸함이 배어 있었다.

"그러게요."

"당신도 알 거 아니요? 같이 살던 친구가 먼저 가서……"

"미야자키 도모코 말인가요?"

"맞아, 힘들었죠?"

그 말에 왠지 애틋한 분위기가 흘렀다.

"네."

"참 예쁜 사람이었는데."

어? 하고 그의 얼굴을 다시 보았다. 도모가 죽고 나서 그런 식으로 말해주는 이성은 없었다.

"아니, 훤칠하고 성격도 밝아서 유채꽃 같은 사람이다 싶었거든요."

유채꽃이라…… 근사한 찬사라고 생각했다. 에다는 고개를 숙이고 조금 쑥스러워했다.

"고맙습니다. 도모가 살아 있었다면 좋아했겠네요."

그의 구멍난 양말이 기리코의 시야에 또다시 불쑥 들어왔다. 근처에 살았더라면 꿰매주거나 새 양말을 답례로 가져올 수 있을 텐데…… 얘기를 나누기 전후로 사람이 완전히 달라 보이기도 하는구나 생각했다.

다카시 씨, 하고 말을 걸려다가 기리코는 문득 숨을 삼켰다.

침대에 누워 있는 다카시는 눈을 감고 곤히 잠들어 있었다.

기리코는 가까이 앉아 잠든 그의 얼굴을 한동안 바라보았다.

노인의 잠든 얼굴에는 익숙했다. 도모의 간병을 했으니까.

하기야 간병이라고 해도, 검사에서 '암'이라는 진단이 나오자마자 도모의 아들들이 찾아와 "앞으로는 저희가 하겠습니다"라고 딱 잘라 말하는 바람에 그후로는 병문안 정도밖에 할 수 없었지만.

'나이를 먹으면 왜 이렇게 잠자는 얼굴이 축 늘어지고 밋밋해지는 걸까.'

얼마 전 다카시가 자신을 카페로 불러내 가오루코를 소개했던 날을 떠올렸다.

그날 다카시는 얄밉고 경망스러운데다 품위도 없고 엉망이었다. 하지만 지금 와서 생각하면 그나마 건강하고 기운이 있었다. 차라리 자기를 화나게 하던 그 모습으로 돌아오면 좋겠다는 생각마저 든다.

'날 화나게 할지언정 슬프게 하지는 말아줬으면.'

그러나 나이를 먹는다는 건 그런 일인지도 모른다.

약 한 시간 정도 지나자 다카시가 몸을 뒤척이며 눈을 떴다. 그러고는 멍하니 기리코를 바라본다.

"다카시 씨."

이름을 불러봤지만 그의 눈은 여전히 초점이 없었다.

"히토쓰바시 기리코예요. 좀 어떠세요?"

"아아. 고맙습니다."

입을 거의 안 벌려서 목소리가 아주 작았다. 반사적으로 대답하는 것뿐이지 이쪽에서 한 말을 이해하는 것 같진 않았다.

"다카시 씨, 제가 누군지 아시겠어요? 하이쿠 모임에서 뵙는 기리코예요. 이 주 전쯤에 댁에도 갔었잖아요? 가오루코 씨 얘기를 했던 거 기억하세요?"

다카시는 멍하니 이쪽을 바라볼 뿐이다.

"그후에 가오루코 씨한테서 연락 없었어요?"

고개를 가로저었다. 없다는 뜻일 테다.

그래도 조금은 반응을 보였다는 점에 마음이 놓인다.

"오키나와에 있는 아드님한테는 연락하셨어요?"

다시 멍한 눈으로 이쪽을 쳐다본다.

기리코는 하릴없이 그만 깊은 한숨을 내쉬었다.

그 모습을 알아차렸는지 다카시가 맥빠진 목소리로 "미안해요"라고 말했다.

기리코는 저도 모르게 웃고 말았다.

미안하다는 건 어떤 의미일까. 한숨을 쉬게 해서 미안하다는 걸까, 아니면 그저 이 상황이 미안하다는 걸까.

"괜찮아요. 저는 잠깐 간호원 좀 보고 올게요."

아니지, 요즘은 간호사라고 해야 하나 하고 중얼거리며 기리코는 복도로 나갔다. 그러나 다카시 씨의 상태를 알고 싶다고 해도 간호 스테이션에서는 가족이나 친지가 아니면 알려줄 수 없다는 말뿐이었다. 단, 다카시를 이전부터 담당했던 케이스 워커* 와 병원의 소셜 워커**가 앞으로 어떻게 할지 논의중이라는 정보

---

* 개인 및 가정의 신체적, 정신적, 사회적인 문제를 해결할 수 있도록 돕는 사회복지 전문가로, 주로 공공기관이나 병원에서 일한다.

** 사회복지 사업에 관련된 인력을 총칭하는 말로, 케이스 워커도 소셜 워커에 속한다.

는 얻을 수 있었다.

그후 아키코에게 연락해 사정을 말하고 둘이서 다시 한번 다카시의 병실을 찾았다.

다카시는 여전히 기운이 없고, 기리코와 아키코에게도 "고마워요"라든가 "그렇네요"라고 짤막하게 답할 뿐 우리가 누구인지 아는지 모르는지도 확실치 않다.

아키코와 함께 간호 스테이션에 인사하면서 다카시의 '하이쿠 모임' 친구들이라는 소개를 덧붙였다. 아키코가 하겐다즈 아이스크림 세트를 내밀자 간호사는 "이런 거 안 사오셔도 돼요" 하면서도 받아줬다.

"요즘은 간호사 선생들도 저런 간식 잘 안 받아주는데."

병실로 돌아온 기리코가 놀라워하며 말했다.

"하겐다즈는 특별하죠. 꽤 잘 받아줘요."

아키코는 웃으며 한쪽 눈을 찡긋했다.

"맛있기도 하고, 선 채로 먹을 수 있잖아요. 게다가 안 받으면 녹아버리니까 어쩔 수 없죠."

"어머, 잘 아시네요."

"시어머니 간병을 했었거든요."

그런 얘기를 하고 있는데 병원의 소셜 워커가 찾아왔다. 하겐다즈 효과까진 아닐 테지만, 방금 간호사의 연락을 받은 모양이다.

소셜 워커는 사십대 중반쯤 되는 여성이었는데, 기리코와 아키코를 복도로 불러내 작은 목소리로 오키나와에 있는 다카시의 가족에 대해 아는 게 있는지 물었다. 기리코가 알고 있는 선에서 답하자 잠시 생각하더니 그녀도 다카시의 사정을 조금 얘기해줬다.

검사는 이미 대강 끝났고 큰 병은 아니라서 퇴원도 가능하지만, 미열이 계속되고 있고 약간의 치매 증상이 있기에 앞으로의 대응책을 여럿이 생각하고 있다고 했다.

"다카시 씨가 지금 사시는 집으로 이사한 사실을 담당 케이스 워커에게 말하지 않았던 모양이에요. 그래서 연락이 좀 늦었어요."

소셜 워커는 그 이상 아무 말도 하지 않았지만, 가오루코 문제가 엮여 있으리라고 기리코는 감지했다. 지금은 케이스 워커와 소셜 워커가 다카시를 다시 그 아파트로 보낼지 아니면 들어갈 만한 시설을 찾을지, 오키나와의 가족과 함께 논의하고 있다고 했다.

"아무래도 오키나와에 있는 분들은 많이 바쁘신 것 같아서."

그녀는 말끝을 흐렸지만 그들이 별로 협조적이지 않다는 건 금세 알 수 있었다.

아키코와 버스를 타고 역 앞까지 가면서도 그다지 대화가 오가지 않았다. 멍하니 창밖을 바라보는 아키코의 옆얼굴을 보면서 기리코는 그녀가 분명 자신의 노후를 생각하고 있으리라고 짐작했다.

다카시의 병문안을 다녀온 지 이 주 후의 일이었다.

점심시간에 기리코는 청소업체 인사팀에서 전화가 왔었다는 걸 알았다.

집에서 싸 온 주먹밥을 허겁지겁 먹고는 다시 전화를 걸었다.

"히토쓰바시 기리코 씨인가요?"

지금껏 들어본 적 없는 젊은 여자의 목소리였다.

"네, 그런데요."

"인사가 늦었습니다. 저는 본사에서 파견 나온 사카이야 다카코라고 합니다. 처음 뵙겠습니다. 다름아니라, 기리코 씨에게 다음달 사직을 권고하고자 전화를 드렸습니다."

그녀는 단숨에 거기까지 내뱉고는 말을 딱 멈췄다.

너무 갑작스럽고 존댓말도 접속사도 제각각이지만 전달받는 내용이 명확한 단어의 연속이라 기리코는 숨도 못 쉬고 들었다.

한동안 침묵이 이어졌다.

그러나 저쪽에서도 그 이상 아무 말도 하지 않아 하는 수 없이 기리코가 억지로 입을 열었다.

"퇴직이라는 말인가요? 이 일, 청소 일을 그만둬야 한다는 건가요?"

"네."

사카이야는 그 말만 하고 다시 입을 다문다. 마치 기리코에게 필요 이상의 단어를 사용하는 것이 아깝기라도 하다는 듯.

"어…… 왜 그만둬야 하는 건가요?"

"기리코 씨, 다음달이면 일흔일곱 살이시죠?"

그랬다. 생판 모르는 그녀의 말에 기리코는 그제야 생각났다. 요즘 여러 가지 일로 바빠서 잊고 있었는데, 다음달인 4월 22일은 기리코의 생일이었다.

"네, 4월 22일이 생일입니다만."

"축하드립니다!"

이제 내 생일 같은 건 기억해주는 이도 축하해주는 이도 없구나 하고 자조하는 순간, 느닷없는 축하인사에 머릿속이 더더욱 혼란스러워졌다.

퇴직 요청과 생일 축하를 함께 말하는 속내를 잘 모르겠다. 아마 별생각 없이 반사적으로 말한 것이리라. 그녀 또래에게 생일은 무조건 축하할 일일 테니.

"기리코 씨는 이전부터 일하셨고 파견처에서의 평가도 좋았기 때문에 고령임에도 계속 일하셨다고 들었습니다. 다만, 오는 4월부터 회사가 흡수합병되어서."

사카이야라는 여자는 거기서 말을 끊었다.

"흡, 수, 합, 병, 이 뭔지 아세요?"

"네, 뭐, 대충은."

대답은 그렇게 했지만 기리코도 일단 회사 근무 경험이 있기에 그 정도는 안다. 왜 젊은 사람들은 나이든 여자는 회사에서 일해본 적도 없고 지식도 없을 것이라 생각하는 걸까. 그건 그렇다 치고, 그럼 지금껏 일했던 회사가 없어져버렸단 건가.

"그래서 정년을, 음, 기리코 씨는 시간제 계약직이라 엄밀히 말하면 좀 다르겠지만, 아무튼 정년을 좀더 엄격하게 따지게 됐어요. 게다가 요즘 워낙 불경기라 4월부터 청소 계약을 해지한 곳도 생겨서 일이 줄었잖아요. 그래서 75세 이상인 분들은 일률적으로 퇴사하시는 것으로 결정했습니다."

"하지만……"

파견처가 줄어드는 건 청소업체 쪽 사정이 아닌가.

"기리코 씨는 이 회사 시간제 근로자 중에서도 가장 나이가 많으세요."

그것이 무엇보다 결정적인 요인이라는 듯 사카이야는 말했다.

"사장님과 얘기할 수 있습니까?"

"전 사장님은 이미 퇴직하셨습니다."

"어머나……"

"그럼 자세한 내용을 문서로 작성해서 보내드릴 테니 도장을 찍어서 반송해주세요."

기리코가 숨을 고르는 사이, 사카이야는 "그럼, 잘 부탁드립니다!" 하고 쌀쌀맞게 인사하고는 전화를 끊었다.

기리코의 얘기를 들어주는 건 한 사람뿐이다.

일 그만두게 될 것 같아라고 메시지를 보냈더니 유키나는 방과 후 곧장 기리코의 집으로 왔다. 기리코는 퇴직과 다카시 얘기를 했다.

"그 문서라는 게 오면 저한테도 보여주세요."

"응. 하지만 어쩔 수 없을 거야. 나이가 나이인지라. 잘해주던 사장님도 그만뒀다고 하고."

유키나는 기리코의 얘기를 들으면서 스마트폰으로 또 뭔가를 검색하고 있다.

"시간제 근로자 해고…… 시간제 근로자라도 갑자기 그만두라고 통보하는 건 위반사항인 것 같아요. 기리코 할머니는 계약 같은 거 했었어요?"

"계약?"

"청소 일을 시작할 때 계약서 같은 거 썼어요?"

"글쎄, 어떻게 했더라."

허공을 노려보며 떠올려보지만 도저히 생각나지 않는다.

신문에 삽입된 광고지에서 '초보자 환영! 60세 이상도 가능!'이라는 문구에 이끌려 사무실에 전화를 했다. 이케부쿠로에 있는 사무실로 오라기에 가서 이력서를 보여주자 사장이 직접 면접을 했다. "기리코 씨는 일을 열심히 해오신 분이군요. 그런 분은 책임감이 강하니 환영이죠. 좋아요, 채용!"이라면서 등을 가볍게 두드려줬다. 무척 기뻤다. 그런 다음 그가 직접 청소 노하우를 하나하나 친절히 가르쳐줬다…… 작지만 마음 편히 일할 수 있는 곳이었다.

당시 계약서를 썼는지 안 썼는지…… 전혀 기억이 없다.

눈물이 차올랐다.

"나도 진짜 안 되겠다. 그런 일도 기억을 못하다니. 이제 정말 영락없는 할머니가 된 거야."

예전에 도모가 자수를 놓아준 손수건에 얼굴을 묻는다.

"괜찮아요, 괜찮아요. 제가 괜한 걸 물어서 미안해요."

유키나가 기리코의 등을 쓰다듬으며 스마트폰 화면 속 내용을 소리 내어 읽었다.

"계약서가 있든 없든 갑자기 그만두라고 하면 위반이래요."

"정말?"

"퇴직 한 달 전에 통지하거나 한 달분의 임금을 지급할 필요가 있대요.”

기리코에게는 해당되지 않는다. 생일까지 아직 한 달 넘게 남았고, 4월 말일이면 한 달 반이 지난 후다. 회사는 법률적으로 아무 문제가 없는 것이다. 소송 같은 걸 할 수도 없다.

더더욱 터져나올 듯한 눈물을 꾹 참는다. 일부러 찾아봐준 유키나에게 미안했다.

그래도 기리코의 얼굴을 보고 바로 헤아린 모양이다. 유키나는 스마트폰 화면을 조용히 끄고 기리코의 어깨를 안았다.

“울어도 돼요.”

“……이제 앞으로 어떻게 살아야 할까.”

“괜찮아요, 너무 걱정하지 마요. 어떻게든 될 거예요.”

쉬, 쉬, 작게 바람을 가르는 소리를 내면서 유키나는 기리코의 어깨를 토닥인다. 마치 어린아이를 달래듯이.

“……기리코 할머니, 아직도 그거 생각해요?”

잠시 후 기리코가 진정되자 유키나가 물었다.

“그거라니?”

“감옥에 들어가는 거.”

“물론이지.”

기리코는 한숨을 쉬었다.

“이제 그것밖에 없다 싶어. 하지만 아무에게도 피해를 주지 않고 감옥에 들어가는 방법이란 게 정말 있을까?"

유키나는 그 말에는 대답하지 않았다.

"정말로 죽을 때까지 쭉 감옥에 있으려면 유괴나 살인밖에 없지 않나."

"그럼…… 유괴를 할래요?"

"뭐?"

"할머니, 저를 유괴해요."

"너를?"

그 말뜻이 서서히 스며들면서 기리코는 정신이 들었다.

유키나를 밀어내며 그 얼굴을 가만히 쳐다본다. 그녀는 천천히, 하지만 확실히 고개를 끄덕였다.

"우리 부모님, 선보고 결혼했어요."

유키나는 기리코가 만든 찐빵을 입안 가득 우물거리며 옛날이야기를 하듯 말했다. 속에 든 팥앙금과 찐빵의 피 전부 기리코가 직접 만든 것이다. 이런 간식을 여기서 과연 몇 번이나 먹었을까.

"선…… 괜찮지 않나? 우리 세대는 오히려 연애결혼이 적었거든."

"맞선이 나쁘다는 얘기가 아니에요. 선보고 결혼했어도 좋은 가정을 꾸리는 사람이 많고 이상적인 부부도 많다는 건 저도 알아요. 하지만 우리집은 좀 달랐어요."

"어떻게 다르다는 건데?"

기리코는 주방에서 가져온 사과를 깎으면서 물었다. 청소 일과 수입 문제는 아무것도 해결되지 않았지만, 다른 사람의 결혼이나 가정 얘기를 듣고 있으면 신기하게도 잠시 시름이 잊힌다.

"아빠는 대기업 엔지니어, 엄마는 광고회사 영업직이었어요. 둘 다 엄청 바빠요. 거의 거품경제 세대의 마지막 사람들이죠. 서로의 친구가 소개해줘서 만났대요. 당시 엄마는 서른 살이 넘어서 결혼에, 정확히는 출산에 쫓기는 기분이었대요. 지금 낳지 않으면 못 낳을 것 같아서. 그리고 아이를 안 낳으면 자기 일에서도 성장할 수 없을 거라고 생각했대요."

"흐음."

"이기적이죠? 저는 엄마의 인간적 성장을 위해 태어난 셈이에요."

기리코는 뭐라고 대답할 수 없어 쓴웃음을 지었다.

"그래서 삼십대 후반이던 아빠를 봤을 때 딱 느낌이 왔대요. 이 사람밖에 없다 하고."

"아아, 그거구나. 전기가 찌릿 오는 거지? 첫눈에 반하는 거."

"아뇨, 그렇게 로맨틱한 얘기가 아니에요. 엄마는 아빠를 만난 다음날 곧장 아빠 회사로 전화해서 같이 밥을 먹자고 데이트 신청을 했대요. 아직 모든 사람이 휴대전화를 갖고 있던 시절이 아니었으니까. 그러고는 만나서 덜컥 그랬대요. 나랑 가족을 만들지 않을래요? 하고."

낭만적인걸, 이라고 말하고 싶었지만 유키나가 또 "그런 얘기가 아니라니까요"라고 할 것 같아 잠자코 있었다.

"엄마 주장은 이런 거예요. 나는 이제껏 그럭저럭 연애를 몇 번 했지만 결혼으로 이어지진 않았다. 공부도 잘했고 일도 잘하고 친구도 잘 사귀지만 연애는 좀 서툰 것 같다. 그래도 가정을 꾸리고 싶고 아이도 갖고 싶다. 연애는 잘 못해도 좋은 가족을 만들 자신은 있다. 요리와 집안일도 잘한다."

"대단하다."

"실제로 요리학원 같은 데도 다녔대요. 서로 푹 빠져서 몇 년 사귄 다음 자연스레 결혼으로 넘어가는 연애는 아마 안 될 것 같으니까 과감히 그 과정을 건너뛰고 차분한 감정으로 결혼하지 않겠느냐고 한 거예요."

"와, 그렇구나."

진심으로 감탄해 한숨 같은 맞장구가 나와버렸다. 그렇구나, 그런 결혼의 형태도 있구나.

"아빠는 처음에는 깜짝 놀랐는데 엄마 얘기를 듣다보니 나쁘지 않은 것 같다고 생각했대요. 이과생인 아빠도 사람 대하기는 물론이고 이성 교제도 서툰 편이라, 대학생 때 사귄 여자친구와 취직 후에 헤어지고 나서는 아무도 사귄 적이 없었대요."

"부모님 얘기를 엄청 잘 아는구나."

"엄마한테 들었어요. 열 살이 됐을 때 엄마가 생리라든가 남녀에 대해서 알려주면서 같이 얘기해줬어요. 이런 사고방식도 있다고."

이번에는 단순히 그렇구나 할 수 없었다. 부모의 과거를 이렇게까지 노골적으로 아는 것이 자녀에게 과연 좋은 일인지 알 수 없었기 때문이다.

"아빠도 동조했다지만 제가 봤을 때는 엄마가 자기 말에 찬성해줄 법한 사람을 찾고 있었던 거예요. 두 사람은 몇 번 만나서 가족에 대한 것과 금전 감각, 일과 집안일의 역할 분담 따위를 상의하고 합의에 이르렀어요. 그래서 결혼하고 제가 태어났죠."

"그런 거였구나. 무척 특이하고 기묘하지만 그것도 또하나의 사고방식이겠지. 두 분 다 일이 바빠서 유키나는 힘들겠지만."

기리코는 껍질을 깎은 사과를 여덟 조각으로 자르고 접시에 담아 유키나에게 내밀었다. 그녀는 가볍게 고개만 까딱하고 고맙다는 말도 없이 집어서 가지런한 치아로 와삭와삭 깨물었다. 마치 자신의 부모를 씹기라도 하듯.

"아뇨. 할머니, 인간은 그렇게 계산대로 되지 않아요."

유키나가 냉랭한 목소리로 그렇게 말한 순간, 기리코는 왠지 자기보다 훨씬 어른과 마주하고 있는 듯한 기분이 들었다.

"우리집이 다른 집과 어딘가 다르다는 건 아주 어렸을 때부터 눈치챘었어요. 언제나 부모님이 침착하고 이상하게 차갑다 싶었거든요. 엄마한테 그 얘기를 들었을 때는 그게 이유였구나 했는데, 아니, 그것만이 아니었어요. 중학생이 되고 부모님이 싸우는 소리를 우연히 듣다보니 서서히 진짜 이유를 알게 됐어요."

"그게 뭔데?"

"엄마가 여러 번 연애 경험이 있다고 아빠한테 설명했지만 평범한 연애가 아니었어요. 이십대 때는 엄청 유명한 사진가와 불륜 사이였대요. 상대는 처자식이 있는 사람이었고. 몇 번이나 헤어졌다 다시 만나기를 반복하다가 점점 엉망이 됐고, 그런 감정을 끊어내기 위해서 결혼한 것 같아요."

이번에도 기리코는 대꾸하지 않았다. 어머니를 부정하는 의견이든 긍정하는 말이든 유키나에게 상처가 될 것 같아서였다.

"그런 걸 화풀이라고 해야겠죠? 결혼하고 제가 태어날 때까지는 관계가 끊겼던 것 같은데, 초등학교에 들어갈 무렵 그 남자가 다시 엄마한테 집적대기 시작한 모양이에요. 처음에는 엄마도 무시했지만 남자한테 편지가 오고 전화가 오면서 아빠한테도 들켜버린 거죠."

기리코는 저도 모르게 한숨을 쉬었다. 유키나와 가족의 불운을 생각하며.

"아빠는 엄마의 제안을 받아들여 운명 공동체로서 결혼했는데 배신당했다고 생각한 모양이에요. 엄마는 엄마대로, 연애 경험이 있다는 건 사전에 얘기했는데 왜 이제 와서 그런 소릴 하느냐며 싸웠죠. 제가 초등학생일 때는 이미 항상 집안 분위기가 험악했어요. 가족여행 같은 건 한 번도 가본 적이 없고, 둘 다 거의 집에 있지도 않고, 각자 저한테는 말을 하지만 둘이서는 안 해요."

"너무 힘들겠다."

"어릴 때는 그런 게 보통인 줄 알았는데. 친구네 집에 가보니까 알겠더라고요. 우리집이 이상하다는 거."

"그렇게 심각했구나."

"그러다가 아빠도 불륜을 시작했죠. 회사 부하직원 중 아빠한테 심취한 여자랑. 결국 엄마도 다시 그 사진가와 원래 관계로 돌아간 것 같아요. 내가 스무 살이 되면 이혼하겠대요. 그것만은 서로 사이좋게 의견이 일치하더라고요."

유키나는 다시 사과를 와사삭 씹었다. 그러고는 중얼거렸다. 이제 삼 년 남았네, 하고.

"그러니까 기리코 할머니가 저를 유괴해줘요. 저를 유괴해서 그 사람들한테 한 방 먹여주면 좋겠어요."

"어떻게 그래."

"뭐 어때요. 그 두 사람이 뼈저리게 느끼게 해주고 싶어요. 내가 없어져도 괜찮은지. 무엇보다 나를 사랑하는지. 내가 돌아왔을 때 어떤 얼굴을 할지."

사랑이라는 건 위험한 단어일 텐데, 기리코는 생각했다.

"그걸 알고 싶고, 알게 하고 싶어요. 실행하면 기리코 할머니는 감옥에 갈 수 있고 나는 둘을 단단히 혼내줄 수 있고. 일석이조잖아요."

"하지만 그걸 어떻게."

"간단해요. 평소와 똑같이 하면 돼요. 여기 있다가 적당한 시간에 집에 전화하는 거예요. 당신 딸을 유괴했으니 돈 내놓으라고. 음성 변조 앱 같은 걸 써서. 아, 문장을 써서 자동인식으로 읽게 하면 되겠네요. 저를 묶어둔 사진도 보내고요. 그리고 계속 여기 있는 거죠. 다음날 돈을 준비하게 하고, 할머니가 그걸 가지러 가는 거죠. 그럼 분명히 체포될 거예요. 제가 여기 묶인 상태로 있으면 유괴 작전 성공."

"그렇게 순조롭게 될까?"

"당연히 되죠. 왜냐면 유괴하고 협박해서 성공할 필요가 없잖아요. 실패하면 그만인걸요."

"하지만 내가 어떻게 유키나를 묶어놓을 수 있겠어? 이상하게 여기지 않을까?"

"음."

유키나는 잠시 생각했다.

"수면제로 하죠. 할머니가 돈을 가지러 가기 전에 제가 수면제를 조금 많이 먹으면 돼요. 엄마가 처방받아서 먹는 게 있으니까 가져올게요. 그리고 눈을 떴더니 묶여 있었다고 하면 되잖아요."

살짝 잘될 것 같은 기분이 들었다.

유키나가 재빨리 검색했다.

"……미성년자를 약취 또는 유괴한 자는 삼 개월 이상 칠 년 이하의 징역에 처한다."

"의외로 짧네."

"아, 범인의 목적이 중요한가봐요. 몸값이 목적인 경우에는 무기징역 또는 삼 년 이상."

"무기!"

아닌 게 아니라 이제껏 없던 장기 징역이다. 기리코는 몸이 떨렸다.

실행은 마지막 주 토요일에 하기로 했다.

그 전날 유키나의 부모는 둘 다 불륜 상대와 여행을 간다고 한다.

"저는 금요일부터 할머니네 집에 있을게요. 다음날 두 사람이 돌아와서 내가 없는 걸 알고 의아해할 때 전화하면 어떨까요?"

"좋아."

"아니, 전화가 아니라 집으로 직접 팩스를 보낼까요?"

"우리집에 팩스 없는데."

"편의점에서 보내면 되잖아요. 편의점 CCTV에 기리코 할머니가 찍히면 범인이라는 증거도 되고."

꼼꼼하게 계획을 짜자니 꽤 재미있었다.

유괴 계획을 세우고 나서 유키나는 평일에 거의 매일 기리코의 집에 왔다.

"이 일을 생각한 뒤로 왠지 인생에 긴장감이 생겼어요."

유키나가 웃는다.

"부모님 앞에서도 착해진다니까요. 갑자기 고분고분하게 구니까 그쪽도 깜짝 놀란 것 같고."

"유키나는 지금까지도 충분히 착했잖아."

"아니에요, 집에서는 전혀 달라요. 부모님 말에 거의 대답도 안 하고 사사건건 반항하고."

"그랬어?"

하하하하, 기리코는 소리 높여 웃었다.

"어린애 같기는."

"저 애 맞아요."

유키나가 입술을 삐죽거리며 말했다.

"아, 미안, 맞아, 그랬지."

기리코가 당황해서 사과했다.

"유키나가 하도 야무지고 착한데다 내 얘기를 잘 들어주니까 어른처럼 보였나봐."

"아무튼 부모님한테 엄청 반항적이었거든요. 그런데 얼마 전에 저녁을 먹다가 엄마가 '유키나는 앞으로 뭘 해보고 싶어?' 하길래 별생각 없이 '국제 변호사나 할까'라고 대답했더니 둘이 조용해지는 거예요."

"어머나."

"왜 그러지? 싶었는데 생각해보니 지금껏 그런 걸 물어봐도 제가 제대로 대꾸한 적이 없었거든요. 말없이 자리에서 일어나거나, 됐어, 내 마음이야, 하는 식으로 말했던 것 같아요. 엄마는 눈물까지 글썽이더라고요."

대답한 것만으로 그렇게 기쁠 일인가, 유키나는 중얼거렸다.

"기리코 할머니랑 얘기하다보니 범죄라든가 형법 같은 게 재미있더라고요. 게다가 국제 변호사면 당당하게 외국을 다닐 수도 있잖아요."

"부모님도 분명 유키나를 아끼시는 거야. 걱정하는 거라고."

"그런가."

"……유키나, 그만둬도 돼."

기리코는 진지하게 말했다.

"유괴, 다시 생각해도 돼."

"아니에요. 제 원망은 이 정도로 사라지지 않아요. 태어났을 때부터 쌓이고 쌓인 거니까. 일단 그런 이유로 나를 낳았다는 것부터 용납할 수 없고."

"그렇다면 괜찮지만."

"기리코 할머니야말로…… 괜찮겠어요? 정말로?"

"나는 잃을 게 아무것도 없는걸."

기리코는 딱 잘라 말했다.

그뒤로도 매일 일을 나가고는 있지만 곧 관둬야 한다고 생각하니 갑자기 재미없고 시시하게 느껴졌다.

다카시는 일시적으로 병원에서 시설로 옮기게 되었다. 앞으로 어떻게 할지는 다시 구체적으로 생각한다고 한다. 오키나와에 사는 아들이 비협조적이라 다들 고민인 듯하다.

나이를 먹고 그런 식으로 짐짝 취급 당하는 건 사양이다. 그럴 바에야 차라리 감옥이 낫다.

다카시의 참담한 상황이 기리코의 의지를 더욱 굳혔다.

곧 떠날 일터도 유괴 계획을 생각하고 있기에 어찌어찌 나갈 수 있는 것이다.

그날, 유키나는 학교가 끝나고 곧장 기리코의 집으로 왔다. 기리코는 저녁식사를 차리고 기다리고 있었다.

'어쩌면 내가 바깥세상에서 차리는 마지막 저녁밥일지도 모르겠네.'

마음에 걸리는 건 그 정도였고, 신기하게도 흥분되거나 긴장되지는 않았다.

아이가 좋아할 만한 것을 만들자 싶어 결국 햄버그스테이크로 결정했다.

"집에서 직접 만든 햄버그스테이크라니, 진짜 오랜만이에요!"

유키나는 식탁을 보고 좋아했다.

"그래? 맛있을지는 장담 못해. 내 식대로 만든 거라서."

소고기와 돼지고기 다짐육에 양파를 잘게 썰어 볶은 것, 우유에 적신 빵, 달걀 등을 넣어 잘 반죽해 구운 것이 전부다.

"아니요, 맛있어요. 우리집에서는 항상 어느 유명 식당 제품을 홈쇼핑 같은 데서 사서 먹거든요."

"어머나."

그런 말을 들으니 괜스레 더 걱정스럽다. 하지만 유키나는 맛있다며 깨끗이 비웠다.

협박장의 글은 이미 둘이서 머리를 맞대고 완성해두었다.

유키나를 데리고 있습니다. 무사히 돌아오기를 바란다면 오늘 오후 네시, 이세탄백화점 종이봉투에 3천 만 엔을 넣어 중앙공원 벤치에 두십시오.

그리고 손이 뒤로 묶인 유키나의 사진을 넣어서 한 파일로 만들고, 기리코가 편의점 프린터를 이용해 출력했다. 그 편의점은 다음날 팩스를 보낼 곳이기도 했다.

"있잖아요, 기리코 할머니."

"응, 왜?"

그날 유키나는 기리코의 이불을 덮었고, 기리코는 고타쓰 이불을 뒤집어쓰고 잤다. 기리코가 훨씬 체격이 작으니 그러자고 우겼다.

"제가 꼭 감옥으로 면회 갈게요."

"안 돼, 그럼 우리가 공범이라는 게 탄로 나잖아."

"괜찮아요, 일 년쯤 지나면 다들 잊어버릴 거예요. 그때 갈게요."

"응."

"꼭 갈게요. 그러니까 바로 안 오더라도 저를 잊으면 안 돼요.

무슨 일이 있어도 꼭 갈 테니까 낙담하지 말고 기다려요. 우리는 영원히 친구니까."

기리코의 눈에서 넘친 눈물이 관자놀이를 타고 귀 쪽으로 흘러갔다.

"그럼 안녕히 주무세요."

기리코가 대답하지 않자 유키나는 그렇게 말하고 잠들었다.

사실 기리코는 잠들 수 없었다. 불안도 안도도 아닌 감정으로 줄곧 천장을 올려다보고 있었다.

당일은 생각한 것보다 평범하게 시작했다.

어차피 부모님은 점심때까지 안 들어올 거라는 유키나의 말에 조금 늦잠을 자기로 했지만 실제로는 둘 다 아침 여섯시쯤에 일어나버렸다.

아침밥을 먹다가 유키나가 스마트폰 전원을 껐다.

"뭐, 그 사람들은 내가 없다는 것도 모르고 있겠지만 만일을 대비해서요."

유키나는 기리코가 밥과 된장국, 전갱이구이와 쌀겨장아찌로 차린 아침식사를 오물오물 먹으며 말했다.

"유키나."

기리코는 젓가락을 놓고 다시 한번 물었다.

"정말 괜찮겠어?"

"당연하죠. 저한테는 잃을 게 아무것도 없는걸요."

기리코와 똑같은 말을 한다. 그리고 젓가락으로 오이장아찌를 집었다.

"하지만 이제 이 장아찌를 먹을 수 없다는 건 슬프네요."

"무슨 소리니."

기리코는 얼떨결에 웃었다.

"진심이에요."

"그럼 건물 뒤편에 놔뒀다가 사건이 끝나면 가져가. 초봄이니 이삼일 정도는 괜찮을 거야."

"역시!"

유키나는 진심인 건지 기리코의 장아찌를 비닐봉지로 꽁꽁 싼 뒤 둘이서 집 뒤편에 숨겼다. 집으로 돌아와서는 "기리코 할머니야말로 괜찮겠어요?" 하고 물었다.

"물론이지." 기리코도 대답했다.

"나야말로 잃을 게 아무것도 없어."

정오가 되자 기리코는 원피스로 갈아입고 편의점으로 향했다. 도모와 호텔에 갈 때 입었던 옷이다. 이런 때 하나뿐인 나들이옷을 입어서 뭐하겠냐고 생각하면서도 결국 그 옷을 고르고 말았다.

이 계획을 세운 뒤 유키나와 다른 편의점에서 팩스 보내는 법을 연습했기 때문에 어렵지 않았지만 역시 '실행' 버튼을 누르자니 망설여졌다.

집에 돌아온 뒤로는 아무래도 유키나와의 대화가 자꾸 끊어지고 고타쓰 안에서 멍하니 있었다. 유괴사건의 한가운데인데도 고요한 시간이었다.

오후 세시 반이 되자 유키나가 갑자기 일어났다.

"어떡하지. 저 꼭 전화해야 하는 일이 생각났어요. 잠깐 밖에 나갔다 올게요."

"어? 그럼 내 스마트폰을 쓸래?"

"아니에요. 괜찮아요. 금방 끝나니까."

유키나는 그렇게 말하더니 자기 스마트폰을 들고 현관으로 향했다.

"유키나, 괜찮니?"

기리코가 불안한 마음에 무심코 묻자 유키나는 뒤를 돌아보며 "괜찮아요" 하며 웃었다.

"금방 돌아올 테니까 기리코 할머니는 여기서 기다려요."

"응."

"내가 돌아올 때까지 집에서 나가면 안 돼요."

그리고 기리코의 어깨를 끌어당기더니 "절대 잊지 마요" 하고는 나갔다.

기리코는 다시 고타쓰로 들어가서 유키나를 기다렸다.

금방 돌아오겠다고 한 유키나는 십 분이 지나고 이십 분이 지나도 돌아오지 않았다.

"히토쓰바시 씨! 히토쓰바시 기리코 씨!"

갑자기 귓가에서 누군가가 크게 부르는 소리가 들려 퍼뜩 눈을 떴다.

정신을 차려보니 어젯밤부터 이어진 수면 부족 탓에 잠이 들었던 모양이었다. 주위가 캄캄했다.

도대체 몇시지? 난 어떻게 된 거야?

순간 여기가 어디인지도 헷갈려 일단 시계를 보았더니 저녁 여섯시가 지났다.

똑, 똑, 똑.

누군가 다세대주택의 나무문을 날카롭게 두드렸다.

"히토쓰바시 씨! 히토쓰바시 씨, 계십니까?!"

"네에."

자기가 듣기에도 얼빠진 목소리가 나왔다.

서둘러 문을 열자 정장 차림의 남자 둘이 서 있었다.

"히토쓰바시 기리코 씨죠?"

"……네."

그렇게 대답한 순간, 눈앞의 현실로 돌아왔다.

이들은 분명 경찰일 것이다.

나는 유키나와 유괴 계획을 세웠었다. 그런데 유키나는 어디 있는 거지?

기리코의 머릿속을 꿰뚫어보기라도 한 듯 그가 말했다.

"경찰입니다."

그렇게 말할 뿐 드라마에서처럼 경찰 신분증을 보여주거나 하지는 않았다.

"에노모토 유키나를 아시죠?"

"……네."

기리코가 망설이면서도 순순히 대답하자 둘은 얼굴을 마주보았다.

"유키나 학생이 어제 여기 있었다고 하는데 사실입니까?"

기리코는 뭐라고 대답해야 좋을지 알 수 없었다.

"본인이 그렇게 말했습니다만."

"……유키나가 또 뭐라고 했나요?"

"전부 다 말했어요."

기리코는 그만 땅을 보고 한숨을 쉬고 말았다. 분명 상대에게 수상한 동작으로 보이리라는 걸 알지만 멈출 수 없었다.

"여기서는 좀 그러니까 경찰서로 가실까요?"

두 사람은 생각한 것보다 훨씬 온화했다.

그들은 기리코가 늘 사용하는 핸드백을 꺼내는 것을 기다려주고 코트 입는 것까지 거들어줬다. 그리고 경찰차를 탔다.

건물 주민과 동네 사람들이 다들 밖에 나와 멀찍이 둘러서서 기리코와 형사들을 보고 있다는 것을 그때 알았다.

고맙게도 경찰차는 사이렌을 울리지 않고 출발했다.

경찰서에서 여러 가지 질문을 받는 사이, 기리코도 마침내 사건의 전모가 파악되기 시작했다.

전화를 건다며 나간 유키나는 그길로 집으로 가서 기다리고 있던 경찰과 부모에게 "전부 내가 한 짓이다. 맞바람을 피우는 부모에게 복수하고 싶었다"라고 자백하고 사죄했던 모양이다.

하지만 그때 이미 경찰은 팩스 발신처가 편의점이라는 것과 그곳의 CCTV에 기리코가 찍힌 것을 알아낸 뒤였다.

경찰이 사진을 보여주자 거짓말을 할 수 없었던 유키나는 기리코가 도와준 건 사실이지만 자신이 억지로 부탁해 끌어들인 일이라고 설명했다. 그리하여 경찰이 기리코를 찾아온 듯했다.

경찰서에 온 기리코는 처음에는 사정을 알지 못해 더듬거리며 자신의 탓이라고 주장했다. 하지만 경찰의 추궁은 그리 만만한 것이 아니었다. 차분하면서도 집요하고 세세한 그들의 질문에 답변하다보니 진술의 앞뒤가 맞지 않았고, 결국 그날 자정이 지났을 무렵 모든 사실을 털어놓고 말았다.

무엇보다 유키나에게 죄를 덮어씌울 순 없었다.

자신이 감옥에 들어가고 싶다고 유키나에게 늘 얘기했던 것, 이런저런 죄를 저지르려 했지만 성사되지 않은 것, 그랬더니 유키나가 거짓 유괴 작전을 세운 것, 하지만 그애에게는 결코 잘못이 없다는 것.

둘의 진술과 다양한 상황이 일치한 듯, 한밤중에 기리코는 스마트폰을 압수당하고 귀가 조치를 받았다. 아마 유키나도 비슷한 상황이리라는 걸 형사들이 하는 말에서 드문드문 느꼈다.

그러고 며칠 동안 경찰서에 몇 번 더 불려가 조사를 받고 진술서를 작성해야 했다.

솔직하게 모든 것을 털어놓으면서도 어쨌거나 "유키나에게는 죄가 없고 모두 자기 때문이니 유키나를 용서해달라"는 말만은 몇 번이고 했다. 그러자 형사가 "상대 쪽에서도 같은 얘기를 하고 있어요"라고 툭 던져 그때만은 눈물을 터뜨리고 말았다.

"저는 처벌받아도 괜찮습니다. 어떤 벌이든 받겠습니다. 그러려고 했던 거니까."

"그런데 저 아이는 당신을 감싸고 있다고요. 자기가 기리코 씨를 부추겼다며. 그 나이가 돼서 아이를 이런 일에 끌어들이다니! 그 무게를 알기나 합니까!"

중년의 형사가 언성을 높인 건 그때 딱 한 번이었다.

그러나 사건이 발각 직후에 해결된 점, 둘 다 초범이며 순순히 취조에 응하고 반성하고 있다는 점 등을 고려해 결국 불기소 처리되었다.

사건의 뒤처리가 끝나자 무미건조한 날이 이어졌다.

경찰에서는 호된 꾸지람을 듣고, 유키나의 부모에게서는 "두 번 다시 딸에게 접근하지 말라"는 전언을 받았다.

당연하다고 생각했다.

서로의 휴대전화 번호와 SNS 계정도 삭제하게 되었다. 유키나 부모의 강력한 요청인 모양이었다. 기리코는 경찰의 말에 뭐든 따랐지만 손이 떨렸다.

그로부터 유키나와는 만나지 않았다.

그것이 이토록 쓸쓸한 일이라고는 생각 못했다.

사건의 영향은 서서히 기리코의 주위를 갉아먹었다.

뉴스에 나온 것도 아니고 처벌되지도 않았지만, 직장과 집주인에게 경찰의 연락이 갔던 것이다.

청소업체에서는 퇴직을 앞당겨달라는 요청이 왔다.

"내일부터 나오시지 않아도 됩니다."

사카이야 다카코는 딱딱하고 격식 차린 투로 그렇게 말했다.

"저희 일은 고객의 소중한 직장에 가서 하는 것이므로, 그러한 범죄를 저지를 법한 사람에게는 맡길 수 없습니다!"

"하지만……"

당연한 말이긴 하지만, 자신은 불기소되었으니 엄밀히 말해 '범죄'라고까지 할 건 없지 않나 하는 생각에 그만 끼어들었다.

그러나 그녀에게는 들리지 않았는지 전화는 그대로 끊어졌다. 수입도 완전히 끊겼다.

부동산 중개인 아이다에게도 전화가 왔었다.

"깜짝 놀랐어요, 기리코 씨."

아이다는 의외로 태평한 목소리로 말했다.

"우리한테도 경찰이 와서 기리코 씨가 어떤 사람인지 묻고, 집주인과 집세 보증회사를 알려달라고 했어요. 양쪽에 주변 조사를 한 것 같아요."

"정말이지 큰 폐를 끼쳤습니다."

"그러는 바람에 보증회사 쪽에서는 기리코 씨 담당을 취소하고 싶다고……"

"네……?"

"죄송합니다. 하지만 이런 상황에서는 어쩔 수 없어서요."

"……저는 어떻게 해야 하죠?"

"나머지는 집주인에게 달렸죠. 보증이 없어진 상태에서 집주인이 어떻게 나올지."

"그분은 뭐라고 하셨나요?"

"일단 전달은 했는데, 지금은 마감 때문에 바쁘니까 좀 생각하고서 연락하겠다고 한 상태입니다."

집주인이 작가라는 것이 생각났다.

"다만…… 집을 빼달라고 할지도 모르니 기리코 씨도 각오는 하고 계세요."

일자리를 잃고 집도 잃는다…… 기리코는 그제야 비로소 죄를 짓는다는 것의 진정한 의미를 알게 된 것 같았다.

그것은 자신의 신용을 전부 바닥으로 만드는 일이다.

장을 보고 돌아왔더니 젊은 여자가 집 앞에 서 있었다. 가슴이 아플 만큼 덜컹했다. 집주인이 찾아온 건가 싶었다.

그녀는 기리코 쪽으로 등을 돌린 채 무슨 종이가방을 들고 서성거렸다.

잠시 지켜보았으나 금방 갈 것 같지 않아 큰맘 먹고 말을 걸었다.

"저기……"

"아악! 어머, 죄송합니다! 죄송해요!"

그녀는 말 그대로 펄쩍 뛰어오르며 소리를 질렀다.

모르는 사람이 자기 집 앞에 있어서 무서운 건 이쪽인데…… 지나치게 큰 소리를 내며 놀라는 그녀가 어이없어서 기리코는 얼떨결에 웃음이 터졌다.

"누구세요? 여기 우리집인데."

"불쑥 찾아와서 죄송합니다!"

그녀는 깊이 고개 숙여 인사하고는 "히토쓰바시 기리코 씨세요?" 하고 말했다.

"네. 제가 히토쓰바시인데요."

"저는 미야자키 아스카라고 합니다."

"아."

미야자키…… 그것은 도모의 성이었다. 도모의 친척인가.

"그럼 도모의?"

"맞아요."

아스카는 기리코의 표정을 보고 고개를 끄덕였다.

"미야자키 도모코 씨는 제 시어머니세요."

"시어머니라면……"

"남편이 도모코 씨 아들이에요."

"큰아들요?"

"아뇨, 저는 둘째 며느리예요."

"어머나. 괜찮다면 들어올래요? 누추한 곳이지만."

치워도 티 안 나는 집이지만 정리정돈과 청소는 해두기를 잘했다고 속으로 생각했다. 도모의 가족에게 쓰레기장 같은 집에 사는 사람으로 보이고 싶지 않다.

"이쪽에 앉아요."

낮은 탁자 앞으로 그녀를 안내했다.

"네."

반들반들한 볼이 발갛게 빛나는 소박한 여성이었다. 봄 코트를 벗고 자리에 앉았다.

아마 장례식 때 만났을 것이다. 하지만 그때는 슬픔에 사로잡혀 기력이 없었고, 검은 옷을 입은 여자들이 가족석에 잔뜩 앉아 있었기에 누가 누군지 알 수 없었다.

"녹차 괜찮아요?"

서둘러 주전자를 불 위에 올리며 물었다.

"아, 신경쓰시지 않아도 돼요."

차를 끓이고 기리코도 맞은편에 앉는다.

"가족분들은 모두 잘 지내시나요?"

"네. 건강히 지내고 있습니다."

"그렇군요. 다행이네요."

말하면서도 기리코는 살짝 불안한 마음이 든다. 이 사람은 대체 무엇 때문에 여기 왔을까. 내가 일으킨 사건에 대해서는 알고 있나.

"아, 저기."

아스카는 옆에 놓아둔 종이가방을 기리코 쪽으로 내밀었다.

"이건 시어머니의……"

내용물은 보여주지 않고 말을 잇는다.

"아, 네."

"저희가, 아, 저랑 형님이……그러니까 큰며느리인 나호미 씨랑 같이 시어머니의 짐을 정리하는 중이에요."

"아, 그랬군요."

"왜, 남편들이 두 분이 사시던 집에서 여러 가지 물건을 가져왔잖아요."

그날의 일이 생각난다. 두 아들이 찾아와서는 산적처럼 도모의 물건을 몽땅 가져갔었다.

"그것들을 전부 형님 집에 옮겨놓았어요. 형님네는 시부모님이 사시던 집을 물려받았기 때문에 방이 많은데 남자들은 그걸로 끝이더라고요. 눈길도 주지 않아요. 결국 정리하는 건 저희 차지가 됐죠."

그녀가 불만스러운 듯 말했다.

기리코에게 도모의 물건은 하나하나 소중한 추억이었는데. 그들에게는 쓰레기에 불과한 걸까.

"저나 형님이나 일을 하고 있어서 줄곧 손을 못 대고 있다가, 형님이 임신해서 지난달부터 출산 휴가에 들어갔어요."

"어머나, 축하합니다."

"네, 그래서 이제 겨우 정리하게 됐어요. 저도 휴일에는 형님네 가서 도와드리는데, 형님이 이건 기리코 씨에게 전해드리는 게 좋지 않겠느냐고 해서."

마침내 종이가방 속 내용물이 무엇인지 알았다.

"기리코 씨가 저희 시어머니에게 보내셨던 편지예요. 전부 간직하셨더라고요."

"어머, 고마워요."

종이가방 안을 들여다보니 기리코가 썼던 편지 다발이 연보라색 리본으로 묶여 있었다. 연보라…… 도모가 제일 좋아하는 색, 그리고 라일락꽃의 색.

보지 않아도 알 수 있었다.

담백한 계절인사 뒤에 일상의 소소한 사건과 읽은 책에 대한 감상 등이 이어질 것이다. 때로는 일이나 간병에 대한 고민을 쓴 적도 있었다.

"이건 저희가 함부로 버릴 수 없어서요."

"그랬군요. 마음 써줘서 고맙습니다."

"그리고 저기……"

아스카가 살짝 눈을 위로 치켜떴다.

"형님이랑 유품을 하나씩 살펴봤는데, 솔직히 저희도 잘 모르잖아요. 어떻게 해야 좋을지…… 액세서리나 가방 정도라면 어떻게 되겠는데 옷이나 기모노는 저희가 입기에 좀……"

"그렇네요, 아무래도 나이대가 다르니까요."

기리코가 고개를 끄덕이자 바로 그 얘기라는 듯 아스카가 몸을 내밀었다.

"아주버님이랑 남편은 우리가 입으면 되지 않느냐고 쉽게 말하는데…… 그런 문제가 아니잖아요. 그럼 대충 정리해서 버리라는 거예요. 그래서 저희끼리 상의하다가 그전에 기리코 씨에게 보여드리고 필요한 것을 가져가시게 하면 어떨까 하는 결론을 내렸어요."

"네?"

기리코는 저도 모르게 양손을 입가에 댔다.

"정말요?"

"네. 저희가 알아서 골라 보내드릴까도 했는데, 그것보다는 기리코 씨가 집으로 오셔서 보고 고르시는 게 어떨까 해요."

"그래도 돼요?"

너무나 고마운 제안이라 믿기지 않았다.

"그럼요, 이렇게 기뻐해주시는 분에게 드리는 게 좋을 것 같아요."

"기뻐요…… 정말 기쁘네요. 고마워요."

기리코는 고개를 숙였다.

"뭔가 하나라도 좋으니 도모의…… 아, 제가 도모코 씨를 도모라고 불렀거든요…… 도모의 물건을 유품으로 받으면 좋겠다고 생각했거든요. 정말 감사해요."

말하다보니 눈물이 나왔다. 손끝으로 닦아내며 얼버무리려 해도 자꾸만 흘러넘친다.

"미안합니다."

양해를 구하고 서랍장 위에서 각 티슈를 집어 눈물을 닦고 코를 풀었다. 아스카는 기리코가 진정될 때까지 기다려주었다.

"다만 가능하면 평일에 와주시면 감사하겠어요. 아주버님이 없을 때."

"그야 크게 상관없지만……"

젖은 티슈를 쥐고 고개를 갸웃거렸다.

"제가 뭔가 실례되는 일이라도 했나요?"

"아뇨, 저희는 당연히 기리코 씨에게 전혀 불편한 감정이 없지만 아주버님이랑 남편은……"

아스카가 잠시 표현을 고른다.

"기리코 씨에게 복잡한 심정인 것 같아서요."

"그래요?"

대체 무슨 이유일까.

"그건 형님한테 물어보시는 게 좋을 것 같아요."

그날 도모의 유품을 가지러 온 그들을 떠올렸다. 왠지 쌀쌀맞다고 느낀 게 기분 탓이 아니었는지도 모른다.

"그래도 저희, 형님이랑 저는 기리코 씨에게 정말로 감사하고 있어요. 시아버지가 돌아가신 뒤 어머니가 어떻게 하실지, 자식들과 같이 사실지 혼자 사실지 아니면 시설에 들어가실지…… 아무래도 좀 걱정이었는데요."

아스카는 요즘 젊은이답게 무엇이든 숨김없이 말하는 성격인 듯했다.

"기리코 씨와 함께 살겠다고 선뜻 결정하셔서…… 좀 안심했었거든요. 시어머니는 좋은 분이셨지만 함께 살다보면 아무래도 생활에 영향을 받기도 하니까요. 형님과 저는 지금도 굉장히 사이가 좋은데, 그럴 수 있는 것도 기리코 씨 덕분이라고 얘기할 정도예요."

"그런가요?"

기리코는 복잡한 심경을 감추고 미소 지었다.

최종장

살인

미야자키 아스카와는 도모의 예전 집에서 제일 가까운 역에서 만나기로 했다.

"여기서 금방이니까 걸어가죠."

스기나미구에 있는 역이다.

"네, 좋아요."

둘이서 계절 얘기 같은 걸 나누며 걷고 있자니, 예전에 딱 한 번 도모의 집에 갔던 일이 조금씩 생각났다.

이 집을 지었을 때 친구들과 함께 축하해주러 방문했다. 그때도 도모가 역까지 마중나와줬지. 도모는 무척 기뻐 보였다. 그후 어떤 일이 일어날지도 모르고……

결혼하고 오랫동안 교외의 좁은 사택에서 인내의 시간을 보낸 뒤, 도모는 시부모의 집 근처에 새집을 지었다. 아이들 방도 만들어줬다고 했다. 물론 그 집에 도모의 방은 없었다. 당시에는 남편 서재와 아이방은 따로 만들어도 주부의 방은 없는 것이 당연했다.

그런 생각을 하는 사이, 금세 집 앞에 도착했다. 추억에 잠긴 기리코에게 아스카는 굳이 말을 걸지 않았다.

"자, 이쪽이에요."

아스카가 손짓한 곳은 콘크리트 담장으로 에워싸인 전통가옥이었다. 익숙한 듯 철제문을 열고 안으로 들어갔다. 동서지간이 원만하다는 건 사실인 듯하다.

"여긴 변한 게 없네요."

기리코는 가슴이 벅차서 저도 모르게 나지막이 말했다.

집의 구조뿐 아니라 정원수의 모습과 벽의 색도 그대로다. 왠지 안에서 도모가 "어서 와" 하며 나올 것만 같다.

"어서 오세요."

그러나 그 말을 한 사람은 참해 보이는 젊은 여자였다.

아스카의 손위 동서이자 도모의 맏며느리인 미야자키 나호미였다.

"이렇게 초대해줘서 고맙습니다."

기리코는 감사의 마음을 담아 깊이 허리를 숙여 인사했다.

"별말씀을요, 여기까지 와주셔서 저희야말로 감사합니다."

나호미는 남색 원피스를 입고 있었다. 임부복인지도 모르겠지만 아직 배는 그렇게 부르지 않았다.

"임신 축하해요."

"감사합니다."

거실로 안내받고 자리에 앉기 전, 나호미가 말했다.

"히토쓰바시 씨, 괜찮으시면 분향을 해주시겠어요?"

"그래도 될까요?"

거실 옆의 방에 불단이 놓여 있고, 도모의 위패와 아마 남편 것인 듯한 위패가 나란히 있었다.

젊은데도 참 생각이 깊은 며느리구나 하고 감탄하면서도, 솔직히 '이곳에 도모가 있다'는 실감이 영 나지 않았다. 물론 겉으로는 전혀 내색하지 않고 선향에 불을 붙이고 손을 모았다.

도모, 나 왔어. 너희 며느리가 초대해줘서.

마음속으로 말을 걸어보지만, 역시 무슨 노래 가사처럼 도모가 여기 있다는 기분이 들지 않았다.

'정말로 여기 있다고 하면, 그 남편과 죽어서도 함께라는 거잖아. 그럼 도모가 너무 가엾지.'

그런 생각을 하자 눈물이 고였지만 태연하게 감추고 일어섰다.

"감사합니다."

"이쪽으로 오세요."

준비해준 차를 마시며 한동안 대화를 나눴다.

아스카가 말한 대로 둘이서 상의한 끝에 기리코에게 유품을 보여주기로 했다는 설명을 다시 한번 들었다.

얘기가 끝난 뒤 아스카는 "그럼 저는 이만" 하고 집으로 돌아갔다. 오후에 출근한다고 한다.

"나 때문에 반차를 쓴 거예요?"

"아니에요, 마침 연차가 남아 있었어요."

기리코는 도모에게 마음속으로 말했다.

'남편은 그렇다 쳐도, 도모에게는 좋은 가족들이 있었구나. 살아 있었다면 훨씬 즐거운 일이 기다리고 있었을지 모르는데. 게다가 이토록 훌륭한 며느리들을 두고 나랑 살아준 거였다니. 고마워.'

도모에게 직접 말을 건네기는 오랜만이었다.

아스카가 돌아가자 나호미가 이층으로 안내했다.

7제곱미터쯤 되는 방 하나에 골판지 상자 다섯 개와 종이가방 세 개. 아마 도모의 짐이 없어지면 아이방으로 꾸밀 것이다.

"이쪽에 있는 게 어머니 물건이에요. 편하게 열어보시고 마음에 드는 것을 가져가주세요. 아, 양이 많으면 택배로 보내도 괜찮고요."

"하나부터 열까지 마음 써줘서 감사합니다."

"저는 차를 더 내올게요. 천천히 보세요."

나호미가 나가고 기리코는 제일 가까이 있는 골판지 상자를 열었다. 은은하게 도모의 냄새가 나는 것 같았다. 안에는 도모의 옷이 가득 들어 있었다.

"아아."

실크 정장. 기리코와 호텔 디저트 뷔페에 갈 때 입었던 옷이다. 기리코는 저도 모르게 그것을 꽉 쥔 채 몸을 움직일 수 없었다. 너무나 많은 추억이 온몸에서 끓어올랐다. 위패를 보았을 때보다 훨씬 더 강력하고 깊은 감정이었다.

"기리코 씨."

다시 이층으로 올라온 나호미가 뒤에서 불러서 간신히 정신이 들었다.

"아, 미안해요."

기리코는 젖은 뺨을 황급히 손등으로 닦았다.

"괜찮아요."

나호미는 바닥에 웅크리고 앉아 쟁반을 내려놓았다.

"기리코 씨는 정말로 저희 시어머니와 사이가 각별하셨군요."

기리코는 나호미 앞에 반듯하게 무릎을 꿇고 앉았다.

"네."

가방에서 손수건을 꺼내 얼굴을 닦았다. 우는 걸 들켜도 이제는 어쩔 수 없겠다 싶었다.

"미안해요, 이런 모습을 보여서……"

"아니에요, 괜찮아요."

새로 가져온 차를 마시고 있는데 나호미가 말했다.

"저희가……"

"네?"

"남편이 없는 시간에 오시라고 한 건, 좀 무례했죠."

"아뇨, 전혀 그렇지 않아요."

일자리도 없어졌으니 이제 기리코에게 있는 거라고는 시간뿐이다.

"진심으로 고맙고, 감사하게 생각해요."

도모의 웃을 다시 한번 볼 수 있으리라고는 생각 못했다.

"사실 남편들은 기리코 씨에게 복잡한 감정을 품고 있어요."

"……네."

"아시죠? 저희 시아버지."

기리코는 묵묵히 고개를 끄덕였다.

"남편이 몇 번이나 얘기해줬어요. 지금껏 있었던 일을. 남편은 장남이라 특히 호되게 혼나기도 하고, 심각한 적도 있었던 것 같아요. 그러면서 한편으로는 어머니를 두고 집을 나왔다는 것에

죄책감도 컸고요."

도모는 '아들들이 나약한 엄마를 원망할 거'라고 했지만, 여기서 그 얘기를 할 필요는 없을 것 같다.

"그래서 아버지가 돌아가신 뒤 드디어 효도할 수 있겠다 했는데 어머니가 기리코 씨와 함께 살기로 했잖아요. 죄책감과 동시에 어머니가 자신에게 화가 난 게 아닐까 하는 의심에 사로잡혀 남편은 줄곧 자책했어요."

"도모는 그런 사람이 아니에요. 절대 아들들에게 화를 낸다거나 그러지 않았어요."

"네, 어머니도 그렇게 말씀하셨지만 남편이 좀처럼 받아들이지 못해서요…… 그리고 장례식에서."

"장례식?"

"남편과 시동생은 자신들도 물론 너무 슬펐지만 아무래도 남자이기도 하고 간병이 끝나고 긴장이 풀린 상태라 별로 눈물이 안 나왔대요. 방금 말씀드린 복잡한 감정도 있었고요. 그런데 기리코 씨가 남들 시선도 아랑곳 않고 엉엉 우시는 모습을 보고…… 제대로 울지도 못하는 자신을 책망했어요."

"그런 거 아니에요. 정말로 신경쓸 필요 없어요."

기리코는 강하게 말했다.

"우리가 같이 살았던 건 그저 우리 마음대로 고집을 부려서예요. 아니, 나 때문인지도 몰라요. 내가 외톨이가 되는 걸 걱정해서 도모가 같이 살아준 건지도. 그러니 결코 아드님들 때문이 아니에요."

나호미는 고개를 끄덕였다.

"감사합니다."

"그렇다는 걸…… 나호미 씨가 남편한테 잘 전해줘요. 물론 내가 한 얘기라고는 밝히지 않아도 되니까."

"네."

나호미는 무릎에 손을 올리고 문지르듯 꼼지락거렸다. 뭔가를 망설이고 있는 듯했다.

"……제가요, 시어머니가 하신 얘기 중에 아무에게도 말하지 않은 것이 있어요."

"뭔데요?"

"아마 남편에게도, 평생 아무에게도 말 못할 거예요. 기리코 씨에게도 말하지 말까 했는데요."

그녀는 바닥에 놓인 도모의 정장을 손끝으로 살며시 만졌다.

"지금 안 하면 분명 평생 말 못할 것 같아요. 그런데 마음속에 품은 채로 살기는 좀 힘들 것 같아서요."

"대체 뭔데요?"

기리코는 가슴이 두근거렸다.

나호미가 한숨을 쉬었다.

"지금도 정말 망설여지지만…… 그래도 혼자서 품기에는 너무 괴로워서요."

"……나라도 괜찮다면 얘기해요. 이제 살날도 많지 않으니."

조금 두려웠지만 도모 얘기라면 모두 알아두고 싶었다.

"그럼,"

나호미는 다시 한번 잠시 침묵한 뒤 입을 열었다.

"어머니가 그러셨어요."

"네."

"'내가 너희 시아버지를 죽였다'고."

너무 엄청난 얘기에 기리코는 숨이 턱 막혔다.

"도모가? 남편을?"

그런 일이 있을 수 있나. 도모가 남편 때문에 힘들어하는 건 알았지만 그렇게까지 할 리가.

"네."

"그게, 언제 한 말이에요?"

"어머니가 이 집에서 나가기 전이에요."

나호미가 한숨을 쉬었다.

"어머니가 기리코 씨 거처로 옮기시기 전날, 여기서 다 같이 밥을 먹고 하룻밤 잤어요. 어머니는 밝게 행동하시면서 '내가 나가면 너희가 원할 때 이곳을 써도 된다. 증축해도 되고 다시 지어도 되고'라고 하셨어요. 남편은 어머니의 결단을 좀처럼 이해하지 못했어요. 하지만 그렇다고 기리코 씨와 같이 살지 말라고 정색할 수도 없어서…… 왠지 모르게 무거운 분위기였죠."

"그랬었군요. 저는 몰랐네요."

기리코는 한숨을 쉬었다.

"남편이 씻고 있을 때 어머니가 저를 불러서 미안하다며 사과하시고…… 그런 다음 말씀해주셨어요. 진실을."

"진실? 그러니까 살인에 대해서 말이에요?"

"……뭐라고 말해야 좋을지 모르겠어요, 저는. 하지만 어머니는 당신께서 살인을 저질렀다고 하셨어요…… 나는 날마다 너희 시아버지 아침식사로 달걀을 세 개씩 부쳤어. 버터를 듬뿍 넣은 오믈렛에, 바삭하게 구운 베이컨 세 장을 곁들였지. 식빵은 두툼하게 잘라서 두 장. 거기에도 버터를 잔뜩 발랐어. 커피는 진하게 내려서 크림과 설탕도 왕창 넣었다,라고요."

갑자기 아침식사 얘기가 나와서 기리코는 고개를 갸웃했다.

"점심은 회사에서 먹고 저녁에는 술자리가 잦았어. 하지만 집에서 먹을 때는 늘 남편이 좋아하는 것들만 준비했지. 달달한 소고기 감자조림과 돼지고기 생강구이, 때로는 스테이크, 남편이 원하면 언제나 차돌박이를 사와서 스키야키도 자주 했어. 그리고 수북하게 담은 흰쌀밥 두 그릇, 된장국은 짭짤하게. 맥주든 와인이든 남편이 원하는 술을 마시게 했어. 남편은 양식을 좋아했기 때문에 햄버그스테이크와 돈가스도 자주 만들었어. 마요네즈를 가득 넣은 감자샐러드를 매번 듬뿍 곁들여서. 채소는 싫어해서 거의 내지 않았어. 그리고 간을 조금씩 세게 해서 어느새 이미 그는 상당히 짠 음식을 선호하게 됐지. 나와 아들들 것과 별도로 매일 그런 식사를 만들었어."

그렇게 하는 데 얼마만큼의 노력이 필요했을까.

"예순을 넘었을 무렵, 병원에서 고혈압과 초기당뇨 진단과 함께 달고 매운 음식을 제한하라는 경고를 받았어. 그래서 나는 소금을 전혀 쓰지 않는 요리를 만들어냈지. 하지만 간장과 소스는 원하는 대로 쓸 수 있도록 식탁 위에 꺼내놨어. 그러자 그 사람은 이렇게 밍밍한 걸 어떻게 먹느냐면서 제 손으로 간장을 흠뻑 뿌려서 먹었지. 나는 말리지 않았어."

기리코도 조금씩 의미를 알 것 같았다.

처음 '살인'이라는 말을 들은 순간 떠올린 것과는 완전히 다른 차원이었다. 기리코는 도모가 남편을 돌보던 중에, 혹은 임종을 앞두고 병구완할 때 일을 저지른 걸까 생각했었다.

그러나 실상은 전혀 달랐다. 도모의 살인은…… 매일 조금씩 남편을 소금과 설탕, 기름진 음식에 중독시키는 것이었다.

"다른 사람들이나 의사한테는 '내가 아무리 무염식을 만들어 줘도 남편이 짠 음식을 좋아해서 어쩔 수 없다'고 변명하셨대요. 선택은 그 사람이 한 거였다고."

"……그걸 살인이라고 할 수 있을까요."

"모르겠어요."

나호미는 고개를 저었다.

"다만 어머니는 '나는 그런 인간이니까 그애가 죄책감을 가질 필요 없어. 제 아버지를 죽인 인간이니까. 그렇게 네가 대신 전해다오'라고 하셨어요."

"혹시 이 얘기를 남편한테 했어요?!"

기리코가 다급히 물었다.

"아뇨, 아까 말씀드렸듯 아무에게도 안 했어요. 어떻게 말해야 좋을지 몰라서…… 저는 남편에게 부모님은 어머니 한 분이라고 생각해요. 아버지를 부모로 생각하지 않는다고 몇 번이나 말했거든요. 그래서 말을 못하겠어요. 그이가 어떻게 받아들일지 저도 알 수 없어서. 이 얘기를 해서 하나뿐인 부모마저 잃게 하고 싶진 않아요."

기리코는 한번 숙인 고개를 들 수 없었다.

집으로 돌아오는 길, 기리코는 나호미와 나눈 얘기를 멍하니 생각하면서 지하철에 몸을 실었다.

도모가 저지른 살인.

그것을 과연 살인이라고 할 수 있을까.

남편의 식사를 맛있게, 재료를 아낌없이 넣어 만드는 것. 그것이 살인이라고?

"저기."

기리코는 나호미에게 확인하지 않을 수 없었다.

"도모가 원래 그…… 농담조로 곧잘 말하곤 했잖아요? 그리 심각하지 않게."

"글쎄요."

나호미는 고개를 갸웃거렸다.

"그 얘기가 너무 강렬해서 다른 건 잘 기억이 안 나는데요. 농담이나 진담 같은 게 아니라 담담한 느낌이었어요. 아주 고민한 것 같진 않지만 웃으면서 하는 얘기도 아닌."

담담.

그건 나호미의 느낌이므로 실제로 어땠는지는 알 수 없다. 어쩌면 도모는 담담하게 말하다가 마지막에 "농담이야"라고 덧붙일 생각이었는지도 모른다. 그러다 도중에 장남이 욕실에서 나오는 바람에 얘기가 끊긴 걸지도 모르고.

하지만 진심이라면?

그 살인이 명확한 의도가 없는 평온한 것이었다 해도, 거꾸로 말하면 그만큼 오랜 시간 살의를 품은 채 대치했던 셈이다. 어쩌면 욱해서 사람을 찌르는 살인보다 훨씬 무섭고 강력한 살의인지도 모른다. 음식을 계속 두 종류로 나눠서 만들었다니.

이건 궁극의 계획 살인이다. 몇십 년에 걸친.

기리코는 손에 들린 종이가방을 보았다.

마지막에 나호미는 "마음에 드는 건 뭐든 가져가세요"라고 말했다.

하지만 기리코는 손을 댈 수 없었다.

좀전의 얘기를 듣고 정신이 번쩍 들었다. 나는 할 수만 있다면 감옥에 들어갈 작정이다. 그러면서 도모의 물건을 받아도 되는 걸까.

선뜻 고르지 못하는 기리코를 보고 나호미가 몇 번이나 권유했다.

"정말로 사양 말고 가져가주세요. 저희가 가지고 있어봐야 보물을 썩히는 꼴이니까요."

그러고는 방에서 나가더니 보석함을 가지고 왔다.

"이것도 어머니 물건이에요. 동서와 저는 이미 골랐으니 기리코 씨도 고르세요. 분명 어머니도 기뻐하실 거예요."

뚜껑에 장미꽃이 조각된 나무상자를 열자 반가운 물건들이 나왔다. 나호미는 진주가 알알이 박힌 브로치와 산호로 만든 오비도메*, 한 알짜리 진주 목걸이를 꺼내 "여기요" 하며 기리코에게 내밀었다.

"그렇게 고가품은 좀. 나호미 씨와 아스카 씨가 하는 게 어때요?"

"저희는 진주 비즈 목걸이를 하나씩 받았어요. 이만하면 유품은 충분해요."

하기야 진주는 유행을 타지 않고 관혼상제에도 착용할 수 있다. 유품으로는 더할 나위 없을 테다.

"그래도……"

"브로치 같은 건 저희가 안 하니까요."

"그럼."

도모가 가끔 착용하던, 은으로 된 꽃 속에 진주가 박힌 것을 골랐다.

"옷도 보세요. 짐이 될지도 모르고 아까 그 얘기를 들으셔서 혹시 받고 싶지 않으실지도 모르지만."

그 말을 듣고 아차 하는 소리가 나올 뻔했다. 지나치게 사양하면 나호미는 도모가 '살인'을 범해서 자신이 꺼리는 거라고 여길

* 여성용 기모노에 두르는 띠 위에 꿰어서 다는 장식.

것 같다. 기리코가 감옥에 들어가려고 마음먹고 있으리라고는 꿈에도 생각하지 않을 테니까.

"아니, 그런 거 아니에요."

그래서 기리코는 실크 정장을 골랐다. 그녀의 말대로 내가 고르지 않으면 분명 쓰레기가 되고 말겠지 싶어서.

역에 도착해 표를 넣고 개찰구를 나갔다.

철컥 소리와 함께 지하철 표가 빨려들어가자 문득 한숨이 나왔다.

어제 막 월세를 낸 참이다. 며칠 전 마지막 급여가 들어왔다. 다음달 연금 지급일까지는 수입이 없다. 편도 약 6백 엔, 왕복 천 엔이 넘는 교통비는 상당한 타격이었다.

역 앞 마트에 들러 한 바퀴 둘러보고 숙주만 사서 돌아왔다.

집에 와서 도모의 정장을 정성스레 옷걸이에 건 뒤 손을 씻은 다음 요리를 했다. 냉장고에 무 한 토막이 남아 있기에 썰어서 된장국을 끓이고 방금 사 온 숙주를 볶았다. 지난주에 사서 매일 한 알씩 먹고 있는 달걀도 아직 네 개 남았다. 숙주와 함께 '숙주 달걀 볶음'을 만들어 아침에 지은 밥과 함께 저녁식사를 했다.

'지난달에 산 쌀이 아직 남아 다행이지만 이걸 다 먹으면 어쩌지.'

일자리를 찾아야 한다고 생각하면서도, 그런 일을 벌인 일흔

일곱 살 노인을 써주는 곳이 있을 것 같지 않았다.

그리고 도모의 범죄……

'도모, 그렇게 절박했던 거야? 몇 년씩이나. 나한테라도 말하지 그랬어. 내가 뭔가 도울 수 있었을지도 모르는데.'

눈물이 차오른다. 한편으로는 둘이 살면서 도모가 몇 번이고 "지금은 참 행복해"라고 말했던 것이 가슴에 사무친다. 더욱 눈물이 났다.

'나도 행복했어, 도모.'

뒷정리를 하면서 무의 뿌리 부분을 버릴지 남겨둘지 고민한다. 이런 자투리는 쌀겨에 넣어 장아찌를 하면 딱 좋을 텐데 생각하다가 퍼뜩 기억이 났다.

맞다, 쌀겨장아찌! 그거 어떻게 됐지?

유키나가 먹고 싶다고 해서 장아찌를 비닐봉지에 몇 겹씩 싸서 집 뒤편에 두었다.

"못살아, 정말. 까맣게 잊고 있었네."

그로부터 이 주가 훌쩍 지났다. 그런 일이 있고서 유키나가 가지러 왔을 것 같지는 않다. 이런 봄 날씨에는 이미 완전히 상했겠지. 얼른 가져와서 치우지 않으면 민폐가 될 것 같다.

기리코는 방재용품 배낭에서 손전등을 꺼내 조용히 밖으로 나갔다.

건물 뒤편으로 돌아 불빛을 비췄다. 뒤편은 옆 다세대주택과 담장으로 구분되어 있고 1미터쯤 되는 통로가 있다.

"아마 이쯤인 것 같은데."

혼잣말을 하면서 찾다보니 비닐봉지로 싼 장아찌를 넣었던 플라스틱 용기가 바닥에 떨어져 있는 게 보였다.

'유키나도 깜빡했구나. 아닌가, 그후로 가지러 올 수 없었던 걸까……'

어쩔 수 없다, 이대로 버리는 수밖에. 종량제 봉지에 넣어서 밀봉하면 될까…… 그런 생각을 하면서 기리코는 허리를 구부려 봉지를 집었다.

"으쌰."

바스락거리는 소리와 함께 기세 좋게 들어올린 순간 기리코는 화들짝 놀랐다.

가볍다.

쌀겨장아찌는 크기가 작아도 꽤 무게가 나간다. 그런데 아무것도 들지 않은 것처럼 가벼워서 기리코가 힘 조절을 못하고 뒤로 넘어질 뻔했다.

허둥지둥 봉지를 열었다. 플라스틱 용기는 그대로지만 내용물이 없다. 대신 뭔가 다른 게 들어 있었고, 그걸 또 열자 넷으로 접은 종이가 들어 있었다. 떨리는 손으로 쪽지를 펼쳤다.

기리코 할머니, 새 전화번호예요. 연락 줘요. 유키나

휘갈겨 쓴 글씨였다.

달이 바뀌었지만 기리코는 아무것도 하지 않았다. 일자리를 찾아야 한다고 생각은 하지만 몸이 움직이지 않는다.

유키나에게도 연락하지 않았다. 그럴 용기가 나지 않았다.

새 전화번호라 함은 유키나의 부모가 새 스마트폰을 사주고 이제까지의 교우관계를 리셋했다는 뜻일 테다. 기리코의 연락처를 지우는 것만으로는 성에 안 차 아예 바꿔버린 것이다. 그들의 강력한 의지가 느껴졌다. 번호밖에 없는 것도 SNS를 금지당해선지도 모른다.

유키나는 전화번호를 가지고 여기까지 와줬다. 그것만으로 충분했다. 유키나와 부모와의 관계를 더이상 망치고 싶지 않다.

그런 생각을 할 때, 아키바에게서 전화가 걸려왔다.

"기리코 씨? 잘 지내요?"

그의 태평한 목소리에 왠지 위로받는 마음이 든다.

"네, 오랜만이네요."

다행히 그는 기리코의 최근 소행을 모르는 눈치다.

"도무라 씨도 잘 지내요?"

"우리야 뭐, 여전히 매일 파친코에서 만나죠."

아키바가 헤헤헤 웃었다.

"실은 부탁할 게 좀 있어서."

그가 하는 부탁에는 주의해야 한다는 안테나가 작동하지만, 지금 같은 상황에서는 이제 아무려나 상관없다는 기분이 든다. 오히려 누군가와 엮이고 싶을 정도다.

"왜, 우리가 늘 신세 지고 있는 형님 있잖수?"

"네, 대부업 하시는?"

"맞아요. 그 형님이 기리코 씨를 만나보고 싶다고 해서요."

"네? 저를요?"

원래는 상당히 위험한 바닥에 있다가 지금은 불법 사금융에 '정착했다'는 남자가 기리코에게 무슨 볼일이 있을까.

"전부터 기리코 씨한테 관심을 가졌던 것 같은데, 어제 갑자기 연락이 와서요."

"……저 같은 사람을 만나도 아무것도 나올 게 없는데. 혹시 무슨 볼일인지 물어봤어요?"

"아뇨, 별로 심각한 의미 없이 좀 만나보고 싶다고만 했어요. 그것도 단둘이서."

"그래요?"

이어서 예전에 고이케 유카리가 살롱을 열었던 찻집에서 만나지 않겠느냐는 구체적인 제안까지 나왔다.

"……그럼 갈게요."

공공장소에서 만난다면 목숨을 뺏길 위험은 없을 것이다. 지금의 기리코에게는 아무 약속도 없고.

"그럼 내일 오후로 할까요?"

내친김에 시간까지 정해 다음날 만나기로 했다.

약속 시간 십 분 전에 찻집에 도착해 기리코는 안쪽 자리로 안내받았다.

아직 '형님'은 오지 않은 듯하다. 살짝 안도하며 찻집 안을 둘러보았다.

평일 오후 두시가 안 된 지금 손님은 별로 없다. 창가 자리에 비슷한 나이대의 두 여자가 앉아 케이크 세트를 앞에 두고 수다에 여념이 없다. 옆 테이블의 정장 차림 세 남자는 영업 얘기 같은 걸 하는 걸까.

'다들 활기차고 즐거워 보이네.'

이렇게 전직 야쿠자 같은 인물을 기다리는 자신과는 너무 다르다고 생각했다.

두시 정각에 찻집 문이 열리고 '그 남자'가 들어왔다. 외모도 나이도 어떠한지 확실히 전달받진 않았지만 바로 '그 남자'라는 감이 왔다.

통칭 '형님'이라는 남자는 직사각형 바위 같은 체형이었다. 키는 175센티미터쯤이고 어깨가 넓고 다부지다. 몸통이 전체적으로 두툼하다. 나이는 여든쯤 되었을까. 그 '바위'가 지팡이를 짚고 천천히 이쪽으로 걸어왔다.

"히토쓰바시 기리코씨?"

"네."

생각한 것보다 나긋나긋한 목소리다.

"나갈까요?"

아직 주문도 안 했는데 그는 그렇게 말하고는 휘릭 발길을 돌려 걸어갔다. 좋다 싫다 말할 수 없게 만드는 태도였다.

잠시 멍하니 그의 뒷모습을 보고 있다가 황급히 뒤따른다.

남자는 계산대 쪽에 있던 여자 점원에게도 가볍게 손을 올려 보이기만 했다. 점원은 마치 찻집의 모든 메뉴를 주문한 손님을 배웅하기라도 하듯 정중히 고개를 숙였다.

"저기, 어디로 가는 거예요?"

기리코는 찻집을 나와 그를 뒤쫓으며 물었다.

"저기는 아는 사람이 많아서요."

그는 기리코를 돌아보고는 치아를 슬쩍 보이며 웃었다.

나이에 비해 가지런한 치아다. 게다가 웃는 얼굴이 의외로 귀엽다. 기리코도 얼떨결에 미소를 짓고 말았다.

"근처에 공원이 있으니 그리로 갑시다."

그는 그러고 나서 한마디도 하지 않고 계속 걸었다.

그가 말한 곳은 근처의 어린이공원이었다. 미끄럼틀과 모래밭, 그네가 두 개에 벤치 몇 개가 놓인, 삼나무와 벚나무로 에워싸인 곳이었다.

그는 놀이기구에서 조금 떨어진 벤치에 앉아 옆자리를 지팡이로 가리켰다. 기리코도 옆에 앉으라는 의미일 것이다.

그는 눈앞에서 노는 아이들을 바라보았다. 여러 명이서 뛰어다니고 어머니들이 그 모습을 지켜보고 있었다. 미끄럼틀을 타던 아이 하나가 모래밭으로 들어가 모래를 움켜쥐자 한 어머니가 "모래 만지면 안 돼! 더럽잖아" 하고 소리쳤다.

요즘 시대에는 모래밭에서 노는 것도 안 되는구나, 기리코는 그런 생각을 하며 지켜보았다.

"당신, 체포되고 싶다면서요?"

느닷없이 그가 물었다.

"그걸 어떻게 아세요?"

아키바와 도무라에게 그런 얘기는 전혀 하지 않았다.

"저 같은 일을 하다보면 다양한 정보가 들어오거든요. 경찰에도 지인이 많고."

"그렇군요."

"특이한 사람이 있다는 얘기는 종종 들려옵니다."

"그런가요?"

"뭐, 체포되고 싶다는 사람은 꽤 있습니다. 대개는 갈 데까지 간 인간들이죠. 젊은 시절부터 감옥을 들락거리느라 밖에서는 어떻게 살아야 할지를 모르거나. 폐인 되기 직전이라 경찰도 잡고 싶지 않을 인간이거나. 하지만 당신처럼 언뜻 멀쩡해 보이는 여성은 별로 없거든요. 쓰임새가 있지 않을까 하고 누가 알려주더라고요."

"……쓰임새라."

"체포되길 원한다면 저한테 상의하면 되는데."

형님이 기리코 쪽을 쳐다보았다. 얼굴도 바위같이 울퉁불퉁하고 틈새에 작은 눈이 빛나고 있다.

"아시는 게 있나요?"

"얼마든지 있죠. 예를 들어 운반책. 여기서 위험한 물건을 가지고 해외로 나가거나 반대로 가지고 들어오는 거죠. 제법 돈이 되고, 체포되면 중범죄예요. 하지만 댁같이 품위 있는 노년 여성은 세관에서 거의 무사통과죠. 단, 일본에서 잡히면 괜찮지만 상대국에서 잡히면 낭패예요. 동남아시아에서 마약 사범은 즉시 사형이거나 현지 교도소에서 종신형을 받을 테니까. 댁 같은 사람은 버틸 수 없을 겁니다."

정신 차려보니 어느새 '당신'이 '댁'이 되어 있다. 하지만 말투가 부드러워 딱히 불쾌하지는 않다.

"그런 일거리도 있군요."

"소규모 판매상도 할 수 있을 것 같은데. 댁은 아마 어디 있어도 의심받지 않을 테니까요."

"……그럼 뭔가 일거리를 소개해주시는 건가요?"

그는 기리코의 얼굴을 가만히 쳐다보았다. 그러나 눈이 작아서 표정을 읽을 수 없다.

"부탁하고 싶은 일이 있습니다."

잠시 후 그가 말했다.

"다만 아무에게나 부탁할 수도 없고, 확실하게 끝까지 완수해줘야 하는 일입니다."

"어떤 일이죠?"

"할 마음은 있습니까? 완수해낼 자신은? 아무한테나 할 만한 얘기가 아니라서."

기리코는 순간 망설이다 말하고 말았다.

"저는 일이 없어요."

"무직입니까?"

"유괴 미수를 저지르고 잘렸어요."

"그렇군요."

"그래서 뭐라도 하고 싶어요."

문득 도모를 생각한다. 매일 간이 센 음식을 만들며 남편의 죽음을 바랐던 도모. 그에 비하면 뭐든 할 수 있을 것 같은 기분이었다.

"일자리가 필요할 뿐이라면 소개는 간단해요. 청소 일도 몇 군데 있고. 나랑 관련된 곳에 소개할 수도 있고, 전에 갔던 파친코 업소도 내가 부탁하면 분명 고용해줄 겁니다."

"……그래요?"

"당신이 진심으로 바라는 건 어느 쪽입니까? 일자리예요, 아니면 교도소 행이에요?"

기리코는 자신의 마음속을 들여다보며 생각했다. 내 진심은 무엇일까. 진정으로 바라는 것은?

"좀…… 지쳤어요."

간신히 나온 말은 그런 것이었다.

"육체적으로인가요? 아니면 정신적으로?"

"양쪽 다요. 정말 지쳤다는 생각이 절절하게 들어요. 노동에 따른 육체적인 피로도 있지만, 매일 이런저런 앞날과 해야 할 일을 생각하는 것에 지쳤어요. 살아가는 일에 지쳐버렸어요. 친구도 떠나고 없고, 교도소에 들어가면 차라리 편하겠다 싶어요. 거기서는 여러 가지 일…… 해야 할 일을 누군가가 결정해주잖아요."

"그렇죠."

형님은 고개를 끄덕였다.

"하기야…… 피곤하죠."

그도 한숨을 섞어 내뱉었다.

"당신도 그래요?"

"응. 좀처럼 죽지를 않아요."

"그러게요."

"실은 난 폐암이에요. 말기입니다."

"네?"

기리코는 형님을 쳐다보았다. 그는 살짝 고개를 끄덕였다.

"그럼 곧 죽을 수 있잖아요?"

"그렇겠죠. 그런데 과정이 굉장히 고통스러운 모양이에요. 인터넷으로 찾아봤거든요."

"검색했군요."

"그걸 보니 정말로 무섭더군요."

형님은 웃었다.

"못할 짓도 참 많이 했으면서 말이죠. 죽을 뻔한 위기도 몇 번 겪어봐서 죽음 따위 두렵지 않다고 생각했거든요. 하지만 고통

속에서 죽는 건 싫어요. 그걸 알고도 가만히 앉아 죽음을 기다리기는 싫습니다. 저세상에는 나로 인해 고통스럽게 죽어간 인간이 많아요. 그 사람들이 좋아하는 꼴도 보고 싶지 않고."

"저런, 안타깝네요."

기리코는 진심으로 말했다. 그건 이 나이가 돼서 누군가에게 폐를 끼치는 것 다음으로 괴로운 일인지도 모른다. 고통스럽게 죽는 것, 그걸 알면서 기다리는 것.

"자살하면 주변에 알려지잖아요. 저 녀석은 암이 무서워서 죽었다, 그렇게 큰소리치던 놈이 병이 두려워 죽었다고 생각되긴 싫습니다."

"그렇군요."

"그래서 누가 죽여줬으면 해요."

드디어 그가 말하려는 내용이 보이기 시작했다.

"혹시 그걸 저한테?"

"기리코 씨는 이해가 빠르군요."

형님도 이쪽을 보았다. 드디어 처음 눈이 마주친 기분이었다. 그 작은 눈에 두려움이 어려 있었다.

"내가 당신한테 돈을 빌려줄게요. 그리고 한 달쯤 지나서 받으러 갔을 때 살해당하는 거죠. 그렇다면 별로 이상할 게 없을 거예요. 당신이 돈이 궁하다는 건 다들 알고 있고, 감옥에 들어가는 일쯤 아무렇지 않게 생각한다는 것도 알려져 있죠."

일리 있네, 생각 많이 했구나 싶었지만 "일리 있네요"라고 간단히 말할 순 없었다.

형님이 갑자기 기리코의 손을 잡았다. 기리코는 놀라서 손을 빼려 했지만 제대로 붙들려버렸다.

"여길 찌르면 돼요."

그는 기리코의 손을 심장 쪽으로 가져갔다.

"여깁니다, 여기. 여기를 식칼로 단번에 찌르면 돼요."

말하면서 감정이 고조됐는지 그는 기리코의 손으로 제 가슴을 쳤다.

"여기라고, 여기."

"하지 마요, 이러지 마세요."

기리코는 필사적으로 손을 빼려고 했지만 아무리 노인이라도 남자의 힘은 셌다. 좀처럼 손을 뺄 수 없어 그가 진정될 때까지 두는 수밖에 없었다.

집에 돌아온 기리코는 유키나에게 배운 '검색'을 이용해 인터넷을 찾아보았다.

살인, 형기, 그렇게만 검색창에 쳐도 초범이니 평균이니 하는 단어들이 함께 나온다. 전부 관심이 가지만 기리코는 '살인, 형기, 평균'으로 검색했다.

살인의 경우 형은 사형, 무기형, 유기형 세 종류라고 한다. 사형이라는 말은 역시나 충격적으로 와닿는다.

'사형인 경우도 있구나.'

그야 그렇겠지, 살인이니까.

그러나 최소 형량으로는 오 년도 있다.

'너무 가벼운데.'

잘 읽어보니 초범이면 형량이 가벼워지긴 하지만 그래도 대체로 십 년 이상인 경우가 많다고 한다.

십 년……

기리코는 가만히 생각했다. 십 년 뒤 자신은 여든여섯이나 일곱일 테니 이미 죽었을지도 모른다.

'확실히 살인이 가장 형량이 무겁구나. 당연하겠지만.'

불법 추심에 시달리던 노년 여성이 사채업자를 살해. 이렇게 보니 있을 법한 얘기 같았다. 나이 때문에 다소 충격적인 뉴스로 보도되고, 신문에서 보면 "어머나" 하며 읽겠지만 이삼일 지나면 잊혀버릴 듯한 사건.

"이건 한 사람을 돕는 일이에요."

형님은 그렇게 말했다. 그저 자신을 죽인 뒤 경찰에는 돈을 갚을 수 없어서 죽였다고 주장하면 된다고.

그리 간단하게 될까. 경찰의 취조가 매섭다는 건 유괴사건으로 알고 있다.

그러니 마음을 단단히 먹지 않으면 완수해낼 수 없을지도 모른다.

응할 마음이 생기면 연락 달라며 그는 기리코에게 휴대전화 번호를 알려줬다. 그리고 기리코의 은행 계좌도 물었다. 연락하면 곧장 돈을 입금하겠다고.

"당장이라도 백만 엔이든 2백만 엔이든 입금할 수 있습니다. 물론 갚을 필요는 없고."

"그렇게 큰돈을 저한테 왜 빌려줬는지 물어볼지도 몰라요."

"그렇군요. 그럼 5만 엔이나 십만 엔 정도가 좋으려나. 그 정도 돈에 살해당하는 게 더 현실적일지도 모르고."

아닌 게 아니라 간혹 고작 이 돈 때문에 사람을 죽인 건가 싶은 사건이 있다. 나도 그런 사건의 당사자가 되는 것일까.

문득 도모가 계획한 살인과의 차이를 생각했다.

'도모와는 완전히 달라. 이건 진짜 살인이라고.'

하지만 살인에 대한 마음가짐은 도모 쪽이 훨씬 강력했다. 그렇다, 사람이란 자신을 지키기 위해 때로는 남을 죽일 정도의 마음을 가져야 하는지도 모른다.

살인자가 될 각오를 하지 못한 채 며칠이 지났다.

저녁 무렵 홀로 밥을 먹고 있는데 모르는 번호로 전화가 걸려 왔다.

잠시 망설이다가 통화 버튼을 눌렀다.

"여보세요?"

"밤늦게 실례합니다. 저는 구도라고 합니다만, 혹시 히토쓰바시 기리코 씨 전화인가요?"

"구도 씨?!"

전혀 생각지 못한 상대라 깜짝 놀랐다.

"네. 기리코 씨, 잘 지내셨어요?"

"어머나, 이게 누구예요. 네, 여러 가지 일이 있었지만 몸은 건강해요. 구도 씨는 잘 지냈어요?"

"네, 그럭저럭 지내고 있습니다."

"그래요, 다행이네요."

반가움과 동시에 대체 무슨 일인가 싶은 의구심이 어렴풋이 뒤섞였다. 그래도 당장은 기쁜 마음이 더 컸다.

"……기리코 씨, 저희 건물에 이제 안 오시죠?"

"네. 정년을 맞았다고 해야 하나. 업체가 매수되고…… 나도 여러 가지 일이 있어서요."

"갑자기 그만두셔서 놀랐어요. 지난달에 업체가 매수됐다는 건 알았지만, 이름만 바뀌고 큰 변화는 없을 거라고 들었거든요. 그랬는데 기리코 씨 후임으로 '클린 레이디'라나 뭐라나 하는 젊은 여성이 미니스커트 유니폼을 입고 오더라고요."

"네? 클린 레이디요?"

"그렇다니까요. 확 튀는 파란색과 흰색 복장에 베레모를 쓰고 다녀요. 그리고 뭔가 부탁하면 선술집에서처럼 '네, 기꺼이!' 하고 대답하질 않나. 그러면서 막상 일은 느리고 깔끔하지도 않고요."

"어머, 저런."

기리코는 오랜만에 소리 내어 웃었다.

클린 레이디라는 이름에 미니스커트를 유니폼으로 입는 거라면, 당연히 기리코 같은 노인은 남겨둘 수 없었을 것이다.

"그래서 기리코 씨는 어떻게 되는 건가 싶어 회사에 물어봤거든요. 그랬더니 정년이기도 하고…… 뭔가 일이 있어서 그만뒀다고만 하고, 그 이상은 개인정보라며 말 안 해주더라고요."

"네, 맞아요."

그래도 업체가 구도에게 기리코의 사정을 말하지는 않았구나. 조금 안도했다. 하지만 범죄자가 될 뻔한 인물을 고용했었다는 게 알려지면 업체 입장에서 문제가 될 수 있다고 생각해 말하지 않았던 것뿐일지도 모른다.

"연락처도 안 가르쳐주려는데, 제가 꼭 연락해야 하는 일이 있다고 억지로 우겨서 전화번호만 받았어요. 죄송합니다. 민폐인가요?"

"아뇨…… 고마워요. 전화해줘서 기뻐요."

"저는 기리코 씨가 저한테 인사도 없이 그만둘 거라고는 생각 못했거든요. 그래서 전화했어요."

"그랬군요. 정말 고마워요."

"뭐 하나 물어봐도 될까요?"

"네."

"정년이라서 그만뒀다고 하는데, 이제 일할 생각은 없으세요?"

"아뇨, 그럴 리가요. 실은 갑자기 정년이니 그만두라고 해서 나도 당황했는데 어쩔 도리가 없었어요."

"역시 그랬군요. 기리코 씨는 아직 건강하신데, 어떻게 지내시나 싶었어요."

"몇 번이나 말하지만, 정말로 고마워요. 구도 씨가 걱정해줬다는 것만으로도 기쁘네요."

"저……"

구도가 순간 머뭇거린 뒤 말했다.

"좀 드릴 말씀이 있는데요. 지금 막 퇴근하려는 참인데, 기리코 씨 댁 근처로 갈 테니 괜찮다면 역 앞 카페 같은 데서 잠깐 얘기를 나눌 수 있을까요? 바쁘시거나 피곤하시다면 내일 이후에도 괜찮고요."

기리코에게 '바쁜 일' 같은 것이 있을 리 없다.

역 앞의 프랜차이즈 카페에서 만나기로 하고 장소를 알려주었다.

"오랜만이에요."

기리코가 옷을 갈아입고 역 앞까지 걸어가는 시간과 구도가 이케부쿠로의 회사에서 출발해 오는 시간은 거의 비슷했다. 구도가 먼저 도착해 기다리고 있었다.

기리코가 커피를 사러 계산대로 가려고 하자, "아, 제가 사 올게요. 차가운 거랑 뜨거운 것 중 뭐가 좋으세요?" 하고 가볍게 일어나 대신 사다줬다. 기리코가 지갑을 꺼내 돈을 내려고 해도 "제가 나오시라고 했는걸요" 하며 받지 않았다.

사소하지만 돈을 한 푼 한 푼 세어가며 쓰고 있는 기리코에게는 감사한 일이다.

"정말 오랜만이네요."

기리코는 커피를 마시며 말했다.

그대로 차분한 대화로 이어질 뻔했는데, 구도가 새로운 클린레이디들 얘기를 재미있고도 우습게 해줘서 기리코의 웃음을 자아냈다.

"눈앞에서 이렇게 짧은 스커트를 입고 앉았다 일어났다 한다니까요. 눈을 어디 둬야 할지 난감하고, 흡연실에서 단둘이 있기라도 하면 괜히 분위기가 이상해져요. 개중에는 한잔하러 가자고 꼬시는 사원도 있는 모양이에요."

"어머, 저런."

"그런데 그보다 곤란한 문제가 청소예요."

"청소?"

"기리코 씨처럼 꼼꼼하지 못해서, 좀……"

구도는 말끝을 흐린 뒤 다시 말했다.

"무례한 질문입니다만, 기리코 씨는 예전 업체에서 급여를 얼마나 받으셨어요? 이런 걸 여쭤서 죄송합니다."

"급여? 그게 뭐가 죄송해요. 시급으로 950엔이었던 것 같은데."

구도의 얼굴이 갑자기 심각해졌다. 잠시 생각하더니 한숨을 쉰다.

"제가 내는 건 그 세 배예요."

"네?"

"지금은 그 건물 청소를 통째로 맡기고 있어서 단순히 계산할 순 없지만. 역시 그랬군요."

"응? 잠깐만요, 그게 무슨 말이에요?"

"뭐가요?"

"……구도 씨가 내고 있다니? 맡기고 있다니? 당신, 그 회사의 어떤 부서에서 일하는 거예요?"

"아아, 제가 말씀 안 드렸던가요?"

"네."

"제가 그 회사를 경영하고 있어요. 그리고 그 건물도요. 청소업체는 직원이 물색해온 것 중에 고른 거라서 엄밀히 말해 저 혼자 골랐다고는 할 수 없지만……"

"경영? 회사를요?"

"네."

"구도 씨가 그렇게 높은 사람이었어요?"

그는 고개를 끄덕였다.

"제가 학생 시절 시작한 회사를 이십대 후반에 매각해서 돈이 좀 생겼어요. 그걸로 다시 새 회사를 차렸는데, 그때 그 허름한 건물을 사서 수리했죠. 마음 편한 환경에서 일하고 싶어서."

"그럼 그 건물도 당신 거예요?"

"네. 그래도 현금으로 전부 구입할 만큼은 안 되어서 다른 층은 다른 회사에 임대했고, 그 월세로 대출을 갚고 있어요."

"세상에, 놀랐네요."

기리코는 눈앞의 젊은 남자를 찬찬히 바라보았다. 아직 이십대 중반으로 보이는 얼굴, 항상 야근만 하고 있길래 영락없이 악덕 기업에 시달리는 청년이라고 생각했다.

"늘 제일 늦게까지 일했으면서. 책상도 일반 직원들과 같은 공간에 있잖아요."

"제가 일하는 걸 좋아하기도 하고, 다른 사람에게 쉽게 맡기질 못하는 성격이라서요. 저희 업계에서는 개인실을 쓰는 사장이 오히려 드물 거예요. 지금은 그게 주류거든요."

"흐음. 구도 씨 같은 사장님도 있군요."

구도는 웃으며 기리코 쪽으로 몸을 살짝 내밀었다.

"한 가지 더 물어봐도 될까요?"

"네."

"저기, 이건 그 청소업체 인사팀 직원이 알려준 건데요, 기리코 씨가 무슨 사건에 연루됐다는 뉘앙스를 풍겨서요."

"아."

역시 들었구나.

"괜찮다면 기리코 씨 입으로 직접 설명해주실 수 있을까요? 그 일이 예전에 저한테 '오랫동안 교도소에 들어가 있을 수 있는 범죄'를 물어본 것과 관계 있습니까?"

기리코는 꿀꺽 침을 삼켰다.

"괜찮다면 얘기해주세요."

그래서 기리코는 얘기했다. 이제 와서 잃을 게 아무것도 없기 때문이다. 친한 친구와 살았던 일, 친구가 죽고 아무것도 남지 않은 일, 유키나와의 사건…… 숨기는 것 없이 자초지종을 털어놓았다.

"……그런 일이 있었군요."

"미안해요. 놀랐죠?"

"아뇨, 그후로 기리코 씨가 어떻게 지내실지 궁금해서 청소업체에 전화까지 해서 물어봤거든요. 그랬더니 그쪽에서 기리코 씨가 나쁜 일을 했으니까 엮이지 않는 게 좋다는 식으로 얘기하길래 왠지 열받더라고요. 그건 내가 결정할 일이라고 했죠. 오랜만에 오너의 권한을 이용해 전화번호까지 캐물었어요."

하긴 큰 거래처의 사장이 묻는데 거절할 수도 없었을 것이다.

"사건이라는 게 그런 일이었군요."

"네, 그래서 일자리도 잃었죠."

"기리코 씨."

"네."

"다시 저희 회사 청소를 맡아주시겠어요?"

"네?"

"현재의 청소업체와는 계약을 해지할 겁니다. 그리고 기리코 씨와 제가 직접 계약하는 거죠."

"저야 감사하지만."

기리코는 망설이면서 말했다.

"그런데 뭐랄까, 도리에 어긋나는 일 아닐까 싶어요. 나를 고용해주고 일을 처음부터 가르쳐준 사장님한테 죄송해서요."

"하지만 그건 예전 회사잖아요. 기리코 씨 얘기를 들으니까 도리를 챙길 필요가 있는 건 그 사장님뿐인 것 같은데요. 그 건물 청소, 몇 사람이면 가능할까요?"

"우선은 저 혼자서도 할 수 있을 것 같지만, 휴식시간이 필요하니까. 역시 두 사람…… 가능하면 세 사람은 있으면 좋겠어요."

"그럼 그 사장님도 고용하면 되겠네요. 급여는 이전의 세 배까지는 못 되어도 1.5배로 드릴게요. 시급으로 1,500엔."

"1,500엔?! 그렇게 많이? 저는,"

범죄자인데요, 라고 말할 뻔했다. 구도는 손을 저었다.

"그건 제가 결정할 일이에요. 그리고 불기소됐잖아요."

"네, 그렇죠."

"그럼 범죄자가 아니에요. 저는 미니스커트는 아무려나 상관없지만 화장실이 깨끗하지 않은 건 용납할 수 없어요. 게다가 경비도 절반으로 줄고."

구도는 확실히 좋은 경영자인 것 같다.

부동산사무소의 아이다에게 전화가 걸려왔다.

"집주인분이 기리코 씨를 한번 만나고 싶다고 연락해왔어요."

요즘 여러 가지 일이 있어 집주인 일은 거의 잊고 있었다. 게다가 '집주인이 바쁘다'는 이유로 한동안 연락이 없었기 때문에 '어쩌면 그대로 살게 해줄지도 모른다'는 희망적인 관측을 남몰래 품고 있었다. 구도가 제안한 재취업 얘기에 기뻐하긴 했지만, 생각해보니 살 곳이 없으면 역시 생활이 불가능하다. 이 집에서 쫓겨난다면 '형님'의 제안을 받아들여 살인을 저질러야 할지도 모른다.

"기리코 씨가 편하신 날짜를 몇 개 정해달라고 했어요."

"저는 지금……"

일이 없어서 항상 한가해요, 라고 말할 뻔하다가 잠시 망설였다. 범죄자인데다 일자리가 없는 사람에게 집을 빌려주고 싶어 할 주인이 있을 것 같지 않았다.

"저는 비교적 시간이 많으니 집주인분과 아이다 씨가 시간 비는 때에 맞출 수 있을 것 같습니다."

"알겠습니다."

아이다는 일단 전화를 끊었다가 이틀 뒤 오전 중으로 만날 시간을 정해줬다.

기리코는 그 이틀을 숨죽이며 보냈다. 살 곳이 없어지면…… 구도가 아무리 좋은 조건을 제시해주더라도 살아갈 수 없다. 형님에게 연락해서 살인을 저지를 수밖에 없는 것이다.

물론 그 자체도 매우 무서운 일이지만 아직 기리코는 살인이라는 것이 와닿지 않았다. 구체적으로 어떤 건지 잘 알지 못했다.

오히려 구도가 더 깜짝 놀라고 어쩌면 실망할지도 모른다. 유키나도 기리코가 정말로 살인을 범한다면 무척 놀랄 것이다.

'유키나의 부모도 역시 무서운 여자였구나, 딸에게 접근 못하게 하길 잘했다고 생각하겠지. 그게 조금 억울하네.'

유키나는 분명 기리코가 살인을 한 의미를 이해할 것이다. 그런 만큼 더더욱 스스로를 책망하거나 슬퍼한다면 너무 미안할 것 같다.

'기껏 나를 감싸줬는데, 그 아이에게 사건이 알려지지 않게 할 수 있다면 좋을 텐데.'

전화번호가 있으니까 유키나에게 '너 때문이 아니야'라고 딱 한 마디 보내는 정도는 괜찮지 않을까.

생각에 깊이 빠진 기리코는 거의 충동적으로 늦은 밤에 메시지를 보내고 말았다.

잘 지내니?

보내기 버튼을 누르고 나서야 당황했다. 대체 무슨 짓을 한 거지, 지금이라도 삭제할 수 없을까 허둥대는데 답장이 왔다.

기리코 할머니? 왜 이렇게 늦게 연락했어요! 지금 전화해도 돼요?

할 얘기가 많아요.

연이어 쏟아지는 말에서 유키나의 숨결이 들리는 듯했다.

연락하면 안 되잖아.

이미 했잖아요.

그렇네.

할머니, 괜찮아요? 잘 지내요? 그후로 어떻게 됐어요? 일은 하고 있어요? 아니, 이러지 말고 전화해도 돼요? 할머니 문자 보내는 게 느려서 못 기다리겠어요.

그걸 읽고 있는데 띠리리링 전화가 울렸다.

"여보세요."

머뭇거리면서도 역시나 받고 말았다.

"얼마나 걱정했는데, 왜 연락 안 했어요?"

"연락하면 안 되잖아. 게다가 쌀겨장아찌가 생각난 게 바로 얼마 전이었어."

"답답해서 집으로 찾아가볼까 했어요."

"그러니까 부모님이……"

"그런 사람들은 부모도 아니에요. 처음엔 그렇게 잘난 척하듯 나한테 주의를 줬으면서, 각자 애인을 안 만난 게 고작 이 주 정도였어요. 그러고는 곧장 불륜 재개."

무심코 웃음이 나왔다.

"오늘도 없어요. 딸이 사고를 쳐서 상처받았으니 보고 싶다나 뭐라나. 다 알아요."

"그걸 어떻게 알아?"

"거품경제 세대는 보안에 허술하니까요. 비밀번호를 자기나 내 생일로 하거든요. 그래서 바로 알았어요."

그 비밀번호는 애정의 증거라고 말하고 싶었지만 하지 않았다. 하기야 이 주 만에 불륜을 재개하는 건 심하다.

"그후로 어떻게 됐어요? 일은요?"

"실은."

기리코는 사정을 얘기했다.

"미안해요, 할머니. 저 때문에."

유키나는 작은 소리로 사과했다.

"실은 부모님 불륜이 다시 시작됐을 때 만나러 가고 싶었는데…… 할머니가 화났을지도 몰라서 못 갔어요."

"내가 왜 화가 나겠어. 유키나가 날 생각해서 그런 건데. 오히려 괜히 유키나까지 끌어들인 걸 줄곧 후회했었어."

"그렇지 않아요. 일단 부모님한테 한 방 먹였으니까 처음 목적은 절반 정도 달성한 거예요."

"그래도 나 때문에……"

"우리 언제까지 서로 양보하고 사과하고 있을 거예요. 쌍방 과실로 하면 안 돼요?"

유키나는 어떤 문제든 빠르고 명쾌하게 넘어간다. 기리코는 또다시 웃음이 났다. 유키나와 있으면 정말로 웃는 일이 많다.

유키나는 차례차례 자기 얘기를 했다. 학교에 연락이 가서 이번 일이 일부 선생님에게 알려졌다는 것, 부모는 생활기록부를 걱정하지만 교사들은 유키나의 집안 사정을 알고 오히려 동정해준다는 것, 그런 사건이 있었어도 학교생활에는 변함이 없다는 것.

기리코도 지금까지 있었던 얘기를 했다. 부동산사무소와 집주인의 연락을 받아 곧 만나서 얘기하기로 한 것과 구도에게 청소 일을 의뢰받은 것…… 꽤 고민했으나 대부업 사장의 살인 의뢰 얘기는 아무래도 할 수 없었다.

"구도 씨네 청소 일을 하게 될 것 같다고 확실하게 얘기하는 게 좋겠어요! 일자리가 있으면 계속 집을 빌려줄지도 모르잖아요."

"그렇지. 하지만 그쪽에서 범죄자는 안 된다고 할지도 모르고, 어느 쪽이든 보증인은 필요할 테니까."

"아아, 내가 어른이면 좋을 텐데! 그럼 할머니 보증인을 해주는 건데."

유키나가 소리치자 기리코는 가슴이 벅찼다.

"그렇게 말해주는 것만으로도 기뻐."

"빨리 어른이 되고 싶어요. 그래서 이 집에서 나가고 싶어!"

밤 열두시가 넘어서 기리코는 유키나를 달래 전화를 끊었다.

이불 속에 들어가면서 생각했다. 집을 나가고 싶다는 유키나의 말은 진심일까. 정말로 나가고 싶다면 애초에 그런 유괴사건은 일으키지 않았을 것이다. 집이 편안한 곳이라면 나가고 싶다는 생각은 들지 않을 텐데…… 어쨌든 유키나가 안쓰러웠다.

"다 됐다!"

집주인과 만나는 날 아침, 기리코는 작은 탄성을 질렀다. 그리고 들고 있던 바늘을 바늘꽂이에 꽂아 바느질함에 넣었다.

가도노와 만나기로 한 뒤로 문득 생각이 나서 도모의 집에서 받아온 실크 정장을 제 사이즈로 수선한 것이다.

특별히 어려운 작업은 아니다. 치마 길이를 맞추고 재킷의 소매를 줄이고 어깨 부분을 살짝 뜯어서 줄였다. 재봉틀이 없어서 모든 걸 손바느질로 완성했다.

기리코와 도모는 키 차이는 났지만 다행히 비슷하게 마른 체형이었기 때문에 그것만 해도 꽤 봐줄 만했다.

'겉옷 기장이 살짝 길지만…… 뭐, 원래 이런 디자인이라고 생각해주길.'

정장을 입고 오랜만에 스타킹을 신었다. 그것만으로도 도모가 지켜주는 듯한 기분이 든다.

'집주인과 얘기하는 것뿐인데 너무 차려입고 나왔다고 생각하려나. 그대로 아껴둬도 좋겠지만 이런 때가 아니면 이제 입을 기회도 없을 테니까.'

이렇게 멋을 내는 것도 이번이 마지막일지도 모르지, 하고 중얼거리며 현관문을 잠갔다.

아이다가 일하는 부동산사무소는 역 앞의 작은 상점가 한 모퉁이에 있다. 교수대에 오르는 심정으로 기리코는 자동문을 통과했다.

"아, 어서 오세요."

입구 바로 오른쪽에 젊은 여성이 안내 역할로 앉아 있지만, 그보다 안쪽에 있던 아이다가 먼저 큰 소리로 말했다.

"기리코 씨, 와주셔서 감사합니다."

그가 언뜻 보기에 친근하고 정중하게 말을 걸어줬지만 기리코는 자연스러운 미소가 나오지 않았다.

"집주인은 와 계세요?"

사무실에는 세 개의 부스가 있고 따로 얘기를 나눌 수 있게 되어 있다. 가도노는 제일 안쪽으로 안내받은 듯했다.

"늦어서 미안합니다."

기리코가 작은 소리로 사과하자 "아니에요, 시간에 맞게 오셨어요" 하고 아이다가 거들어줬다.

안쪽 부스로 고개를 숙인 채 들어간다. 겁이 나서 집주인의 얼굴을 좀처럼 쳐다볼 수 없었다.

"일부러 나와주셔서 감사합니다."

예상과 달리 밝은 목소리가 들려와 주뼛주뼛 고개를 들자 기리코와 비슷하게 체구가 작은 젊은 여자가 서 있었다. 도모의 장례식에서 만난 뒤로 처음이었다.

"감사합니다."

집주인 앞에 기리코가 앉고, 그 옆에 아이다가 앉았다. 사무직원이 곧장 차를 가져다줬다.

"오랜만입니다. 기리코 씨에게는 2가에 있는 집에서부터 신세를 지고 있네요."

"아닙니다, 저야말로 큰 신세를 지고 있죠."

"미야자키 도모코 씨 일은 유감입니다."

"아, 감사합니다."

"미야자키 씨가 건재하셨다면 지금도 두 분께 그 집을 빌려드렸을 텐데요."

그렇게 말해주는 건 고맙지만, 이제 어찌할 수 없는 일이다.

도모는 죽었으니까.

"네, 말씀 감사합니다."

도모는 이미 죽었다. 하지만 나는 살아 있다.

"그래서 앞으로 말인데요"

"네……"

"우선 보증회사 문제가 있어요."

아이다가 입을 뗐다.

"다른 보증회사를 찾거나 누군가가 보증인이 되어주셔야 합니다. 그럴 만한 사람이 있나요?"

"……그건…… 아직"

둘은 조용히 침묵했다. 고개를 들자 그들이 난감하네요, 하며 눈짓을 주고받는 걸 알았다.

"그럼……"

"하지만 일자리는 있습니다!"

기리코는 큰 소리로 말했다.

"실은 전에 청소했던 건물의 사장님이 불러주셔서요."

기리코는 구도의 제안을 말했다.

"참 다행이네요."

집주인이 고개를 주억거렸다.

"그러니 집세는 낼 수 있을 것 같아요."

"그건 다행이지만, 역시 누구라도 보증인은 있어야 하거든요…… 그런 일이 있으면 블랙 리스트에 올라가니 일반적인 보증회사는 어려울 것 같은데. 누구 부탁할 만한 사람 없습니까?"

기리코는 다시 고개를 숙인다. 역시 힘든 건가.

"없다면……"

그때 뒤쪽에서 자동문이 열리고 방문객을 알리는 벨이 울렸다. "어서 오세요" 하고 사무직원이 인사하는 목소리도 들려왔다.

"저기! 히토쓰바시 기리코 씨 와 계십니까?"

젊은 여자 직원보다 더욱 젊은 목소리가 기리코의 이름을 말하는 소리가 들려왔다.

"기리코 씨, 안 오셨나요?! 저는,"

기리코가 당황해서 자리에서 일어나 뒤돌아보자 거기에는 유키나와…… 그 뒤에 젊은 남자, 구도가 서 있었다.

"유키나, 어쩐 일이야…… 구도 씨까지 어떻게?"

"할머니!"

유키나가 기리코가 있는 부스로 달려왔다.

"제가 제대로 증명하려고요! 기리코 할머니가 열심히 일해서 집세를 낼 수 있다는 걸 증명하고 싶어요. 그래서 할머니가 일했던 건물에 가서 이 사람을 데리고 왔어요."

유키나는 구도를 돌아보고는 손목을 잡아끌듯 테이블 쪽으로 데려왔다.

"유키나 학생에게 막무가내로 끌려왔어요."

그가 난처한 웃음을 지었다.

"지금 안 오면 기리코 할머니한테 청소 일을 부탁할 수 없게 될지도 모른다고 하더라고요."

"저런, 죄송합니다."

"아아, 그럼 여러분도 이쪽으로 앉으시죠."

혼란한 상황에서 아이다가 제일 먼저 정신을 차리고 둘에게 의자를 권했다.

"유키나, 학교는 어쩌고?"

"조퇴하고 왔어요. 기리코 할머니를 생각했더니 도저히 가만있을 수 없어서요. 저 때문에 할머니가 범죄자로…… 물론 미수였고 불기소되긴 했지만, 그렇게 돼버린 게 너무 죄송해서요."

유키나가 집주인 가도노 쪽으로 몸을 틀었다.

"이분이 집주인이신가요?"

"네."

그녀는 살짝 미소를 짓고 유키나를 바라보았다.

"저 때문이에요. 기리코 할머니가 유괴한 게 저예요. 그러니까 제가 전부 말할게요."

"경찰과 기리코 씨한테서 대강 내용은 들었습니다."

가도노는 고개를 끄덕였다.

"아이다 씨가 설명했는지 모르겠지만, 저랑 아이다 씨한테도 경찰 연락이 있었고 기리코 씨 성품에 관한 질문을 받았어요."

"그 일은…… 정말 죄송했습니다."

기리코는 움츠러들어 사과했다.

"아니에요. 제가 하는 일의 특성상 그런 건 별로 신경 안 쓰니까 괜찮아요."

이어서 가도노가 말했다.

"잠시 정리를 해볼까요. 그러니까 여기 계신 구도 씨? 구도 씨라는 분이 기리코 씨에게 앞으로도 청소 일을 맡기겠다는 건 결정된 일인가요?"

구도는 의자에서 일어나 가슴 주머니에서 명함을 꺼내 가도노와 아이다에게 건넸다.

"이런 사정이 있는 줄은 몰랐습니다만, 지금 청소를 맡긴 업체가 잘 안 맞아서 기리코 씨한테 다시 와달라고 부탁했었어요. 예를 들어 오후 시간…… 한시부터 다섯시까지, 네 시간씩 주 오일, 한 달에 이십 일 정도 일해주시면 약 12만 엔이 됩니다. 그렇다면 연금과 합쳐서 충분히 생활하실 만하지 않을까요?"

기리코는 살짝 몸을 앞으로 내밀었다.

"그것만 있어도 충분하고, 몸도 훨씬 편해질 거예요."

"그렇군요."

가도노가 아이다 쪽을 보며 고개를 끄덕였다.

"실은 저희도 기리코 씨에 대해 많은 얘기를 나눴어요."

기리코는 무슨 영문인지 몰라 가도노를 쳐다보았다.

"우선 기리코 씨가 청소 일을 하신다는 점에서 지금 사는 다세대주택의 청소를 부탁드려볼까 생각했습니다. 특별히 시간을 정할 필요는 없지만 복도와 마당의 공용공간, 그리고 쓰레기장 같은 곳을 일주일에 한 번 정도 청소해주시면."

"아, 그런 거라면,"

기리코는 엉겁결에 말을 꺼냈다.

"지금도 하고 있어요. 매일은 아니지만 지저분하다 싶으면 복도 같은 데는 종종 쓸고요."

"네, 실은 제가 그걸 최근에 알아차렸어요. 가끔 건물을 둘러보는데 요즘 들어 깨끗해졌다 싶더라고요. 다른 주민분께 물어봤더니 아무래도 기리코 씨가 청소해주는 것 같다고."

"네. 그 정도는 딱히 어려운 일도 아니고. 저희 집 앞을 청소하는 김에 하는 거니까요."

"그래서 감사를 표해야겠다고 생각했어요. 이제는 제가 정식으로 의뢰하는 거니까 집세에서 5천 엔을 깎아드리려고 하는데 괜찮으실까요?"

"어머나."

감사했다. 지금까지 해온 일을 거의 비슷하게 하는 것만으로 한 달 집세가 5천 엔이나 저렴해지는 것이다.

"그래도 되나요?"

"기리코 씨가 오신 뒤로 갑자기 건물이 깨끗해져서 저도 큰 도움을 받았어요. 제가 도쿄에 살다보니 자주 올 수 없어서요. 그리고 이건 구도 씨 말을 듣기 전에 생각했던 겁니다만."

가도노가 아이다를 보고 고개를 끄덕인다. 사인을 받기라도 한 것처럼 그가 얘기를 꺼냈다.

"생활보호 신청을 하면 어떨까 하는 얘기를 했어요. 연금에서 부족한 부분을 국가와 지방에서 내주는 것을요. 그렇게 되면 지역민생위원과 케어매니저가 기리코 씨를 돌봐줄 수도 있습니다."

갑자기 여러 갈래의 길이 트인 듯해 기리코는 어안이 벙벙했다.

"그런 것까지 생각해주셨군요."

기리코는 유키나를 바라본다. 유키나도 자신뿐 아니라 집주인과 부동산 사람 역시 기리코의 처지를 생각해줬다는 것이 의외였는지 입을 반쯤 벌리고 둘의 말을 듣고 있었다.

"감사합니다. 정말 감사해요."

"하지만 기리코 씨가 아직 일하고 싶다고 하시면."

"네. 할 수 있는 동안은 일하고 싶어요. 구도 씨네 회사 건물도 정이 들었고요."

"그럼 일자리는 제가 돌봐드리고, 집 관련해서는 집주인분과 사무소에 부탁하는 걸로 하죠. 그리고 기리코 씨의 케어는……"

구도가 유키나를 바라본다.

"제가 할게요! 제가 가끔씩 기리코 할머니 집에 가서 확인할게요."

"하지만 부모님이 허락하지 않을 텐데."

"제가 제대로 말할게요. 제 인생과 기리코 할머니에 대해 다시 한번 분명하게 얘기해볼게요."

유키나가 기리코의 팔을 잡고 흔들었다.

"다행이에요, 할머니, 정말 다행이에요."

"네가 할머니를 생각해서 나한테까지 와준 덕분이지."

구도는 잠깐 머뭇거렸다가 유키나의 어깨를 툭 두드렸다.

"솔직히 말해 저 혼자서 기리코 씨를 챙길 수 있느냐고 물으면 그건 좀 어렵습니다. 미안해요, 기리코 씨."

구도가 기리코에게 말했다. 다 이해한다는 듯 기리코는 고개를 끄덕여 보였다.

"하지만 이렇게 저랑 집주인분, 부동산사무소, 유키나와 함께 보조한다면 할 수 있을 것 같아요."

구도는 이어서 말했다.

"보증인은 제가 하죠. 그 정도라면 아무 문제 없습니다."

"고맙습니다."

가도노가 정중하게 인사했다.

"그리고 지금 당장 서두를 필요는 없지만, 지역민생위원과 케어매니저에게도 말을 해두죠. 앞으로 기리코 씨 건강에 이상이 생기면 도움이 필요해질지도 모르니까……"

가도노가 기리코의 안색을 살피며 말했다.

"기리코 씨가 일할 수 없게 되면, 아까 말씀드렸듯 생활보호제도라는 것도 있어요. 그렇게 혼자서 고민하지 마시고 언제든 상의해주세요."

그리고 유키나에게도 말했다.

"자, 이제 나머지는 어른들에게 맡기렴. 유키나는 지금껏 해온 것처럼 기리코 할머니랑 사이좋게 지내주면 충분해."

가도노는 별생각 없이 말한 듯했지만 그 말은 마법과도 같았다. 유키나는 한동안 멍하니 그녀의 얼굴을 바라보다가 뭔가가 무너진 것처럼 으앙 소리 내어 울음을 터뜨렸다.

기리코는 마당 한구석에 라일락나무를 심었다.

부동산사무소에서 가도노를 만났을 때 허락을 받아두었다. 땅에 라일락나무를 심어도 되는지.

가도노는 잠시 망설인 뒤 "좋아요" 하고 끄덕였다.

"단, 너무 크게 자라거나 기리코 씨가 퇴거하시면 베거나 뽑을 수도 있는데, 그래도 괜찮으신가요?"

"물론이죠. 어쩔 수 없으니까."

조그맣게 구멍을 파서 묘목을 심고 가볍게 흙을 덮었다.

'도모, 라일락나무님, 나는 앞으로도 여기서 살아갈 거야. 그러니 잘 지켜봐줘.'

전날 밤, 기리코는 예전에 도모에게 썼던 편지를 다시 읽었다.

'남편도 자식도 없는 내 장래가 어떻게 될지 생각하면 불안해.'

그렇게 나약한 소리를 종종 했었다.

분명 도모는 그 말을 기억하고는 같이 살자고 제안해준 것일 테다.

'고마워, 도모.'

다카시는 결국 아들이 있는 오키나와로 떠맡겨진 모양이었다. '하이쿠 모임'에 연락이 왔다고 한다.

"그토록 옥신각신했는데 아들은 그렇다 쳐도 며느리와 사돈 내외가 다카시 씨를 의외로 순순히 받아들였다고 해요. 여생은 대가족 속에서 즐겁게 보내실 수 있을지도 모르겠어요."

아키코는 그렇게 말하고 얘기를 마쳤다.

'글쎄 어떨까. 다카시 씨와 대가족? 그래도 갈 데가 그곳뿐이라면 어쩔 수 없지. 사람은 결국 자기를 받아주는 곳으로 가게 되는 건지도 몰라.'

다카시와는 인사도 못했지만, 지금은 더이상 미련이 없다.

나도 여기서 살아갈 수밖에 없으니.

라일락나무 뿌리 쪽을 꾹꾹 눌러주면서 기리코는 생각했다.

“그렇습니까?”

전에 만났던 공원에서 ‘형님’을 다시 만나 앞으로의 계획을 설명했다.

“……의뢰까지 해주셨는데 거절해서 죄송합니다.”

“아니요, 괜찮습니다. 당신이 안 된다면 다른 사람을 찾으면 되니까요.”

“죄송합니다.”

상대방을 죽이는 일을 거절하고 사과하는 것도 왠지 이상하다고 생각하면서 기리코는 말했다.

지난번과 마찬가지로 아이들이 놀고 있다. 오늘은 똑같이 생긴 모자를 쓴 세 아이가 있고, 어머니로 보이는 사람들이 옆에서 담소를 나누고 있었다. 모자가 똑같은 것은 유치원이나 어린이집이 같아선지도 모른다.

“……여전히 그 마음에는 변함이 없나요? 자살…… 누군가가 죽여줬으면 하는 마음은.”

기리코가 물었다.

"네."

조금도 주저 없이 또렷한 대답이 돌아왔다.

"가족이나 친구에게 지금 심정을 잘 얘기하고 의사와도 상담해서 어떻게든 통증과 고통이 없는 치료를 받게 해달라고 하면 어떨까요?"

슬쩍 엿본 그의 옆얼굴이 씁쓸하게 웃고 있었다.

"별로 도움이 안 될지도 모르지만 저도 친구가 되어드릴게요. 마지막까지 곁에서요."

"안 해도 그만인 말은 하지 마세요."

딱 자르는 말투다.

"자기 미래가 좀 보장되고 밝아졌다고 제법 오만해졌군요."

"그런 거 아니에요."

화를 내고 자리에서 일어날 줄 알았는데 어째선지 그는 그러지 않았다.

"……가족을 믿을 수 없어요."

대신에 그는 신음하듯 말했다.

"네?"

"무엇보다 아내가 저를 증오해요. 진심으로."

"설마요."

"마지막은 편하게 죽게 해달라고 부탁해봐야 소용없어요. 아마 죽기 직전, 몸을 움직일 수 없게 됐을 때 다 함께 지금까지 겪은 일에 대한 복수를 할 겁니다."

그럴 리가, 하고 말하려 했지만 도모를 생각했다. 정말로 그런 부부도 있을지 모른다.

"아슬아슬하게 살려두고 고통을 주는 선택을 하겠죠. 주위에는 헌신적인 아내인 척 연기하고."

그렇게까지 원한을 살 일을 해온 건가.

인간의 죽음…… 특히 노인의 죽음이란 결국 지금껏 살아온 인생에 점수를 매기는 것인지도 모른다. 물론 기리코도 어떤 죽음을 맞을지는 전혀 예측할 수 없다.

"이젠 이혼할 시간도 없어요. 그런데도 당신은 내게 죽음을 기다리라는 겁니까."

기리코는 대답할 수 없었다.

그는 지팡이를 짚고 일어섰다. 휘청이는 다리가 짜증나는지 지팡이로 다리를 때리고 욕설을 내뱉으며 걸음을 옮겼다. 그 뒷모습에 대고 기리코는 말했다.

"정말 고통스러워진다면 그때는 내가 죽여줄게요."

그가 순간 걸음을 멈췄다.

"그때 가서 죽여주겠다고 약속하는 건 안 될까요? 그러니 그때까지는 살기로 하면 안 되겠어요?"

그는 뒤도 돌아보지 않고 다시 걸음을 내디뎠다.

"혹시 마음이 바뀌면 연락하세요."

기리코는 공원을 가로질러 사라지는 그의 뒷모습을 바라보았다. 그 모습은 서서히 작아지더니 곧 눈앞에서 놀고 있는 아이들과 포개져 보이지 않게 되었다.

지은이 **하라다 히카**
1970년 일본 가나가와현 출생. 2006년 『리틀 프린세스 2호』로 제34회 NHK 창작 라디오 드라마 각본 공모전에서 최우수작품상을 수상했다. 2007년 『시작되지 않는 티타임』으로 제31회 스바루 문학상을 수상하고 소설가로서 본격적인 작품활동을 시작했다. 지은 책으로 『낮술』(전3권) 『할머니와 나의 3천 엔』 『76세 기리코의 범죄일기』 등이 있다.

옮긴이 **김영주**
상명대학교 일어교육과를 졸업하고 한국외국어대학교 대학원에서 일본 근현대문학으로 석사과정을 졸업했다. 옮긴 책으로 『낮술』(전3권) 『탱고 인 더 다크』 『엄마가 했어』 『신을 기다리고 있어』 『결국 왔구나』 등이 있다.

문학동네 세계문학
76세 기리코의 범죄일기

초판 인쇄 2022년 11월 1일 | 초판 발행 2022년 11월 10일

지은이 하라다 히카 | 옮긴이 김영주
기획·책임편집 고선향 | 편집 정혜림 양수현
디자인 최윤미 이원경 | 저작권 박지영 형소진 이영은 김하림
마케팅 정민호 이숙재 박치우 한민아 이민경 안남영 왕지경 김수현 정경주
브랜딩 함유지 함근아 김희숙 고보미 박민재 박진희 정승민
제작 강신은 김동욱 임현식 | 제작처 천광인쇄사

펴낸곳 (주)문학동네 | 펴낸이 김소영
출판등록 1993년 10월 22일 제2003-000045호
주소 10881 경기도 파주시 회동길 210
전자우편 editor@munhak.com | 대표전화 031) 955-8888 | 팩스 031) 955-8855
문의전화 031) 955-3578(마케팅) 031) 955-1917(편집)
문학동네카페 http://cafe.naver.com/mhdn
인스타그램 @munhakdongne | 트위터 @munhakdongne
북클럽문학동네 http://bookclubmunhak.com

ISBN 978-89-546-9964-8 03830

잘못된 책은 구입하신 서점에서 교환해드립니다.
기타 교환 문의 031) 955-2661, 3580

www.munhak.com